希腊那些神

奠定西方文化
的基石

人类共同的宝贵文化遗产

余襄子 著

北京联合出版公司
Beijing United Publishing Co.,Ltd.

目录

第一章　诸神时代

第二章　人类的诞生

第三章　诸神的二三事

第四章　宙斯的女人

第五章　阿尔戈英雄

第六章　俄狄浦斯王

第七章　七英雄远征底比斯

第八章　赫拉克勒斯

第九章　忒修斯

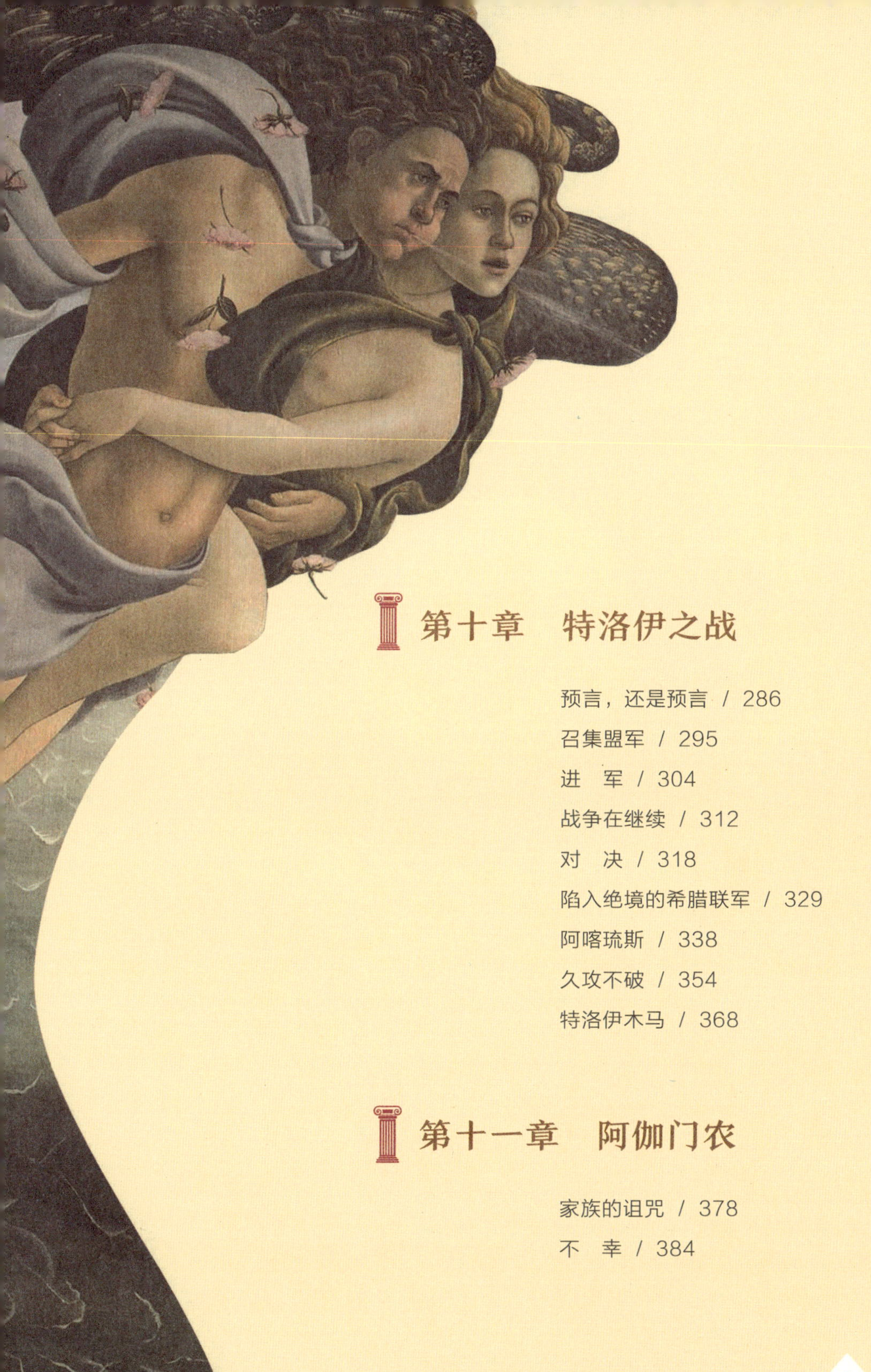

第十章　特洛伊之战

第十一章　阿伽门农

第一章

诸神时代

混沌的开始

这个世界，无论是在东方还是西方，早期的时候都是一片混沌。那个时候，没有时间，没有空间，也没有人类，一切都是一片模糊，一片虚空，一片死寂沉沉。

没有太阳，没有月亮，没有星星，天与地在那时还没有分开，连在了一起，大陆尚不坚固，海洋没有起伏，一切都在静静等待着，创世的开始。

在东方，盘古开天辟地，将天与地分离了出来，从此造就了我们这个世界；而在西方，开天辟地的是混沌之神卡俄斯。

卡俄斯并非一个具象的实物，也并非看得见摸得着的物质，而是其否定物——毫无特征可言的虚空。它可以是任意的形态、任意的样子。

卡俄斯通过自我分裂，孕育了幽暗之神厄瑞波斯和黑夜之神倪克斯。这两位天神随后缠绵在了一起，生下了光亮之神埃忒尔和白昼女神赫墨拉。

也许，黑夜与光明的诞生意味着时间的开端，从此这个世界有了白昼与黑夜的交替，自然界有了变化。

《提顿山脉》

托马斯·莫兰 1837—1926年

混沌中诞生天地

不知过了多久，这个世界诞生了与卡俄斯毫无关联的大地女神盖亚，她拥有宽广的胸膛、坚实的臂膀，是诸神的牢靠根基。同时诞生的，还有挑动着一切生命创造力的情欲之神厄洛斯。对于厄洛斯，大家可能更熟悉他在罗马神话中的名字——丘比特。

在西方，盖亚是大地的意思，是众神之母亲，也是我们所熟悉的宙斯的祖母。

在这个世界上还有幽暗无光的黑暗深渊塔尔塔洛斯。迄今为止，没有人知道它究竟来自哪里。更神奇的是，它不仅仅是一片未知的区域，更是一个人格化的神。后来，它与大地女神盖亚生下了怪物提丰。

盖亚在太阳自东方升起时许下诺言：要将希望的种子植入每一个在地球上出生的生命。由于盖亚是所有天神的始祖，又象征着大地的繁衍，所以在西方，人们也把盖亚看作求子之神，凡是难以生育的夫妻都会前去祭拜盖亚神像，以祈求孩子的降临。

或许正是自身繁衍生命的能力过于强大，甚至超出了自己的控制，大地女神盖亚在甜美的睡梦中孕育出了新的生命。她仅仅依靠自己就生出了三个孩子：天神乌拉诺斯、老海神蓬托斯以及山脉之神乌瑞亚。

神王的诞生

天神乌拉诺斯是盖亚的第一个孩子。他代表了天空，象征着希望和未来，是天空的神格化。他从一出生就成长迅速，很快就长成了一个高大的小伙子。

神奇的是，乌拉诺斯的皮肤会随着自己的心情而变化。若是他眉开眼笑，那天空便是一望无际的蔚蓝。若是他郁郁寡欢，那笼罩大地的则只有阴惨的昏暗。

有一天，调皮的乌拉诺斯爬上山顶。他的母亲盖亚正蜷缩在石头上。她那婀娜的胴体尽收眼底，让年轻气盛的乌拉诺斯产生了情感上的萌动。

普天之下，乌拉诺斯所能见到的女人只有他的母亲。小伙子虽然是神，却也有着如同人类一般的七情六欲，生理上的冲动一下子占据了这位男神的意志。他决定让自己的母亲成为自己的配偶。

要知道原始的世界不存在我们如今所熟知的伦理，一切都听凭内心的意愿。

于是，朦胧的暧昧之情在涌动的空气中发酵。乌拉诺斯急不可耐地投入盖亚的怀中，和她亲密地拥抱在一起，相互感受着对方的温存。此时此刻，已经没有什么能够阻止他们结合了。在强烈的情欲催动下，那原本平缓的大地隆起高耸的山峰直指天空，而那天空又漫溢出倾盆大雨滋润着大地。

就这样，我们的大地女神盖亚再次怀孕了。天空与大地的融合孕育出了十二位泰坦神。他们是乌拉诺斯和盖亚的孩子。而“泰坦”这个带有鄙视性质的词眼是乌拉诺斯为自己的孩子们量身定制的。

十二位泰坦神中，首先诞生的是交织大地的河流之神俄刻阿诺斯，除此之外还有科俄斯、克利俄斯、高空之神许珀里翁、伊阿珀托斯和克洛诺斯。当然这些都是泰坦神中的男性，泰坦神也有女性，比如泰西斯、忒亚、谟涅摩叙涅、福柏、瑞亚和忒弥斯。

重点是这个世界只能有一个主宰。

于是，乌拉诺斯彻底征服了盖亚和他的那些孩子，成为古希腊神话世界中的第一代神王。而我们所熟知的宙斯，则是第三代神王。也就是说这位天神乌拉诺斯是宙斯的爷爷。

既然乌拉诺斯登上了神王之位，那大地女神盖亚也就顺理成章地成为乌拉诺斯的王后。

乌拉诺斯在和盖亚初尝甜蜜之后，便一发不可收拾。在之后的日子里，他们又分别生下了丑陋难看的三个独眼巨人和三个百臂巨人。

这六个丑陋的怪物个个都身材高大，顶天立地，力气也很大。

其中独眼巨人们身高臂长，一生下来就只有一只巨大的眼睛，发出绿色的光芒。百臂巨人的双肩上长着一百只巨手，肢体上还顶着五十个脑袋，总而言之，就像是五十个人缝合在了一起，加起来有一百只眼睛、一百只手。

这样的孩子自然不会让乌拉诺斯坦然接受。在忌惮和嫌弃两种心态的共同驱使下，第一代神王乌拉诺斯将巨人们藏匿，应该说是囚禁在了只有无尽黑暗的深渊之地塔尔塔洛斯。

“快点从我眼前消失，我没有这样的孩子！”

《乌拉诺斯与群星之舞》
卡尔·弗里德里希·申克尔 1781—1841年

乌拉诺斯与众泰坦神

当然，以上的事情也不能说我们的这位神王乌拉诺斯是整日沉溺声色犬马的昏君。在他确立了自己至高无上的地位之后，神王乌拉诺斯便开始对自己统治下的疆域开展了一番史无前例的大改造。在这次翻天覆地的改造中，整个世界变得生机勃勃起来。

在丛林茂密的山涧中，涌出的泉水滋润着万物生长。在广阔的平野上，一个个连绵起伏的丘陵盆地勾勒起远方的天际。而那些来自天空的雨水落入小溪，汇聚成广袤大地上的沼泽湖泊，最终流向浩瀚如烟的大海。

这样的日子并不会永远按照神王乌拉诺斯所设想的方式运转下去。有压迫的地方就有反抗，那些整日沉浸在乌拉诺斯淫威之下的泰坦神和他们的母亲一样心中暗涌着反抗的苗头。于是他们自然成为这个神话世界中不安分的因素。

泰坦们的反抗

在目睹了乌拉诺斯针对孩子们的种种残暴之后，内心的悲痛终于让大地女神盖亚萌生出了一个推翻乌拉诺斯的想法。她开始忍辱负重，一边依旧像以前那样迎合自己的丈夫，一边加紧筹备自己的计划。

盖亚把自己的黑色岩石磨制成一把巨大的镰刀。待到时机成熟，她召集来了自己信得过的孩子们。

她向孩子们痛斥着神王乌拉诺斯的罪行："孩子们啊，你们的父亲太可恶了。他害怕你们会夺了他的权，所以对你们进行残酷的压迫，让你们永远抬不起头。这样下去，乌拉诺斯会更加狂妄和无耻。所以孩子们，是时候站起来，去打倒他吧！"

听了母亲一番苦大仇深的慷慨陈词，虽然孩子们都对自己的爸爸早已心生怨恨，但长久以来的压抑环境也让这些泰坦神打心底害怕乌拉诺斯，这种恐惧似乎是与生俱来的。

这时候，一个泰坦神勇敢地挺身而出。没错，他就是众泰坦神中最小的孩子——克洛诺斯。克洛诺斯一把推开身前沉默不语的哥哥姐姐们，走到母亲盖亚的面前，握住她的手说道："妈，我听你的，我去打倒他。"可是他转头又犹豫道："但是他那么厉害，我们该怎么做呢？"

大地女神盖亚等的就是克洛诺斯这句话。她挥了挥手上的镰刀，对他说："孩子，有了这个，你就可以去和他一决高下了。"

克洛诺斯上下打量了一下这把镰刀，清醒地认识到光凭着一把锋利的镰刀是无法抹平他们和神王乌拉诺斯之间的差距的。于是他摇了摇头回道："不行，他既然能依靠力量让我们全部臣服，自然有他的过人之处。我光凭这把镰刀，不一定能打赢他。"但随即，机智聪明的克洛诺斯灵机一动想到了克敌制胜的办法。他兴奋地告诉大家："不过，我想出了一个办法。"

接着，克洛诺斯在自己的母亲大地女神盖亚身边耳语了几句悄悄话。盖亚听了自己小儿子的主意后，连连点头称赞。她觉得他们推翻乌拉诺斯已经是十拿九稳的事情了。克洛诺斯的计划算不上有多么复杂，简而言之就是："英雄难过美人关。"

说干就干，大地女神盖亚回到住所，经过了一番前所未有的梳妆打扮。神是永远不会老的，永远18岁。所以此时的盖亚风采依旧不减当年。

一切只待乌拉诺斯到来。

夜幕降临，忙碌完一天工作的乌拉诺斯来到了盖亚休息的地方。他看着眼前美丽动人的大地女神，不由得怦然心动，仿佛一切都回到了那天的山顶，回到了最初的美好。

俩人卿卿我我，在一顿浪漫的烛光晚餐之后，就一起去神殿的某个地方享受快乐时光了。

正当你侬我侬之时，突然之间，敏感的乌拉诺斯感觉到有些不对劲。因为在他和盖亚相拥的床下传来细微的动静，好像是有什么人正埋伏在底下。

糟了！

说时迟那时快，早已躲好的克洛诺斯一个翻滚从床底下杀出。他趁着乌拉诺斯没有反应过来，用左手抓住了乌拉诺斯的臂膀，右手举起镰刀轻轻一挥。

"啊！"

《萨图思对天王星的亵渎》
乔尔乔·瓦萨里 1511—1574年

乌拉诺斯的生殖器就这么被他的小儿子斩断。乌拉诺斯在剧烈的痛苦中意识到，属于他的时代在这一刻落幕了。据说，第一代神王乌拉诺斯的生殖器落入大海之中，翻涌的浪花将它吞没。在梦幻般泡沫丛生的海面上，阿芙洛狄忒诞生了。而从神王伤口流淌出的血液中，又生出了复仇女神厄里倪斯和巨灵。

阿芙洛狄忒，在很多不了解古希腊神话的读者眼中是一个相当陌生的希腊名字。其实，她早已被世人所熟知。在传承了古希腊神话的古罗马神话体系中，阿芙洛狄忒有着另外一个广为流传的名字。没错，她就是爱与美的女神——维纳斯。

一直以来，阿芙洛狄忒就是美丽的化身。她没有童年与少女时期，一从泡沫中诞生就是一位亭亭玉立的妙龄女子，和其他神一般永葆年轻。这样一个让人朝思暮想、可望而不可即的女神，成为日后众多西方人精神世界中的梦中女神。

在古罗马帝国走向灭亡后，教会一直禁锢着人们的思想。随着以人为本的文艺复兴时期的到来，人们内心中最渴求的欲望被唤醒。他们心目中长久以来那带着神性光辉的裸体女神维纳斯，也就是阿芙洛狄忒被广大艺术家搬上大众的舞台。就这样在人民群众喜闻乐见的推波助澜下，阿芙洛狄忒的形象深入人心，刻入西方文化的血脉里。

《维纳斯的诞生》
威廉 · 阿道夫 · 布格罗 1825—1905年

阿芙洛狄忒的诞生

我们回到那个被偷袭了的天神乌拉诺斯身上。他在床上被儿子攻击之后，哪里还顾得上其他，捂着自己的伤口就往外跑。可是在宫殿外面，克洛诺斯的哥哥姐姐们也已经枕戈待旦等候多时。他们虽然依旧惧怕自己爸爸的力量和权威，可是自己的母亲和小弟弟已然动手，原有的格局已被打破，这些泰坦神也不能再坐以待毙。不仅如此，原本身处深渊塔尔塔洛斯之中的百臂巨人和独眼巨人们也被解救出来。他们义无反顾地加入到盖亚和亲兄弟克洛诺斯的冒险计划中，对落荒而逃的神王乌拉诺斯展开反抗和追击。

时也命也，第一代神王乌拉诺斯注定要栽倒在他永远无法满足的欲望上。他很快就被自己风头正劲的儿子克洛诺斯追上。惶惶如丧家之犬的乌拉诺斯正处在力量最为虚弱的时期。他被克洛诺斯轻而易举地从天上打了下去。

在最后时刻，乌拉诺斯给战胜了他的克洛诺斯留下了一个骇人的诅咒："你推翻了我。而你的孩子将会用同样的方式推翻你。"

经过九天九夜的坠落，毫无反抗之力的乌拉诺斯掉入了黑暗深渊塔尔塔洛斯之中。这或许就是宿命的安排，他曾经认为最好的监牢成为他如今永世不得翻身的寄身之所。当然，第一代神王的名号并没有就此湮灭。他的名字一直流传至今。在西方世界中，天王星就是以天神乌拉诺斯的名字命名的。

第一代神王的统治就此落下帷幕，但这些神的故事还远远没有结束。

王二代登场

俗话说："有人的地方就有江湖。有江湖的地方必然有纷争。"更何况这是一群手握神力的神呢？自然，神话世界不可能一直风平浪静。我们即将迎来第二代神王克洛诺斯的统治。这位第二代神王，也就是宙斯的爸爸。之后的事实证明，我们这位王二代克洛诺斯可能远不如他的爸爸乌拉诺斯。

克洛诺斯用那锋利的镰刀带着兄弟姐妹们推翻乌拉诺斯之后，顺理成章地荣登王座，成为主宰神话世界的第二代神王。

历史的经验告诉我们，屠龙者终会成恶龙。乌拉诺斯的诅咒时常萦绕在克洛诺斯的耳边。对于权力味道的品尝更是让他欣喜若狂。于是第二代神王克洛诺斯正如当初的乌拉诺斯一样，准备清除任何一个针对王权的可能威胁。

在共渡难关之后便是过河拆桥，克洛诺斯的清算行动开始了。

最倒霉的又是百臂巨人和独眼巨人。拥有了至高无上权力的克洛诺斯把他的兄弟百臂巨人和独眼巨人送到了他们熟悉的地方——黑暗深渊塔尔塔洛斯。毕竟神是永远死不了的，这是他能想出的最稳妥的办法。

巨人兄弟们的事情解决了，那接下来对于一个神王最重要的事情是什么？当然是繁衍自己的后代啊。克洛诺斯也有着自己的小算盘，那就是把泰坦神中最为年轻漂亮的瑞亚留下成为自己的妻子。

孩子们一个接一个地生出来了，克洛诺斯面对自己的孩子们，乌拉诺斯的诅咒再次让他感到寝食难安。他绝不允许天下出现能反抗他的人，尤其是他的亲生孩子。

“那我能怎么办呢？”克洛诺斯苦思冥想着。

他立刻想到了那熟悉的黑暗深渊——塔尔塔洛斯。可是那里已经有独眼巨人和百臂巨人了，如果再把自己的孩子们送过去，没准这帮人联合在一起，真能在塔尔塔洛斯搞出什么翻天覆地的动静来。所以克洛诺斯决计不能再让自己的敌人们全都待在一起。

克洛诺斯在否定了自己的这个想法之后，开始寻找其他更为安全的路径。可是想来想去，想来想去，他总是找不到能让自己称心如意的法子。

有一次，神王克洛诺斯在大快朵颐的时候，不小心被刚刚出炉的食物烫了一下舌头。他赶紧大口吞了几杯凉水，这才好受些。那些凉水就这么“咕咚咕咚”地全进了他的肚子里。

这次意外一下子让他产生了一个新的想法。

“啊，原来有一个囚禁别人最为安全的地方，一直在我身边，怎么我没有想到呢？”

神王克洛诺斯想到的地方其实就是他自己的肚子。

克洛诺斯为自己的出色计策而感到欢欣鼓舞。他觉得自己的才智已经没有任何人能够匹敌了。

于是克洛诺斯摆出一副宠爱的表情抱来了自己的孩子。瑞亚在一旁满脸欣慰地看着他，以为他想通了，不再和他的父亲一样为难自己的子嗣。结果克洛诺斯一口把自己的孩子吞进了肚子里。

克洛诺斯吞食自己的孩子

瑞亚看到这一幕后目瞪口呆。就连乌拉诺斯也干不出这等可怕的事情啊。可让她悲痛欲绝的还在后面。前前后后，克洛诺斯一个不剩地把他们的五个孩子全都给吞了，一个也没给瑞亚留。

面对自己残忍的丈夫，第二代王后瑞亚也是没有办法。可她的母性也在煎熬着她，毕竟对于一个母亲来说，失去孩子比失去一切都痛苦。

瑞亚又怀孕了。

她决定想尽一切办法拯救这个孩子，不再让他沦为自己丈夫的腹中之物。而这个即将面临命运审判的，正是我们熟悉的宙斯。

随着时间的推移，宙斯终于从瑞亚的肚子里生出来了。克洛诺斯的脚步声越来越近，瑞亚清醒地知道他是来吃掉这个孩子的。而这个孩子的命运就掌握在自己的手里。

成败在此一举。

瑞亚立刻把刚刚出生的宙斯藏了起来，转而将另一块大石头包好，等待着克洛诺斯的到来。

果然克洛诺斯大摇大摆地来到了瑞亚

身边。我们这位王后摆出一副舍不得的样子不肯撒手，最后还是不得不把包好的大石头递给了克洛诺斯。

此时的克洛诺斯正是春风得意。他看也没有看就将瑞亚递来的石头吞进了肚子里，然后伴随着狂妄的大笑扬长而去。

克洛诺斯哪里想得到，一向逆来顺受的瑞亚胆敢欺骗他，更想不到他刚才吞下的不是孩子，而是一块石头。

命中注定要成就一番惊天伟业的宙斯就这样躲过一劫。幸存下来的他被自己的母亲瑞亚交给了克里特岛山林中的宁芙精灵女神们抚养长大。

大难不死必有后福。

天选之子宙斯冥冥之中注定要改变这个世界。

泰坦之战

宙斯在大家的精心呵护下茁壮成长，并且在成长的过程中逐渐了解了自己的身世。自己的父亲克洛诺斯所做的一切荒唐事让宙斯感到伤心难过。他立誓一定要拯救自己的兄弟姐妹们，推翻神王克洛诺斯的统治，就像自己的父亲当初所做的那样。

与此同时克洛诺斯也察觉到了宙斯这条漏网之鱼的存在。但是另一个神的出现让他暂时选择接纳这个孩子。那个改变他想法的就是大地女神盖亚，也就是克洛诺斯的母亲。要知道大地女神非常清楚神王克洛诺斯的所作所为与当年第一代神王乌拉诺斯无异，也非常清楚瑞亚作为一个母亲的感受。于是大地女神盖亚竭力说服自己的儿子克洛诺斯，终于让他不再打这个孩子的主意。

再次躲过一劫的宙斯心知这次脱险只是暂时的，长久下去克洛诺斯一定不会放过自己，毕竟当他吞下自己的第一个孩子的时候就已经失去了所有的悲悯心。于是宙斯苦思冥想，寻找着能够解决问题的办法。

一位聪明的神女在这个关键时刻向宙斯伸出了援助之手。她就是大洋神女墨提斯，天地之间最为智慧的存在。她的帮助让宙斯心中诞生了一个可行的计划。他相信实施这个计划后，他的兄弟姐妹们一定可以得到解脱。

于是一瓶混着呕吐药剂的葡萄酒被宙斯送到了自己的母后瑞亚那里。而他的母亲只需要做一件事——劝酒。

历史的车辙再次在这里重合。这将又是一个关于“美人计”的故事。

在瑞亚呢喃软语的劝说下，克洛诺斯美滋滋地喝下了妻子递给自己的葡萄酒。被灌醉的神王克洛诺斯药效开始发作，他感觉自己的肚子犹如翻江倒海般地剧痛起来。

克洛诺斯一下子预感到了什么。妻子瑞亚的笑容和当年自己刺杀乌拉诺斯前母亲盖亚的笑容何其相似。

但已经为时已晚，强效催吐剂让克洛诺斯根本控制不住自己的身体。他开始疯狂呕吐。

先吐出的是瑞亚当初骗克洛诺斯吞下的那块大石头，紧接着是赫斯提亚、德墨忒尔、赫拉、哈迪斯和波塞冬这五个孩子。这些孩子在出生的时候就被自己的父亲吞下，等到此时已经是长大成人后的模样。

五个兄弟姐妹很快就和自己的小弟弟宙斯联合起来。俗话说：“兄弟齐心，其利断金。”克洛诺斯面对赤裸裸的反叛行径却无力镇压，一下子被自己的这群孩子赶出了宫殿。

国不可一日无君，神也不可一日无王。

宙斯的兄弟姐妹们在奥林匹斯山上成立了第三届神话世界的统治班子。为了感谢宙斯的救命之恩，大家一致把宙斯推举为第三代神王。自此，第二代神王克洛诺斯的统治时代也成为了历史。

第三代神王宙斯登基之后，吸取了前两代神王的教训，并没有打算一手把持整个世界所有的一草一木。趁着新官上任三把火，他高兴地对整个世界开始了分封。宙斯把海洋封给了自己的兄弟波塞冬，地府让给了自己的兄弟哈迪斯，而他最为看重的天空留给了自己。

似乎世界的发展正在翻向新的一页，但是有一个神对于正在发生的一切感到愤怒。没错，他就是我们的老朋友前任神王克洛诺斯。

“这些本来都是我的！”

自从那日被自己的孩子们驱逐出权力舞台，克洛诺斯一直不甘心自己的失败。

“他们窃取了我的一切，终有一日我会把它们都夺回来！”

《宙斯与忒坦斯》

让·奥古斯特·多米尼克·安格尔 1780—1867年

此时已经孤立无援的克洛诺斯立刻想到了那些曾经并肩战斗的泰坦神们。此一时彼一时，关键时刻还得靠兄弟呀。

克洛诺斯找到了泰坦兄弟姐妹们，一起重温了当年击败第一代神王乌拉诺斯的辉煌过往。大家越想越觉得血脉贲张。于是克洛诺斯轻轻推波助澜，反宙斯联盟就这样组建出来了。泰坦神伊阿珀托斯的儿子阿特拉斯因为身强力壮被推举为反宙斯泰坦联盟的领袖。

一边是支持第二代神王的泰坦联盟，一边是支持第三代神王的奥林匹斯联盟。双方都拥有强大的盟友和势力。

一场影响世界未来格局的世纪大战不可避免。

由于双方满怀怒火，战争从一开始就进入到白热化阶段。这样的苦战一直持续了十年，双方依旧势均力敌，胜负未分。

有一个聪明的泰坦神在面对胶着的局势时想到了克敌制胜的办法。他就是我们熟悉的普罗米修斯。有关他的传奇故事我们还会在后面慢慢道来。

普罗米修斯思索着复杂的战场局势，心想如果他们这边要是有更多的帮手那就好了。他立刻想到了泰坦们还有几个兄弟没有参加这场战争的任何一方。那就是还被关在黑暗深渊塔尔塔洛斯的独眼巨人和百臂巨人们。这可是一支不容忽视的力量。

于是普罗米修斯很快把他的想法告诉了克洛诺斯："老大，我们还有潜在的盟友没有参战呢。我们何不请他们和我们一起并肩战斗？这样战争的天平会像我们这边倾斜。"

"潜在的盟友？是谁？快说快说！"克洛诺斯正在为战况愁眉苦脸，一听到普罗米修斯的话立刻精神了不少。

"当然是你的兄弟们了。还被关在黑暗深渊塔尔塔洛斯的百臂巨人和独眼巨人们。有了他们，我们就赢定了。"

《普罗米修斯为人类带来火焰》
海因里希・弗里德里希・富格 1751—1818年

普罗米修斯

的确，这是一支令历代神王都十分忌惮的力量，以至于乌拉诺斯和克洛诺斯都不约而同地选择了把这些巨人关在了黑暗深渊塔尔塔洛斯中。

有的事情从道理上说起来很简单，可是实际情况在各方面因素的作用下却很复杂。

克洛诺斯比谁都清楚百臂巨人和独眼巨人们的实力。一旦把他们放出来，可能他根本没有能力控制住这些神。况且克洛诺斯和乌拉诺斯一样，都曾经伤害过这些巨人。他更害怕他请来了独眼巨人和百臂巨人后，这些兄弟不但不会帮助自己，反而会掉转枪口和那个逆子宙斯站在一起。

总之，巨人们的力量对于克洛诺斯来说太过于冒险了。他选择不采用普罗米修斯的提议。

谁能料到，他这次拒绝的举动竟然酿成恶果，左右了战争最后的走向。

普罗米修斯对于克洛诺斯拒绝他的提议一事备感失望。他索性脱离了泰坦联盟，直接去投靠了宙斯那边。

敌人的敌人就是朋友。面对敌人临阵倒戈前来投靠这件看似不合乎常理的事情，奥林匹斯山的宙斯并没有那么多疑神疑鬼的心理包袱。他爽快地张开双臂接纳了这个朋友。

于是普罗米修斯把他的妙计作为了登门礼送给了宙斯。

第三代神王宙斯这才意识到自己还有一群叔叔伯伯正在黑暗深渊塔尔塔洛斯受难呢。他丝毫没有任何犹豫就前往塔尔塔洛斯把独眼巨人和百臂巨人们放了出来。

巨人们重新登上了舞台。他们已经记不清自己在塔尔塔洛斯出来进去多少次了，也不清楚这次这个新一代神王宙斯是否会像前两代神王那样对待他们。但一听到宙斯邀请他们一同对抗克洛诺斯，内心的仇恨很快就让巨人们和奥林匹斯山的诸神们站在了一起。

只要一起打克洛诺斯，我们就是朋友。

巨人们的加入有如一针强心剂注入了奥林匹斯联盟每一个神的心中，也成为

泰坦之战

《泰坦陨落》
彼得·保罗·鲁本斯 1577—1640年

他们战场上最坚实的后盾。

独眼巨人送给了宙斯一套攻击武器——雷霆、闪电和霹雳。同样独眼巨人不偏心眼地也照顾到了宙斯的兄弟们。冥王哈迪斯得到了一顶可以隐身的帽子，而波塞冬得到了一支三叉戟。

“既然我们的力量已经足够强大了，”宙斯满意地看着自己的盟友，“那就和敌人进行最后的了断吧。让我们来结束这场无休止的战争！”

于是，最后的战役打响了。

海洋在翻腾，大地在震动，天空在咆哮。气势正盛的奥林匹斯山联盟和盟友向泰坦们的阵线发起总攻。两军短兵相接，厮杀震天。作为主战场的奥林匹斯山因为双方的打斗而剧烈摇晃，就连黑暗深渊塔尔塔洛斯也能感受到战争的激烈程度。

从战役的一开始，克洛诺斯就发现了双方的战力根本不在一条水平线上。

他明白了为什么一开始第一代神王乌拉诺斯就要把自己的兄弟百臂巨人和独眼巨人们关进塔尔塔洛斯。因为泰坦诸神们根本不是这些战争机器的对手。

不仅是巨人们，宙斯满腔怒火地拿起独眼巨人送给他的武器，使出全身力气在天地之间抛出他的闪电。顿时电闪雷鸣，大地陷入一片火海。原本生机勃勃的世界再次走向混沌。蒸腾起的热气折磨着泰坦们。而闪电耀眼的光芒也让这些泰坦神失去了视觉能力。

俗话讲:“好汉不吃眼前亏。”面对节节败退的局势，克洛诺斯翻看兵书找出了应对的方法——三十六计走为上计。于是他带着战败的阴霾逃跑了。

宙斯哪里能让克洛诺斯逃走。这位落魄的前任神王最终没能逃脱宙斯的手掌心。他被宙斯用坚不可摧的铁索捆了起来，扔进了他最为熟悉的老地方——黑暗深渊塔尔塔洛斯。

此时的克洛诺斯已经没有了翻身的资本。

因为在塔尔塔洛斯的门口，有一只长了三个头的巨狗守护在门外。这只狗的嗅觉极其灵敏，根本不会有逃出生天的机会。

曾经被克洛诺斯关进塔尔塔洛斯的巨人们同时站了出来。他们想让这位老神王也尝尝痛苦的滋味。

在百臂巨人和独眼巨人们的联合巡逻下，这一次，克洛诺斯就算是插翅也难飞了。

不过克洛诺斯比起第一代神王乌拉诺斯来说更加幸运。他的命运并没有到此为止。

在塔尔塔洛斯度过了一段刻骨铭心的苦日子后，由于宙斯大发慈悲，克洛诺斯得以前往一个世外桃源般的仙境——极乐岛，当上了无忧无虑的国王。

随着克洛诺斯的黯然下马，宙斯也该和当初追随克洛诺斯对抗自己的泰坦诸神算算账了。首当其冲的便是泰坦联盟的领袖阿特拉斯。他被宙斯罚去做了最苦的劳役——用身体支撑天地。

收拾了残余的反抗势力，第三代神王终于可以名正言顺地管理这个世界了。

于是世界进入了第三任神王宙斯的统治阶段。希腊神话也就此翻开了最为辉煌灿烂的一页。

但在太平之中，依旧潜藏着足以撼动宙斯地位的隐患。

提丰之乱

在新一代神王宙斯刚刚稳定他的统治地位时，一场声势浩大的叛乱却突然上演了。

这场叛乱的起因是这样的：宙斯在推翻父亲克洛诺斯的统治之后加冕新一代神王。他对那些曾经站在自己对立面的泰坦神们进行冷落和报复。作为泰坦神之母的盖亚对此心怀怨念。于是乎，她与塔尔塔洛斯结合生下的怪物提丰登场了。

提丰被认为是世间所有怪物的始祖。他的样貌可以说是前所未有。据说提丰的肩膀可以抵天，在长长的黑发之间游走着一百条喷着闪电与火焰的龙。而他的下半部分是一条巨大的蛇身，浑身覆盖着羽毛并且生出一对翅膀。只要他途经的地方，必然是带着毁灭性的业火。不仅如此，他的吼声还十分吓人，而且变化多端，如人言，如牛叫，如狮啸，如犬吠，声若奔雷，响彻四极。

而生出这样终极怪物的盖亚本身在希腊神话体系中就是一个矛盾的存在。她的立场变化不定，帮助过克洛诺斯，也帮助过宙斯，如今又挑起大旗反抗宙斯。真应了那句老话："没有永远的朋友，只有永远的利益。"

无论盖亚内心的想法是如何转变的，目前的情况就是，奥林匹斯山上的众神即将面临灭顶之灾。

《提丰》
温塞斯劳斯·霍拉尔 1607—1677年

提丰

在盖亚的指挥下，怪物提丰自然不会选择与宙斯等神硬碰硬。他在等待一个机会，等待一个诸神放松警惕的机会。终于有一次宙斯到人间寻欢作乐，将自己的武器雷霆霹雳留在了一个隐蔽的山洞中。

提丰看准时机来到山洞，抢走了宙斯的武器。既然已经失去了最大的威胁，那提丰也就没有什么可顾虑的了。他肆无忌惮地怒吼着朝奥林匹斯山进发。顿时山崩地裂，斗转星移，整个世界都变得混乱不堪。宙斯不在奥林匹斯山上，其他神没有一个是提丰的对手。

此时此刻的宙斯正在克里特岛上和腓尼基公主欧罗巴缠绵。他突然感受到了天地之间的变化，知道一定是奥林匹斯山出事儿了。宙斯马上从甜蜜中脱身而出，赶回到奥林匹斯山去。

只可惜失去了武器加持的宙斯战斗力大减，在战场上被提丰打得节节败退，甚至被敌人抽走了筋骨。

留得青山在，不怕没柴烧。宙斯化作一团烟雾，跑了。他不是什么胆怯之辈，可毕竟眼下也没有办法嘛。

恰巧奉父亲之命在人间寻找失踪妹妹欧罗巴的卡德摩斯遇见了战败而逃的宙斯。宙斯看见卡德摩斯之后心生一计。现在他根本不是提丰的对手，如果宙斯夺回了自己的筋骨和武器那就不一样了。但他没有实力抢回自己的筋骨和武器，那就只能智取，而卡德摩斯就是智取的关键棋子。

于是宙斯叫来了牧神潘，让他召唤出一群牛羊放在搭好的牛棚中，卡德摩斯被潘变成了牧童的样子，而宙斯自己则化身公牛混入到牲畜之中。作为回报，事成之后宙斯会将和谐女神哈莫尼亚许配给卡德摩斯为妻。

变成牧童的卡德摩斯吹起手上的笛子。笛声嘹亮动听，萦绕在天地之间，行云流水般自然，如沐春风般舒畅。

得胜的提丰正在休息。他被笛声吸引，于是缩小身躯出现在了卡德摩斯面前。

“很好，你的笛声棒极了。”提丰夸赞道。

“想必您就是提丰吧。我听说您击败了神王宙斯，今日一见，果然名不虚传。”卡德摩斯放下笛子恭维道。

面对卡德摩斯的阿谀奉承，提丰觉得眼前这个人虽然是凡人，但有可能发展为自己的属下。毕竟他马上就要成为奥林匹斯山的王，手下没有几个自己人是不行的。于是提丰决定带卡德摩斯回奥林匹斯山。

卡德摩斯对于提丰的恩赐感到惶恐不安，忙低下头。

“就不要推辞了。”

“只是……”卡德摩斯欲言又止。

“有什么事情？”

“只可惜我最擅长的是竖琴，然而世间还没有任何一架竖琴能够让我发挥出我的全部实力。”

“这倒是个问题。”

“不过我倒是知道如何制作出全天下最好的竖琴。但上面的琴弦需要一种特殊而珍贵的材料，恐怕想得到这种材料比夷平奥林匹斯山还难。”

“我击败了神王宙斯，这天下已经没有什么能难倒我的事情了。你说说那材料究竟是什么。”

“那就是宙斯的筋骨。听说宙斯已经溃败而逃，消失得无影无踪，他的筋骨怕是不好得到。”

提丰一想，这不是巧了吗？他哈哈大笑着回道：“哈哈哈哈！我当是什么呢，不就是宙斯的筋骨吗？我已经从他身体里抽出来了。”

卡德摩斯跪拜在地上，忙说道：“只要有了宙斯的筋骨，我便可以制作出全天下最好的竖琴。只要有了全天下最好的竖琴，那我便可为您时时刻刻演奏出全天下最美妙的音乐。”

提丰虽然还没有收拾完奥林匹斯山的那群残兵败将，但已经开始畅想如何以胜利者的姿态享受了。于是他想都没想就将宙斯的筋骨交给了卡德摩斯，还特意嘱咐让他加紧制作，盼望早日听到音乐。

卡德摩斯禀告道：“制作竖琴尚需时日。三日之后我保证就能制作完。”

“很好，三日之后想必我已经扫清奥林匹斯山的余孽，到时候正好接你回去。”

在提丰离开之后，卡德摩斯转身就将宙斯的筋骨交还给了在一旁观察的宙斯。与此同时，另一路神灵也潜入到了提丰的洞穴里，将藏在里面的宙斯的武器偷了出来。

宙斯重新将筋骨融合进体内，又得到了久违的兵器，是时候报仇雪恨了。

天空中忽地电闪雷鸣。这一幕让正在奥林匹斯山清除残余敌人的提丰感到不妙。因为宙斯的武器也能制造出这样的效果。于是忧心忡忡的提丰赶回自己的洞穴，发现本该藏在这里的宙斯武器已经不翼而飞。他又想到那个突然出现的牧童，一下子恍然大悟，知道自己被骗了。

提丰勃然大怒，到处找宙斯准备和他进行决战。宙斯有了武器之后也不躲着了，主动找到提丰，将他打得狼狈逃窜。

提丰抵挡不住来自雷电与霹雳的威力，节节败退，最终被宙斯压在了西西里岛的爱特纳山下。

从此以后，每当这里的火山爆发，人们就认为是提丰正在发怒。而那喷发出的岩浆中，翻涌着提丰的不甘和怒火。

提丰作为怪物之首，与妻子蛇妖厄喀德娜结合，生下了许多著名的怪物，比如九头怪海德拉、地狱三头犬刻耳柏洛斯和狮身人面兽斯芬克斯。

叛乱平定，对于宙斯来说世间已经没有任何再能威胁到他统治的势力了。

接下来，那就是人类的诞生。这一切的开始还要从普罗米修斯无聊的一天说起。

ΣΥΡΑΚΟΣΙΩΝ

第二章

人类的诞生

普罗米修斯造人记

话说在一个晴朗的日子里，普罗米修斯估计是待在奥林匹斯山太无聊了，于是离开那里出来游玩。

当普罗米修斯来到大地上之后，他发现周围环境是那么的美丽。花草树木，鱼儿鸟兽，到处都洋溢着勃勃生机。但是很快普罗米修斯就发现了美中不足的地方，那就是大地上太平静了，除了神以外没有其他智慧生物。

普罗米修斯知道在泥土中蕴藏着天神的种子。于是他便来到了河边，像女娲一样抓起大团泥土，在手上揉搓。慢慢地，他手上的泥巴变得软硬适宜。紧接着，普罗米修斯根据自己的样子将这些泥巴捏成了许多小人。

但是呀，这些小人光有人形而没有生命，一动不动的。普罗米修斯为此陷入了沉思，他在想，究竟该如何赋予它们生命呢？

普罗米修斯见过许多动物。因此他灵机一动，将那些动物的品质都提取了出来，比如狮子的勇猛、狗的忠诚、马的勤劳、鹰的远见、熊的强壮、鸽子的温顺、狐狸的狡猾、兔子的胆怯和狼的贪婪。普罗米修斯把它们通通糅合在一起，注入了这些泥人的胸膛。

就这样，泥人们仿佛是有了生命一样开始活动起来。普罗米修斯欣慰地看着它们，猛然间发现还少了什么。没错，这些泥人还缺少神的灵气。

但是，这对于普罗米修斯来讲可是一个不可能解决的问题。就在他万般无奈的时候，他的朋友雅典娜伸出了援手。雅典娜对着这些泥人吹了一口气。在获得了智慧女神雅典娜的祝福后，这些泥人产生了理智，终于成为真正的人。

这就是地球上人类的诞生。

可是，普罗米修斯又发现了一个问题。这些刚诞生的人就像孩子一样，对万事万物都充满了好奇，却没有耐心去思考。他们根本不知道自己的身体有什么用。他们有眼睛，却不知道用来看东西。他们有耳朵，却什么也听不到。他们看上去就像什么都不懂的无头苍蝇一般到处乱窜。尽管人类已经具备智慧，却不懂得如何运用。

于是，普罗米修斯便当起了人类的老师，教他们看东西、听东西、说话、写字、建造房子、种田、创造艺术等等，甚至他还教会了人们如何驯化动物、驯养牲口、骑马。普罗米修斯为了人类的生计发明了帆船。人类可以凭借帆船在海上捕鱼了。简而言之，凡是对人类有用的、能够使人类幸福的，普罗米修斯全都倾囊相授给了他们。

《非利士人在阿什杜德的瘟疫》彼得·范·海伦 1612—1687年

在普罗米修斯的悉心教育下，人类变得越来越聪明。这也引起了奥林匹斯山上神王宙斯和其他诸神的注意。

诸神在人类问题上达成一致意见，要求这些生活在大地上的人类必须敬奉天神、服从神祇，而作为奖赐，奥林匹斯众神也会保佑人类、祝福人类。

接着，诸神和凡人的代表在希腊聚会，商议确定诸神和人类的权利和义务。普罗米修斯作为维护人类利益的代表出席了此次会议，他希望诸神不要为难人类，不要提出太过苛刻的条件。

然而，诸神对于人类的到来非常警惕。尤其是宙斯，他害怕这些人类在未来变得强大后会不服从管教，甚至起来反对自己。在聚会上，诸神毫不留情地提出了自己的要求。这些条件让刚刚学会耕种放牧的人类苦不堪言。他们希望能够减少供神的祭品，但是诸神却一直不同意。

就在人类万般无奈之际，聪明的普罗米修斯再次站了出来。他以人类的名义杀了一头公牛，分成了两堆。然后他找到了宙斯，请宙斯选择人类应该把哪一堆献给神，哪一堆留给自己。

这两堆肉中，有一堆全是好吃的肉，只是上面盖着牛皮和牛骨，看上去就很寒酸；而另一堆呢，则全是牛骨头，只是上面浇上了烧过的牛油，看上去非常诱人。

宙斯二话不说就选择了第二堆，当他和众神揭开那第二堆看起来很好吃的牛肉时，却发现在光鲜的外表下，里面全是骨头，一点肉都没有。宙斯这才明白了过来，发现自己被骗了，愤怒地对普罗米修斯说：“哈哈哈！泰坦巨人的儿子呀！仁慈的朋友呀！你的分配真是好公平呀！”

为了报复欺骗众神的普罗米修斯，宙斯拒绝给予人类他们最需要的东西——火。人类没有火，顿时陷入了无边无际的寒冷与黑暗之中。他们只能吃生的东西，在无边无际的黑暗中，人类度过了一个又一个漫长的夜晚。

看着这群人类，普罗米修斯陷入了悲痛。他决定要去为自己创造的人类做点什么，于是他决定盗取天火，将它带给人类。

另一边，宙斯当然也想到普罗米修斯会这么做，于是就派人看守着天火，让普罗米修斯无计可施。

普罗米修斯一下子又陷入绝望之中，对此无能为力。他的弟弟厄庇米修斯知道此事后，就来到了哥哥身边，说："哥哥！盗取天火有什么困难的？我来告诉你该怎么办！"

厄庇米修斯贴在普罗米修斯的耳边说了一番话，普罗米修斯听了弟弟的话后，不由得眼睛一亮，非常高兴地拍了拍弟弟夸赞一番。

普罗米修斯找来了一根长长的茴香枝，将它带到了天上。当太阳神赫利俄斯驾驶着烈焰熊熊的太阳车经过的时候，普罗米修斯顺势将茴香枝伸到了火焰里点着了，然后又迅速回到了大地，将它送给了人类。

这支火种点亮了人类发展的明灯。

宙斯得知此事后非常生气，他决定惩罚普罗米修斯，将他交给了火神赫菲斯托斯和他的两个仆人。一开始，火神非常敬佩普罗米修斯的勇气，对他说道："只要你肯向宙斯承认错误，归还火种，宙斯会原谅你的！"

普罗米修斯摇摇头，坚定地说："为人类造福，有什么错！我可以忍受各种痛苦，但决不会承认错误，更不会归还火种！"

他们只能按照神王的命令将普罗米修斯带到了高加索山上，用一条永远也挣不脱的铁链牢牢地将他束缚在一个陡峭的悬崖上。

对此宙斯还不解恨。他派出了神鹰每天啄食普罗米修斯的肝脏，但是这些被吃掉的肝脏在第二天又会长出来，就这样日复一日，年复一年，普罗米修斯被吊在悬崖上，身心不能休息，四肢不能活动，忍受着饥渴、炎热与寒冷。

为了人类，普罗米修斯忍受着这些难以描述的痛苦与折磨，依旧不愿向宙斯屈服。英国浪漫主义诗人雪莱曾写诗赞颂：

《普罗米修斯》
西多奥·罗姆布特 1597—1637年

遭受宙斯惩罚的普罗米修斯

是谁？让漫漫黑夜跳跃希望的火苗？
是谁？让蛮荒时代沐浴文明的曙光？
是谁？闯进了你的梦乡？
是谁？甘愿触犯天条也要救人类于水火？
是谁？身受酷刑却无怨无悔？
啊！巨人，是你给人类带来火种。
送来光和热，
送来人类新的纪元！
尽管上天和你蓄意为敌——
高山险峻，铁链加身。

烈日如火，暴雨如注——
但沉重的铁链只能锁住你的身躯，
却怎能锁住那颗坦荡无私的心！
难道仅仅是物质的火种吗？
不，你给予我们的
是生生不息的精神火种！
勇敢，坚强，博爱，无私，
这就是你——普罗米修斯！

当普罗米修斯将天火带给人类之后，宙斯自然不会善罢甘休。他又会怎么对付人类呢？

潘多拉魔盒

普罗米修斯将天火送给人类之后，宙斯非常生气。虽然普罗米修斯遭到了惩罚，但是追根溯源，整个事情的起因还是因为普罗米修斯的那个弟弟厄庇米修斯。

于是奥林匹斯山上的最高统治者决定要惩罚他和人类。宙斯与众神在一起开了个会，想出了一个办法。他们联手制作了一位美妙绝顶的迷人少女，最后众神给她起了个名字——潘多拉，意思就是“拥有一切天赋的女人”。

然后，宙斯让赫尔墨斯将她带到了人间，得意地说道：“让厄庇米修斯尝试一下潘多拉的魅力吧！她可是诸神送给他和人间的礼物！”

就这样，赫尔墨斯将这位绝美的少女带到了厄庇米修斯的面前，说这是神王宙斯许配给他的妻子。厄庇米修斯一下子就被潘多拉给迷住了，但是他内心隐隐不安。毕竟自己的哥哥还在经受着惩罚，而自己也参与其中，厄庇米修斯不明白神王的目的是什么。

于是，厄庇米修斯就跑到了高加索山上，把这件不同寻常的事情告诉了自己的哥哥普罗米修斯，询问他的意见。

普罗米修斯听后大惊失色，连忙说道：“弟弟啊！你要当心。看看我现在有多惨。他们一定是另有所图。”

厄庇米修斯点了点头，表示谨记哥哥的教诲。然而辞别哥哥回家之后，色令智昏的厄庇米修斯就把哥哥普罗米修斯的话置之脑后了。因为潘多拉实在是太美啦！

厄庇米修斯对潘多拉一见钟情。他无论如何也要娶她做自己的妻子。

于是厄庇米修斯和潘多拉的婚事就顺理成章地定下来了。

出嫁之前，宙斯将一个盒子交到了潘多拉的手上，千叮咛万嘱咐："你永远不要把它打开。如果你不听话，你会后悔的！"

潘多拉高高兴兴地收下了宙斯的礼物。毕竟神王送给自己的东西一定是稀罕东西。

这一切都在宙斯的掌控中。神王正在利用潘多拉的好奇心。他相信自己越不让她这么做，她内心一定会想这么做。

潘多拉嫁给厄庇米修斯之后，两个人过了一段幸福的日子。可是在潘多拉的心中，有一件事情迟迟徘徊在心头，那就是宙斯送给自己的盒子。她好几次想打开这个盒子，看看神王究竟送了什么宝贝。可一想到宙斯告诫自己的话，潘多拉又不得不忍住了。这个盒子似乎逐渐成为居住在潘多拉内心中的一个心魔，时时困扰着她，折磨着她。

厄庇米修斯发现了潘多拉心中有事。潘多拉便把宙斯当初送给她盒子的事情告诉了他。厄庇米修斯一听，意识到了问题的严重性。他立即嘱咐妻子一定不要打开那个盒子，因为那个盒子里面的东西都是不祥的，会给他们夫妻二人和整个人类带来灾难。

潘多拉心中的心魔愈演愈烈，一直在她耳边怂恿着她。厄庇米修斯每次出门的时候都会告诫妻子不要打开那个盒子。但是随着时间的推移，叮嘱对潘多拉的影响越来越微弱。

《潘多拉魔盒》

查尔斯·爱德华·佩鲁吉尼 1839—1918年

潘多拉打开魔盒

终于有一天，潘多拉再也忍不住了。她觉得如果再不去打开那盒子，自己就要疯了。于是，潘多拉径直来到放有盒子的位置，小心取出了那个盒子。她仔细端详着那个安静的盒子，并不觉得它有任何暗藏的危险。

很快潘多拉打开了宙斯送给她的盒子。但没有任何事情发生。正当她好奇地伸着脖子想仔细看看盒子里装的究竟是什么东西的时候，突然之间，盒子里升腾起一股可怕的黑烟。这股黑烟迅速地飘向空中，融入到空气里。

惊慌失措的潘多拉一看到这个情形就意识到自己惹了大祸。她连忙关上了盒子，但为时已晚。

奥林匹斯诸神把他们的诅咒藏在了这个盒子里。随着黑烟一起跑出来的还有饥荒、瘟疫、疾病、癫狂、战争、灾难、罪恶、嫉妒等等。而潘多拉一定想不到，她自己关盒子的一瞬间把智慧女神雅典娜的礼物留在了里面，那就是人类最为宝贵的东西——希望。

所有祸患已经在潘多拉打开盒子的瞬间散落到人间各地。在之后的岁月里，各种各样的灾难和疾病肆虐人间，人们苦不堪言。普罗米修斯得知此事后，看着人类痛苦，看着人类遭受折磨，他伤心欲绝，差点儿晕厥过去。

潘多拉魔盒已经打开，人类的命运又将走向何方？

宙斯的惩罚

宙斯老是接到报告，报告上说人类十分邪恶，行为令人发指，简而言之就是人类很坏。

对此，宙斯并不吃惊。因为这事儿就是他干的。他甚至还为潘多拉魔盒的计划而自鸣得意。

宙斯已经对这群冒犯神灵的人类不抱任何希望了。但是对于报告上的内容，他还是心存疑虑。为了看看自己的盒子究竟产生了多大的效果，他决定去人间走一走。

来到大地上，宙斯这才反应过来，他接到的报告已经是美化后的结果，实际情况要比这严重得多。

宙斯来到了人类王国阿耳卡迪亚的国王吕卡翁的大厅。

吕卡翁自视身份高贵，对宙斯的态度非常冷淡，而且说话也丝毫没有尊重。

宙斯强压着自己的怒火，摇身一变，现出了自己的真身。他想让人类懂得什么是敬畏。

果不其然，大厅里的其他人见到天神降临，纷纷下跪行礼。唯有国王吕卡翁不以为然。

吕卡翁并没有意识到宙斯的厉害。他哼了一声，冷笑道：“谁知道你到底是不是骗子呢？我得亲眼看看你是人还是神。”

于是，吕卡翁一不做二不休。他偷偷下令杀了一个关押在监狱中的俘虏，让人将他的四肢剁了下来，然后煮熟了作为晚餐送给宙斯享用。

宙斯对此当然一清二楚。他彻底被眼前这个人的荒谬行为激怒了，当即降临天威，整个宫殿都燃烧起来。

吕卡翁这才幡然醒悟，但为时已晚。想要逃走的他被宙斯逮到，变成了一只嗜血的恶狼。

这次人间的经历深深刺激到了神王。回到奥林匹斯山的宙斯依旧怒不可遏。他决定消灭这群已经被腐化得无可救药的人类。

那么如何消灭人类也是一个值得思考的问题。一开始宙斯想到了一个简单暴力的办法，用自己的闪电直接轰击大地。可他又害怕自己把控不住力度影响到奥林匹斯山的神界，到时候那可就得不偿失了。

想来想去，既然奥林匹斯山那么高，那不如用洪水来淹没这个世界吧。于是，滔天洪水在一瞬间淹没了整个大地。

既然是洪水，那自然少不了宙斯的好兄弟海神波塞冬的帮忙。波塞冬听了宙斯的计划后，让洪水的力度直接提升到无法挽回的等级。

大地上的人们被这突如其来的灾难吓坏了。他们纷纷寻找安全之地。自然，那些凸起的山峰成为大家的首选目标。可很快泛滥的洪水没过了这些曾经是山顶的地方。

有一些聪明的人类躲在了木船里从而在肆虐的洪水中幸免于难。可人不能不吃不喝啊。这群最后的人类在海上漂浮了很久，但始终找不到任何落脚的地方。最终他们一个接一个地死去。

但丢卡利翁和皮拉夫妇在这次灾难中幸存下来，成为人类最后的希望。

他们既然能从宙斯的怒火中存活下来，自然也不是普通人。其实，丢卡利翁其实是普罗米修斯的儿子，而他的妻子皮拉也是普罗米修斯那个倒霉弟弟厄庇米修斯和潘多拉的女儿。

原来早在大洪水之前，被困在高加索山上的普罗米修斯就已经得知宙斯绝对不会对他的人类善罢甘休。他赶忙叫来生活在人间的儿子丢卡利翁，对他说："宙斯要发怒了。恐怕泛滥的洪水会让整个大地寸草不生。所有人类都将会在这场洪水中淹死。所以你得赶紧建造一条大船，带着你的妻子一起坐进去，做好一切准备，这样你们就可以躲避这场毁灭性的灾难。"

丢卡利翁听从父亲的吩咐，按照指令建造了一条大船，和妻子皮拉躲在里面。

果然在不久之后，普罗米修斯所说的洪水如期而至。随着洪水的漫延，大地上所有的人类都死了，除了丢卡利翁以及皮拉。他们在船上漂泊了九天九夜之后

洪水吞没大地

《大洪水》
米开朗基罗 1475—1564年

最终到达了巴那斯山。

宙斯正看向大地，欣赏自己的杰作。他无意间发现了丢卡利翁和皮拉这对漏网之鱼。对人类心生芥蒂的宙斯原本打算痛下杀手，但丢卡利翁和皮拉在巴那斯山上对诸神献祭所表现出来的虔诚平息了他心中的怒火。于是神王大发慈悲，给人类留下了最后的种子。

随着宙斯怒火一同褪去的还有那肆虐的洪水。大地又逐渐恢复往日的平静。原本驰骋的波塞冬也收工回家了。

丢卡利翁和皮拉重新回到了大地上。但他们环视四周才发现，如今留下的只有一片寂静。生命气息已经随着那可怕的洪水荡然无存。

丢卡利翁不禁流下了眼泪，哭诉道："亲爱的，你也看到了，人间只剩下了我和你，这可怎么办呀？其他人都被洪水淹没了，如今只剩下了我们两个孤零零地在这荒无人烟的世界上，我们又能做些什么呢？"

沉思片刻后，丢卡利翁又说道："要是我那伟大的父亲普罗米修斯教会我用泥土创造人类的本领，教会我把灵魂赋予泥人的技术，那该多好啊！"

皮拉一边听着丈夫的话，一边也流下了眼泪。两个人就这么相拥而泣。

哭累了之后，他们找到了正义女神忒弥斯的圣坛。这个忒弥斯也是宙斯的众妻子之一。夫妻二人向女神做了简单的献祭之后，跪下向女神祈求说：“神圣的女神啊！请告诉我们该如何重新创造已经灭亡的人类。慈善的女神啊！请帮助沉沦的世界再生吧！”

令人意想不到的是，女神听到了他们的呐喊。忒弥斯说道：“你们善良的想法让我很感动。我真心希望你们能够如愿以偿，创造出新的人类。我告诉你们一个办法：你们只需要戴上面纱，放松腰身，把你们母亲的骸骨往肩膀后扔去。”

说完，女神就消失了。

面对女神的建议，皮拉感到惊恐万分。她说道：“扔我们母亲的骸骨？这可不行啊，人已经离开了，再摆弄骸骨不就是对长辈严重的亵渎嘛！”

站在一旁的丢卡利翁沉默不语。他不觉得这个女神有什么特殊的精神癖好，而是开始认真思考她话中的真正含义。

突然他从沉思中醒悟过来。原来女神忒弥斯所指的母亲并不是他们两个的母亲，也不是具体某个人的母亲，而是全人类的母亲，也就是脚下踩着的这片大地。想通了这点之后，他立刻高兴地对妻子说：“我想我明白女神的意思了。女神并没有让我们做亵渎或者不敬的事。大地是我们全人类仁慈的母亲，她的骸骨一定就是石头了。来！皮拉，我们一起扔石头吧。”

于是，丢卡利翁和皮拉二人遵照神谕，蒙上了面纱，又把衣带松开了，然后捡起石子就往自己的身后扔去。当石头落地的时候，奇妙的事情发生了，它们变成了人类。丢卡利翁扔出去的变成了男人，皮拉扔出去的则变成了女人。

《丢卡利翁与皮拉》
胡安·巴蒂斯塔·马丁内斯·德尔·梅佐 1612—1667年

丢卡利翁和皮拉重新复活人类

这些新生的人类，所承受的苦难并不比之前的少，在道德上也几乎没什么差别。至于新一代人类即将面临的命运，谁又说得准呢？

ΣΥΡΑΚΟΣΙΩΝ

第三章

诸神的二三事

阿芙洛狄忒情欲史

《天意的胜利》
彼德罗·达·科尔托纳 1596—1669年

赫菲斯托斯

赫菲斯托斯是火与工匠之神，同时也是宙斯和赫拉的儿子。由于他一生下来就是个驼背，被宙斯嫌弃，从奥林匹斯山扔了出去。赫菲斯托斯因此又不幸地摔成了一个瘸子。好在天无绝人之路，幸运的赫菲斯托斯被海洋女神收养，并在她的呵护下茁壮长大。

赫拉不忍心看儿子有如此遭遇，就去说服宙斯补偿对儿子的抛弃行径。宙斯或许是真的对赫菲斯托斯满是愧疚，或许是因为自己得不到爱与美的女神阿芙洛狄忒而怒火中烧。于是他决定把阿芙洛狄忒许配给自己的丑儿子赫菲斯托斯。

《维纳斯的诞生》
桑德罗·波提切利 1445—1510年

阿芙洛狄忒

爱与美的女神阿芙洛狄忒在前文已经提到过了。她诞生于第一代神王乌拉诺斯掉落的生殖器所化成的海洋泡沫中。阿芙洛狄忒是她在希腊神话中的名字，而在罗马神话中则是我们所熟知的维纳斯。

阿芙洛狄忒是希腊神话所有女神中最为美丽迷人的，没有之一。她拥有漂亮的脸蛋，最让人无法抗拒的魅力，可命运弄人，她不得不嫁给一个丑陋的丈夫。当她一看见自己的丈夫赫菲斯托斯一瘸一拐的模样后，就变得郁郁寡欢，感叹生活对自己的不公。

尽管如此，阿芙洛狄忒还是为赫菲斯托斯生了三个儿子。而且这三个孩子都很帅气，和他们的丑爸爸形成了鲜明的对比。

赫菲斯托斯的孩子一点都不像他。大家都说这三个孩子其实根本不是赫菲斯托斯的孩子。他们的亲生父亲另有其人。但可怜的赫菲斯托斯却对此毫不知情，还一如既往地将他们当亲生儿子来养育。

实际上，这三个孩子的真正父亲并不是赫菲斯托斯的，他们的亲生父亲是同样帅气的战神阿瑞斯。而这个阿瑞斯，却只是阿芙洛狄忒诸多情人中的一个。

有一次阿瑞斯邀请阿芙洛狄忒来他的宫廷中游戏。两个人玩累了之后便相拥而睡。这时，正在巡视天庭的光明与文艺之神阿波罗正巧撞见了二人的幽会。由于阿波罗早就和这个阿瑞斯不对付，当他见到这对情人赤裸裸地睡在一起，便赶紧去找赫菲斯托斯告状。

赫菲斯托斯得知这一丑闻后内心翻涌。他虽然外表丑陋，但心思却十分细腻。原本盛怒之下赫菲斯托斯想直接去找这对情人算账，但他转念一想，又克制住了自己的冲动，因为他有更好的方法来对付这两个人。

在高超的工匠手艺操作下，赫菲斯托斯打造出了一张细若游丝但却坚韧无比的大网。而这张大网被他悄悄地系在了自家卧室的床柱上。

一场精心策划的报复开始了。

等到阿芙洛狄忒尽兴归来，赫菲斯托斯欲擒故纵地告诉妻子自己即将远行。阿芙洛狄忒听了之后难掩内心的高兴，但她当着丈夫的面还是表现出不舍之情。

赫菲斯托斯终于离开了。阿芙洛狄忒迫不及待地通知自己的情夫阿瑞斯速来她家里。两个人甚至大胆地睡在了阿芙洛狄忒家的床上。

但第二天天一亮，这对情人刚一醒来，就发现自己根本动弹不得。原来他们早就在深夜被赫菲斯托斯事先布置的大网逮了个正着。

赫菲斯托斯不仅保留了现场决定性的证据，还邀请众神一起来看。

《遭到伏尔甘惊吓的维纳斯和马尔斯》

亚历山大·夏尔·吉耶莫 1786—1831年

阿芙洛狄忒和阿瑞斯幽会被抓住

就在这对情人在赫菲斯托斯的网中挣扎的时候，苦主赫菲斯托斯闯了进来，在他的身后站着的是奥林匹斯山的众神。赫菲斯托斯就是要让众神来见证一下自己妻子与情人之间的秘密。他已经气得语无伦次，并且扬言如果阿芙洛狄忒的养父宙斯不把当年价值连城的聘礼退还给他，他就绝不放过阿芙洛狄忒。

就这样，阿芙洛狄忒和阿瑞斯赤裸裸地躺在网中，被众神瞧得清清楚楚，可以说是情势非常窘迫。那光明与文艺之神阿波罗还在一旁偷笑，因为自己厌恶的战神阿瑞斯终于沦为了诸神的笑柄。

面对这件事情，宙斯的态度却让人意想不到。他不仅没有当面责怪这对不守规矩的情人，还对赫菲斯托斯的行为非常不满，毕竟家丑不可外扬。当然他绝对不会退还他的结婚聘礼，也不肯干涉这对夫妻的恩怨争吵。

要知道阿芙洛狄忒可是诸神之中最美的女神，自然她的裸体也引发了其他人无限的遐想。波塞冬就成为了她新的仰慕者。当波塞冬看到女神的胴体时，只感觉全身火热，为她的肉身大为倾倒。他十分嫉妒阿瑞斯是阿芙洛狄忒的情人，于是假惺惺地对赫菲斯托斯说道：“既然宙斯拒绝帮忙，那就让我来出手吧。我来替阿瑞斯担保。我一定会让他交出等值的财宝送还给你。”

赫菲斯托斯已经身心俱疲。他没有更好的方法来弥补自己受伤的心灵。他垂头丧气地答道：“只好这样了。不过如果阿瑞斯说话不算数的话，你就要替代他被关在网子里。”

波塞冬则理直气壮地说："我不相信阿瑞斯会言而无信。不过他要是真的失约的话，我愿意出这笔巨额的赎金，让我来和这个可恶的阿芙洛狄忒在一起吧！"

然而，阿瑞斯不肯支付这笔赔偿，因为就连堂堂的神王宙斯都不肯退让，凭什么他要屈服于这个人人嫌弃的赫菲斯托斯？再说了，阿瑞斯认为是阿芙洛狄忒先勾引的自己，自己根本没有过错。

闹剧过后，阿瑞斯获得了自由，回到了他的宫殿。阿芙洛狄忒则去了帕福斯，在海水中重新获得了贞洁。

谁也说不清楚这笔赎金到底是掏了谁的腰包。也许是信使赫尔墨斯，因为阿芙洛狄忒以身相许，为他生下了雌雄同体、上半身女性下半身男性的赫尔玛弗洛狄托斯。也有可能是波塞冬，因为阿芙洛狄忒也和他生下了两个儿子。

不过最惨的一种说法就是谁都没有为阿芙洛狄忒的出轨掏一分钱。可怜的老实人赫菲斯托斯吃了哑巴亏，什么也没得到。

而阿芙洛狄忒，她的故事还在继续呢。

音乐天王阿波罗

光明与文艺之神阿波罗不仅长得帅、会驾车，音乐造诣也很深厚。当然他也有一个明显的缺点，那就是脾气暴躁，十分争强好胜。

雅典娜打猎打到了一只鹿，用鹿骨做了一支双管长笛。在一次众神的宴会上，她高兴地吹奏起自己新做的长笛为大家助兴。在场的诸神都在美妙的音乐中沉醉不已，频频点头称赞。但当雅典娜转身的时候，她发现赫拉和阿芙洛狄忒俩人窃窃私语，好像是捂着嘴在嘲笑她。

雅典娜很生气，但在众目睽睽之下控制住了自己，没有当场发作。她不明白这两位女神为什么要嘲笑自己，或许是在嫉妒自己的才华，或许是自己的美貌。其实希腊的神和人类一样，都拥有着情感上阴暗的一面，比如残暴与嫉妒。

后来雅典娜独自一人走进一座森林里面。此情此景，她不禁在河边吹起了长笛。雅典娜一边吹奏音乐一边低头观察自己在水中的倒影。不看不知道，一看吓一跳！原来她发现，那水中吹笛人的倒影，也就是自己，模样竟然变得跟平常不一样了，脸色难看得滑稽可笑。这时她才明白，赫拉和阿芙洛狄忒为什么要嘲笑她。

雅典娜讨厌自己吹奏时的模样。于是她也对这个自己亲手制作的笛子充满怨恨。雅典娜一气之下把这支笛子随手丢弃了，还对它发下了一个恶毒的诅咒。如果谁成了这支笛子的主人，谁就会惨遭不幸！

谁也不会料到一支笛子会带来厄运。当林神玛息厄经过这片林子的时候，无意间发现了落在草丛中的笛子。他捡起笛子，刚放到嘴边，这笛子竟然自动就吹奏起来，而且音律美妙动人。

玛息厄如获至宝。他非常高兴地把这支神奇的笛子据为己有，从此将笛子带在身边，兴致高昂之时就拿出来吹奏。

《宁芙与萨堤尔》
威廉·阿道夫·布格罗 1825—1905年

他的笛声传遍了森林周围的村子。凡人哪里听到过这般精彩绝伦的音乐。于是一个说法传开了：就连光明与文艺之神阿波罗也未必能用他的里拉琴演奏出比森林里更动听的音乐来。

这话传到阿波罗耳中。他对自己的音乐向来自信，因此非常生气，立马派人下了战书，决定要与玛息厄来场音乐擂台赛，比一比谁是天下最会演奏音乐的人，并规定胜者可以用任何方式惩罚败者。

长笛在手，音乐不愁。手握神奇长笛的玛息厄无所畏惧。他甚至想到若是自己能够击败不可一世的音乐之王阿波罗，那么他就可以成为天地之中最优秀的音乐家了。因此，玛息厄毫不犹豫地就答应了阿波罗的挑战。

阿波罗组织缪斯仙女们来担当本次擂台赛的评审团成员，规则是三局两胜制。在两位参赛选手各自演奏完三首乐曲后，他们的优秀表现让仙女们左右为难，拿不定结果，最后竟然判定两个人平局。

阿波罗对这样的结果不甘心。他立刻想到了一个能让自己克敌制胜的方法。于是他得意地对一样不服气的玛息厄说："平局收场的话比赛就没有意义了。咱们自然是要分出胜负。你能不能把你的笛子倒过来吹，而且还要边吹边唱。若是你能做到这样，那我就心甘情愿地输给你！"

笛子当然不可能倒过来吹了，更何况即使天神也只有一张嘴，如何边吹边唱呢？这明显是阿波罗故意为难玛息厄。

面对这样的刁难，玛息厄自然是拒绝接受挑战。这正中阿波罗的下怀。他装作什么都没听见，自顾自地拿起了自己的里拉琴，边走边弹奏起歌颂赞美奥林匹斯山上诸神的乐曲。

如此，缪斯仙女们判定阿波罗胜出！

无可奈何的玛息厄只得接受了缪斯仙女们的这一裁决。名副其实的音乐天王阿波罗非常高兴，准备惩罚比赛的失败者。由于对自身的音乐地位过于看重，阿波罗竟然活生生地剥下了玛息厄的皮，把他的皮钉在以他命名的河的发源地的一棵松树上！或许正是冥冥之中雅典娜的诅咒左右了玛息厄的命运结局。

《光明之神阿波罗与仙女乌尼亚讨论诗歌与艺术》
查尔斯·梅尼埃 1768—1832年

演奏音乐的阿波罗

音乐是大家喜闻乐见的娱乐项目。所以能够威胁音乐天王阿波罗地位的人不止玛息厄一个。有一次在众神举办的宴会上，牧神潘喝高了，禁不住夸夸其谈起他的音乐造诣，到最后竟然吹嘘他演奏的乐曲可以和阿波罗相提并论，甚至还向这位演奏里拉琴的神祇发出挑战，要和他一较高低。

趾高气扬的阿波罗容不得别人挑衅自己的音乐权威，自然是欣然接受了挑战，并且邀请山林之神特摩罗斯担任比赛的裁判。在听众中有一个牧神潘的忠实门徒，叫作迈达斯。他十分相信牧神潘的演奏能力独一无二，每每在潘演奏的时候，他都听得很陶醉。

但是最终还是阿波罗获得了胜利，在场的听众近乎都接受了这一裁决，就连牧神潘也垂下了脑袋，表示认输。可门徒迈达斯却不服气。从低声私语到大声质问，他坚定地认为裁判山林之神特摩罗斯偏心阿波罗。

阿波罗微微一笑，悄悄地走到了迈达斯的跟前，揪住了他的耳朵。就这么轻轻一提，他的两个耳朵从此变得又长又尖，就像驴的耳朵一样，不得不包着头巾来掩盖。

阿波罗的音乐天王地位不可动摇，没有人能成功挑战他。

诸神的倒霉儿子们

传说在古希腊，住着一个学识渊博、为人善良的肯塔弗洛斯。他是一名医生，虽然年纪大了，但精神抖擞。他常年居住在山上，熟读医书，是希腊远近闻名的神医，许多人都将自己的孩子送到他那里去学习，就连光明与文艺之神阿波罗也不例外。

有一天，肯塔弗洛斯正走在路上，忽然有十几个孩子抬着一个痛哭的男孩，从树林中跑了出来，围在他身边大声呼喊："老师！救救他吧！他被蛇咬伤了。"

肯塔弗洛斯立即起身来到了这个孩子的身边诊断。他发现这个孩子被一种厉害的毒蛇咬伤了，如果不立即医治的话，他马上就会一命呜呼！

尽管肯塔弗洛斯对他进行了全力的救治，可是他的心里却对于治疗效果一点底都没有。

就在这时，肯塔弗洛斯耳边响起了一阵长长的口哨声，众人的目光锁定在了一块岩石上。只见一个孩子坐在岩石上面露微笑，他就是光明与文艺之神阿波罗的儿子阿斯克利皮奥斯。

阿斯克利皮奥斯近身察看这个被咬伤的男孩之后，就跟肯塔弗洛斯信誓旦旦地保证道："老师，您让我来吧，我能够为他治疗。他一定能活过来！"

说着，阿斯克利皮奥斯从腰间取出来一束草，用他灵敏的手指挑选出了一枝，摘了几片叶子，盖在伤口上。

过了一会儿，那个被毒蛇咬伤的男孩恢复了意识，而且根本感觉不到伤口的疼痛了。不仅如此，就连毒蛇咬伤留下来的伤疤也开始消退。

从毒蛇口中死里逃生的男孩对救活他的阿斯克利皮奥斯感激不尽。站在一旁的神医肯塔弗洛斯对于阿斯克利皮奥斯的治疗手法非常好奇，就将他叫到一边，询问他是怎么发现这种珍贵草药的。

阿斯克利皮奥斯回答道："老师，我是从一只母狼那里意外发现的。有一次我在山上游玩，看到了一只受伤的母狼正在嚼着这种草涂抹自己的伤口。在草药的作用下，它的伤口很快就愈合了。于是我就留意这种草药，放到自己身边以备不时之需。"

肯塔弗洛斯听完阿斯克利皮奥斯的讲述之后，将手放在了他的头上，语重心长地说道："阿斯克利皮奥斯，好好学习吧，你将来一定会超过老师的！"

多年之后，学有所成的阿斯克利皮奥斯离开老师独自闯荡，真正成为一名救济苍生的医生。由于出色的医术，渐渐地，他成了全希腊最有名望的医生，救治了不少人，甚至很多患了顽疾的人在得到他的治疗后都能够痊愈。

几家欢喜几家愁。另一边，哈迪斯正在地府中为锐减的死亡人口而感到很沮丧。因为近日，从地上来到地府的幽灵正在渐渐减少。他陷入了焦虑之中。

于是哈迪斯亲自来到了奥林匹斯山，站在宙斯面前抱怨道："你现在很舒服吧，我的兄弟。你也不看看大地上正在发生什么，那里的人都挤成了一团，而我的地狱却空荡荡的。你看我的手下们要把那些将死之人带走，可他们却被阿斯克利皮奥斯所击败。你怎么能够允许这种破坏规矩的事情发生呢？"

忙碌的宙斯已经很久没有精力操心地上发生的事情了。他在听完哈迪斯的话后，也深感不安。因为人类若是拥有了无尽的生命，那么自己的神权地位必然会受到严峻的挑战，毕竟已经没有什么恐惧能够让这些不听话的人类臣服于奥林匹斯山了。

于是，一声霹雳下去，挑战生死规则的阿斯克利皮奥斯被神王宙斯劈死了。

儿子无缘无故被人劈死了，光明与文艺之神阿波罗怎么忍得下这口气。他怒气冲冲地来到火山口附近。那里正有独目巨人为宙斯打造雷电兵器。阿波罗人狠话不多，掏出弓箭“嗖嗖嗖”三支箭射过去，不但将打造雷电需要的火光灭得一干二净，还射死了独目巨人。

独目巨人一直是不死之身的存在，居然就这样被阿波罗消灭了。做了这么一件轰轰烈烈的大事，阿波罗一走了之可不行。得知独目巨人被杀的噩耗之后，盛怒之下的宙斯将凶手阿波罗驱逐出奥林匹斯山，并且流放到大地上，去做凡人的奴仆。

可神毕竟是神，哪怕是犯了错误，去做这些事情成何体统？后来，于心不忍的宙斯召唤回自己的亲儿子阿波罗，并且开出了原谅的条件：“你可以回到奥林匹斯山。我也可以宽恕你和你的儿子，让他享受神一般的永生不死，但你得复活我的独目巨人。”

于是复活的独目巨人重新又在奥林匹斯山上敲敲打打，为宙斯锻造雷电。而他的儿子阿斯克利皮奥斯死而复生，成为诸神的一员。阿斯克利皮奥斯为凡人所做出的贡献将永远在这片土地上传颂。

倒霉的不只是阿波罗的儿子，太阳神赫利俄斯的儿子法厄同也未能从宙斯的雷霆下幸免。这究竟是怎么回事呢？

法厄同是太阳神赫利俄斯在人间的儿子。赫利俄斯曾经对他许诺过，只要他长大成人，就满足他任意一个愿望。

在法厄同18岁的时候，他告诉了他父亲自己的愿望——驾驶一天太阳神车。

赫利俄斯万万没有想到自己的儿子会提出这样的要求。但是一言既出，驷马难追，他之前已经答应过法厄同满足他任意一个愿望，就不能再反悔了，不然作为一个父亲的颜面何在。于是赫利俄斯勉为其难地同意了法厄同的请求。

法厄同一听到自己能飙车了，兴奋得睡不着觉，天还没亮就赶紧跳进太阳神车里准备出发。

赫利俄斯还有些不放心自己的儿子。他在儿子临走前叮嘱道：“儿子啊，你一定要小心，这几匹马不好驾驭，要紧握缰绳，千万别鞭打马，否则你会后悔的。”

法厄同并没有把父亲的话听进去。他驾驶着太阳神车一路狂奔，很快从赫利俄斯的面前消失了。

太阳神赫利俄斯的太阳神车就相当于天上的太阳。每天早上，他就驾驶着神车，从东方跑到西方，与地面的高度总是能保持一致。

与父亲相比，法厄同完全就是一个新手。刚开始，他还能驾驭，但是到后来，马车就渐渐失去了控制。毕竟马儿感觉车上的驾驶员力度远不如之前的那个人，因此格外兴奋，在空中狂奔，一会儿高一会儿低。

请大家想想看，若是太阳距离地面一会儿近一会儿远，会发生什么事情呢？

生活在大地上的人类肯定会遭殃呀！

所以当太阳神车飞到高处的时候，整个大地有如进入了冰河期；当太阳神车降低的时候，整个大地有如陷入了一片火海之中，森林开始着火，海洋开始蒸发。

《法厄同与太阳神车》
路易吉 · 里卡尔迪 1808—1877年

法厄同驾驶太阳神车

简而言之，这是一场灾难。地上的人们不知道发生了什么事，万般无奈之下只好求救于他们供奉的天神宙斯。当宙斯接到各地凡人受害者的报告后，立刻调查清楚了引发这场浩劫的原因。

于是，一道熟悉的闪电也劈落到了法厄同的身上。

法厄同被劈死了，应声落地，他的身躯也着火了，坠落在河里。因为他是头朝下跌落的，燃烧的头发就化成了流星，掉落的轨迹就成了银河，太阳神车的两个轮子落了下来，变成了南极圈和北极圈。

宙斯劈死法厄同之后，赫利俄斯并没有像之前阿波罗那样去伺机报复。有可能，他也觉得自己这个不听话的倒霉儿子是咎由自取吧。

阿波罗的好朋友

据说在希腊的一个山区里面，住着一个叫作雅辛托斯的美少年。有一天，阿波罗在河边偶遇了这个正在捕鱼的少年。他俊美的脸庞引得阿波罗停下了自己的脚步。因为他不相信在这么一个偏僻的地方，竟然有如此帅气的美男子。他决定无论如何也要跟这个美少年成为朋友。

可是，他的对手出现了，那就是西风神。西风神也想和雅辛托斯做朋友。

当阿波罗发现这位西风神也在打美少年的主意时，就去找了西风神，请他退出这场竞争，把雅辛托斯让给自己。

按道理讲，光明与文艺之神阿波罗是宙斯疼爱的儿子，而且箭法也是在整个奥林匹斯山没有人不佩服的，西风神这种小神见到他就理所当然地要给点面子。可是雅辛托斯这个美少年实在是太吸引人了，西风神也坚决不肯退让，就算是宙斯和他抢也不行。

“是我先发现这个美少年的，阿波罗你根本没有资格和他做朋友。”

在劝说无效后，阿波罗决定和西风神一决胜负。比赛的内容就是比速度，比比究竟是阿波罗的箭快还是西风神跑得快。

西风神不愧是西风神，他风一般地狂奔着。可阿波罗也绝非等闲之辈。他拉紧弓箭的手一松开，离弦的箭有如流星一样朝着西风神的胸口飞去。

眼看就要被阿波罗的箭追上了，就在这千钧一发之际，西风神猛吹了一口西风，这支箭才没有射中西风神的心窝，而是射在了他的肩头，否则他可能就被阿波罗射死了。

不过西风神输掉了这场比赛，但是他肯定心有不甘。

阿波罗以胜利者的身份兴冲冲地来到了美少年的身边，摇身一变，也变成了一个少年。就这样，阿波罗和美少年成为朋友。两个人经常一起游戏，很快就形影不离。

阿波罗和美少年雅辛托斯在玩一种希腊流行的游戏，也就是掷铁饼。

首先出场的是阿波罗，他使出了浑身力气将铁饼扔得又高又远，几乎都打中了天上的云朵。美少年知道自己没有那么大的力气，但是也急不可耐地要一显身手。

正当铁饼落在地上的时候，美少年伸手去抓，可谁知道，这个铁饼落到地上后又弹了起来，朝着美少年袭来，击中了他的前额。

美少年晕倒在地。阿波罗也受到了惊吓，不知道发生了什么，脸上顿时失去了血色。他们两个人都不知道，这正是西风神暗中捣的鬼。当铁饼落在地上之后，西风神在附近吹了一股很强的西风，让铁饼偏了个方向，打在了美少年的头上。

悲痛欲绝的阿波罗抱起了雅辛托斯的身躯，可是一切都已经晚了，他根本没法留住失去的生命。

阿波罗哀号痛哭道："雅辛托斯啊，你怎么就这么死了呢？是我害了你呀，你还这么年轻，就要离开我，我真希望我能替你去死，可是显然这个是不可能的，因为我是神，我死不了。既然如此，我就用我的里拉琴来悼念你，为你祈祷，你将变为一株鲜花，花瓣上将刻着我的悔恨。"

美少年流下的鲜血，将身下绿色的草地都染红了。可是突然间，骇人的血迹消失了，取而代之的是从地上冒出的一朵花，色泽艳丽，形似百合。更奇妙的是，这朵花呈姹紫色，而百合花大多是白色的。

《雅辛托斯之死》
尼古拉斯-雷内 · 乔兰 1732—1804年

阿波罗抱起雅辛托斯

阿波罗在这朵花瓣上留下了自己的印记，以表示自己的哀思。

这种花，人们也称之为“风信子”，每逢春回大地，它就盛开，以纪念这个美少年不幸的遭遇，同时也纪念阿波罗逝去的友情。

后来，雅辛托斯的故事在斯巴达人民间广为传播。为了纪念这个逝去的少年，大家在盛夏举行为期三天的雅辛托斯节。第一天，人们会悼念死者，而最后一天，人们则会庆祝生命。

风信子的花期过后，若要再开花，需要剪掉之前奄奄一息的花朵。所以风信子也代表着“重生的爱”，告诉人们忘记过去的悲伤，寻找新的情感寄托。

痴情的俄耳甫斯

众所周知，在诸神当中，音乐造诣最高的还属光明与文艺之神阿波罗。俗话讲，虎父无犬子。他有一个儿子叫俄耳甫斯，也是希腊有名的音乐家。

阿波罗在俄耳甫斯12岁生日的时候，送给他一把七弦琴当作礼物，并且从那一天开始教他演奏乐器。可是俄耳甫斯似乎天生就有当音乐家的潜质。这个小朋友根本不用教，自学成才。就连他一向逞强好胜的父亲也公开承认，这个孩子的音乐天赋与自己不相伯仲。

后来，俄耳甫斯爱上了欧律狄刻，并与她结为夫妻。

婚后不久，欧律狄刻和随从在山谷里漫步，被一个牧羊人撞见。这个年轻气盛的牧羊人对她一见倾心，疯狂地追求她。但是欧律狄刻告诉了对方，自己已经心有所属，丈夫是音乐家俄耳甫斯。可是被情欲冲昏头脑的牧羊人依然不肯放弃，继续向她求爱。欧律狄刻为了摆脱这个年轻人，拔腿就跑。只顾逃跑的她慌不择路，意外地引来了一条路边毒蛇的攻击。在毒蛇毒液的作用下，这位可怜的夫人很快就一命呜呼了。

丧妻的俄耳甫斯非常伤心，整日脑子里都是妻子生前的模样。他通过自己哀婉的歌声向天地和世人诉说自己的哀思。

可是这一切都无济于事，万般无奈之下，俄耳甫斯决定去冥界寻找他的妻子。

来到冥界之后，他一边弹着七弦琴，一边歌唱，眼睛里充盈着悲哀的泪水。俄耳甫斯诉说道：“冥界的主宰呀，请听一下我的陈述吧。我的妻子死了，但是她命不该绝，她只不过是被毒蛇咬了一口。我一个活人来到这里，不为其他，就是要来寻找我的妻子。我们所有凡人的命运都属于你们，迟早我们都要来到你们的地府之国，我的妻子也一样。我恳求你们，是否能让我的妻子活满她本该拥有的期限？在这之前，请把她赐给我吧。如果你们拒绝了我，我不会单独回去，我只有留下来陪伴我的妻子，我害怕她一个人太孤单，没有人陪她说话，没有人给她唱歌。”

俄耳甫斯的一席话，感动得鬼魂都流下了眼泪。冥王哈迪斯也动了恻隐之心，于是答应了俄耳甫斯的请求，将欧律狄刻召唤过来。

俄耳甫斯见到了自己心爱的妻子，请求将妻子带走。冥王同意了，但是他还有一个小小的条件。那就是在他们回到人间之前，俄耳甫斯不能回过头来看他的妻子，如果违反了规定，那么他的妻子将永世待在冥界之中。

冥界的路漆黑一片，什么也看不清，俄耳甫斯在前面探路，欧律狄刻紧随其后。

经过了漫长的黑暗之后，一道亮光出现在了他们的眼前。那里就是冥界的出口。此时此刻，被快乐冲昏头脑的俄耳甫斯一时之间忘记了之前与冥王的约定。他为了弄清楚自己的妻子欧律狄刻是否还跟在自己的身后，就忍不住回过头看了一眼。

这一眼可坏了大事。他的妻子立刻就被冥王的手下们拖走了。

再次失去妻子的俄耳甫斯悲痛欲绝，恳求允许他再回到冥界，找到冥王争取自己的妻子。但是冥王的手下们拒绝了他。就连冥河渡口的船夫也拒绝了他渡河的请求。

整整七天七夜，俄耳甫斯在冥府与人界之间徘徊，不吃不喝，弹奏着他的七弦琴，用歌声控诉阴间的残忍。

可是这一切又有什么用呢？

《俄耳甫斯与欧律狄刻》
爱德华·约翰·波因特 1836—1919年

俄耳甫斯带着欧律狄刻前进

在这之后，心灰意冷的俄耳甫斯选择放弃，彻底地远离了他的伤心之地。他油米不进，甚至刻意疏远和贬低其他女性，因为他的心中只有他的妻子。

色雷斯的少女们贪恋俄耳甫斯的才华，想要追求他。但俄耳甫斯坐怀不乱，拒绝了她们的追求。这让这些少女颜面尽失，自尊心受挫。在少女们看来，俄耳

甫斯对妻子的深情，对于其他女人来讲就是一种蔑视。

有一天，这些少女喝多了，其中一个就喊道：“看那儿！那个人就是鄙视我们的人！”

一声招呼之下，一群女人就咆哮着冲向了俄耳甫斯，一边朝他扔石头，一边用棍棒打他。在最开始的时候，附近的动物们都主动前来保护这位歌手。可是在哀伤的歌声渐渐消失之后，动物们都惊慌失措地逃回了树林中。

俄耳甫斯已经束手待毙。这个时候，一块大石头击中了他的太阳穴。俄耳甫斯一头栽倒在了草地中，永远地闭上了眼睛。

这些少女在打死俄耳甫斯之后，还觉得不解恨，甚至丧心病狂地将他的肢体撕碎，把他的头颅和七弦琴扔到了河流之中。俄耳甫斯的头和琴在向下漂流的时候不断发出低沉的哀鸣。

后来，缪斯仙女们把俄耳甫斯支离破碎的尸体收集到了一起，埋在了利伯特。

据说，夜莺在他的墓前歌唱，歌声非常动人，婉转而忧伤。他用过的七弦琴被宙斯送到了天上，变成了星座。

俄耳甫斯也再一次来到了冥府，找到了他的妻子。

他们幸福地相拥在了一起，不再分离，永远在一起……

酒神不好惹

卡德摩斯是底比斯的国王，他有一个外孙名字叫狄俄尼索斯。这位狄俄尼索斯不但是宙斯和塞墨勒的儿子，还拥有一个重要的身份——酒神。要知道在古希腊，人人都喜欢喝葡萄酒，因此拥有崇高地位的酒神被人们尊敬和喜爱，成为家家祭祀的对象。

狄俄尼索斯14岁的时候就开始到各地去旅行，向世人传授种植葡萄的技术。在这期间，人们纷纷建立起神庙来供奉他。随着大家对葡萄酒的喜爱日益加深，狄俄尼索斯的名声也传遍了整个希腊。

后来，老国王卡德摩斯年纪大了，就把王位传给了彭透斯。彭透斯是狄俄尼索斯的表弟。他并不信神，就连神王宙斯都不放在眼里。不仅如此，新国王彭透斯还非常讨厌自己的表哥狄俄尼索斯，觉得自己的表哥和自己都一样，不过是一个凡人。

眼看着希腊的百姓们都在为酒神建立神庙，彭透斯心里非常厌恶和愤懑。这种愤怒终于在一次和狄俄尼索斯的不期而遇中爆发了。

《酒神和阿里阿德涅》
朱塞佩·巴托洛梅奥·基亚里 1654—1727年

当酒神狄俄尼索斯带着他那群狂热的信徒来到底比斯的时候，身为国王的彭透斯彻底坐不住了。他带着自己的手下们来到广场上，朝着那些疯狂崇拜酒神的妇女大喊道："天呀！你们这些愚蠢的人！为什么要去追随一个凡人？睁大你们的眼睛好好看看，看清楚这个家伙的底细吧。他只是一个懦夫，还不会骑马，你们竟然崇拜一个这样的家伙！没有谁比我更清楚他的底细，他只不过和你们一样是个凡人。宙斯不是他的父亲，他是骗你们的！"在他大骂一通之后，国王的命令随即下达：抓捕酒神信徒的领头人。

于是酒神狄俄尼索斯的仆人被彭透斯的手下抓进了监狱。可是酒神毕竟是酒神，他赶到监狱中轻而易举地用法术将手下解救了出来。

这下气得国王彭透斯有些丧失理智。他开始大规模地破坏酒神信徒的集会，并且大肆抓捕任何可能与酒神有关联的人，甚至连自己信奉酒神的王太后也没有放过。但令人大感诧异的是，监狱的大门自动打开了，囚禁人的镣铐也自己脱落，那些前去捉拿狄俄尼索斯的士兵一无所获灰溜溜地回到了国王面前。

这次打击让彭透斯近乎疯狂。他这回不是要抓这些人了，而是派军队去彻底地围剿粉碎所有信徒。

就在大军集结完毕、准备出发的时候，身处旋涡中心的酒神狄俄尼索斯终于现身，出现在了彭透斯面前。他对国王说道：“我可以将我的信徒们一起带过来任凭你处置，但是必须要你亲自前去。而且这些信徒都很疯狂，如果他们知道国王不信酒神，一定会把你撕碎的。所以你需要穿上女人的衣服来伪装自己的真实身份。”

尽管彭透斯对酒神狄俄尼索斯没有半点信任，但是他只想消灭那些该死的酒神信徒。于是走火入魔的他选择了和自己的敌人合作，勉强地答应了酒神的要求，并且换上他呈上来的女人衣服。

当彭透斯跟在酒神后面走出城的时候，他身上的衣服将他自己变成了一只野猪，但是他对于自己的变化却毫不知情。

当彭透斯来到森林里，看到那些信徒的时候，酒神的信徒们面对一只突然出现的野猪纷纷拿起自己的武器。可怜的彭透斯还没有说出一句话，就被那些从天而降的长矛刺中，据说正是他母亲的长矛给了他致命一击。

倒在地上的彭透斯已经奄奄一息，但还是逃脱不了被酒神信徒们撕碎的命运。

都是吹牛惹的祸

坦塔罗斯是宙斯众多儿子中的一个。与别人不同的是，他非常爱慕虚荣，自然也经常吹嘘自己。他有一个女儿，名字叫尼俄柏。

成为王后的尼俄柏继承了父亲的缺点，虽然长着一副为众人爱慕的面孔，却十分骄横和好面子。她拥有七个儿子和七个女儿，平时最喜欢做的事情就是当着众人的面夸耀自己的孩子。

一开始大家也纷纷认同，毕竟国王的孩子远远比普通人要优秀。可是时间一久大家就厌烦了她这日复一日毫无意义的夸奖。尼俄柏是一人之下、万人之上的王后，虽然其他人心存不满，却也无可奈何。这在一定程度上更助长了尼俄柏的虚荣心。

众星捧月般的赞美更让尼俄柏彻底失去了自我判断力，甚至连神也不放在眼里。她常常讥讽女神勒托是个一事无成的白痴，论美貌也远远不如自己，不过是靠着和宙斯生下了阿波罗和阿尔忒弥斯这对兄妹才成为众人膜拜的对象。要论血缘关系，自己的爷爷是宙斯，自己也是神的后裔呢。

面对妻子多次针对勒托的口出狂言，虔诚的国王安菲翁曾在私下里劝诫过她："亲爱的，你为什么非得要和女神争个高低呢？你要小心如此亵渎神灵会招致厄运的。"

听到丈夫如此说，尼俄柏不仅没有收敛，反而生气地把自己的丈夫臭骂了一顿。

她的狂妄终于在祭祀典礼上惹出了祸患。

就在全城的妇女虔诚拜祭女神勒托和她的子孙时，目中无人的尼俄柏站了出来。她大声斥责民众们："你们疯了吗？竟然相信一个无耻的骗子！这一切都太蠢了！我不知道你们为什么要朝拜一个自己根本就不了解的神，却不尊敬站在你们面前的这个人。我，尼俄柏，这个国家的王后，拥有七对非凡的子女。而那个勒托不过是生下了两个孩子，只是我的七分之一。我的父亲是大名鼎鼎的坦塔罗斯。你们与其祭祀毫无益处的女神，还不如将你们的赞美和膜拜献给我。都回家去吧，别再在这里做这些令人发笑的傻事了。"

尼俄柏的出现搅乱了神圣的祭典。天空中正在享受凡人朝拜的勒托目睹了这一切。她生气地对身边的孩子们说道："一个多么疯狂的女人啊。你们必须要让她为自己的狂妄付出应有的代价。"

勒托留下了这句话就离开了。阿波罗和自己的妹妹决定惩罚这个羞辱他们母亲的人。要知道他可是一个百发百中的神射手。阿波罗找准时机，来到城外的草地上。尼俄柏的七个儿子正在那里玩耍。仅仅眨眼之间，这些孩子都死在了阿波罗的箭下。

这个突如其来的不幸消息很快就传到了王宫内。国王安菲翁深受打击，悲痛欲绝之下拔剑自杀了。而听闻这个消息的尼俄柏也当即晕了过去。

当她再次苏醒的时候，眼中只有七具躺在棺材里的冰冷尸体。尼俄柏忍不住发泄着自己的愤怒："勒托，你这个可恶的女人！我的儿子都让你给害死了。这下你该满足了吧。"

看着身边的女儿们，尼俄柏继续叫道："勒托，我死了七个儿子，可还有七个漂亮的女儿。有本事你继续杀啊。别忘了就算是我的所有儿子都死了，孩子还是比你多！"

《阿波罗和狄安娜攻击尼俄柏的孩子》
雅克-路易·大卫 1748—1825年

尼俄柏的悲剧

可她没料到自己话音刚落，站在棺材旁边的七个女儿就一个接一个地倒地不醒。最小的女儿即使躲在尼俄柏的怀里也没能幸免于难。

尼俄柏就这样孤零零地坐在丈夫和儿女的尸体中间，眼睛直愣愣地注视着灰蒙蒙的天空。渐渐地，她的躯体变得僵硬，最后化成了一块冰冷的石头，可是眼睛里还不断地闪烁着泪光，似乎在倾诉着她心中无尽的悲伤。

在如今希腊的底比斯古城遗址的山坡上，就有一尊雕像竖立在那里。这尊雕像容貌秀丽，长发飘逸，只不过面容非常凝重。有的时候，人们还会从雕像的眼睛中看到缓缓流出的眼泪。

捣蛋鬼赫尔墨斯

赫尔墨斯是宙斯与星神迈亚的儿子，也是信使之神和商业、旅游、小偷之神。他小小年纪就非常调皮，喜欢恶作剧来捉弄自己的哥哥姐姐们。不过他也是一个计谋过人的智多星。

赫尔墨斯在沙滩上行走，发现了一只正在晒太阳的大乌龟。乌龟听到有人来了就急忙爬起来逃跑，可是乌龟怎么可能跑得过赫尔墨斯呢？

赫尔墨斯一个箭步就冲上去将乌龟掀翻，然后用一块大石头将它砸死。因为它的龟壳是制作里拉琴的上好材料。

还有一次赫尔墨斯来到光明与文艺之神阿波罗的牛圈里偷走了几头牛。他把偷来的牛带到了洞穴里，架在火上献祭给了奥林匹斯十二主神。而他自己就是这十二主神之一。

干了这件左手倒右手的大事之后，赫尔墨斯心安理得地回家睡觉，装作什么都没发生。可是他的母亲却察觉到了他所做的事情，并且警告他："阿波罗可不是好惹的，就连神王宙斯都惧怕他三分。如果他知道是你干的好事，一定会好好惩罚你的！"

可是，赫尔墨斯认为阿波罗不过是个头脑简单、四肢发达的家伙，丝毫没有把他放在眼里。他还得意扬扬地对自己的母亲说："放心吧，母亲。他不会拿我怎么样的。"

阿波罗发现自己的牛丢了，为此大为光火。他顺着蛛丝马迹找到了洞穴，发现了里面熄灭的灰烬与牛骨头。之后他终于查到了赫尔墨斯身上。

阿波罗找到赫尔墨斯，显得有些怒不可遏。可是赫尔墨斯根本就不承认自己的罪行，甚至还以自己父亲宙斯的名义发誓："你这是诬陷！我从来没有见过你的牛！"

阿波罗气得咬牙切齿，也说不过打死都不承认的赫尔墨斯。可是他不能对一个拥有共同父亲的兄弟动手吧。于是阿波罗找到了宙斯，请宙斯来为自己裁决。

《空中寓言》
弗朗西斯科·阿尔巴尼 1578—1660年

宙斯得知两人的恩怨之后哈哈大笑，最终调停了这对兄弟。赫尔墨斯把自己新做的里拉琴送给了阿波罗。而阿波罗作为回应也送给他一条金光闪闪的鞭子，并且让他为牛群放牧。当然，赫尔墨斯也不能再继续对阿波罗动歪脑筋了。在这之后，盗神并没有就此收手，不仅偷了阿芙洛狄忒的腰带、海神波塞冬的三叉戟、火神赫菲斯托斯的火钳，甚至还偷了战神阿瑞斯的宝剑。

不过赫尔墨斯也不总是春风得意。

有一次他想知道自己身为商业之神在人间究竟受到多大的尊敬，于是化成一个凡人来到了一家雕塑店。

雕塑店的老板热情地迎接了他。

当他看到货架上宙斯的雕像时，问道："这个值多少钱？"

老板答道："一个银币。"

赫尔墨斯又指着赫拉的雕像问道："这个值多少钱？"

老板搓着手答道："这个要贵一点，两个银币。"

赫尔墨斯心想自己作为商业之神、行业中的保护神，自己的雕像一定比他们的都贵。于是他指着自己的雕像问道："这个又值多少钱？"

老板见到这个顾客对自己店里的雕像产生了浓厚的兴趣，急于做成这笔生意，赶忙答道："如果你买了前面那两个，这个雕像就当是赠品白送给你了。"

赫尔墨斯没想到自己的雕像原来一文不值。这次经历深深地打击了他的自尊心。从此之后赫尔墨斯收敛了许多，再也不随便偷诸神的东西了。

厌恶女性的皮格马利翁

在很久以前，古希腊有一位大名鼎鼎的雕刻家，名字叫作皮格马利翁。经过他手的雕像无论是什么主题都活灵活现、栩栩如生。他的手艺竟然连火神赫菲斯托斯也心生嫉妒。可是皮格马利翁从来不雕刻女人的塑像，这究竟是为什么呢？

原来皮格马利翁被女人伤透了心。在他刚出生的时候，他的母亲就抛弃他走了，他只好和自己的父亲相依为命。好不容易皮格马利翁长大了，和自己情投意合的初恋情人却离开自己嫁给了一个大富翁。这从小到大的经历深深地刺痛了皮格马利翁的内心。他打心底抵触女性、厌恶女性，觉得所有的女性都是恶魔。决定终身不娶的他把所有精力都投入到自己热爱的雕刻事业中。

有一天，皮格马利翁在休息的时候做了一个非常奇怪的梦。他梦见有一位漂亮的女性在梦中靠近自己。等醒来之后，皮格马利翁因为讨厌女性也非常厌恶这个梦，为了转移注意力他开始雕刻起来。

他选择了一块象牙，决定雕一个男人。可是雕着雕着，他却吃惊地发现无意间自己手中雕刻的居然是一个女人。他为此心生疑虑，仔细端详了这块象牙，又发现这个女人就是他梦中见到的那个女人。

惊慌失措的皮格马利翁并没有放弃这个作品。他认为这一切都是上天的安排，于是他放下了以往的成见继续雕刻下去。

《皮格马利翁与他的雕像》
路易·让·弗朗索瓦·拉格尼 1724—1805年

皮格马利翁爱上了他的雕像

很快，一尊美丽的女人雕像出现在了皮格马利翁面前。这尊雕像实在是太美了，美得就连一向讨厌女人的皮格马利翁内心都产生了动摇。

于是，这位大雕刻家之前的固有观念开始分崩离析。他突然发现自己居然爱上了这尊雕像。从此之后他与这尊雕像形影不离，经常把它放在自己身边，甚至还给它穿上衣服和戴上饰品。

在拜祭阿芙洛狄忒女神的典礼上，对女神从不感兴趣的皮格马利翁打破惯例主动前来。在祭祀的众人们散去之后，皮格马利翁偷偷来到神坛前，吞吞吐吐地说出自己的心愿："万能的阿芙洛狄忒女神啊，我祈求你赐予我一个和我的雕像一样的姑娘为妻吧。"

现场的阿芙洛狄忒听到这番话之后决定满足这位雕刻家的心愿。于是当皮格马利翁回到家之后，他一如既往地去看他心爱的雕像，却发现这个雕像不再如往常那般冰冷，而是有温度有弹性。

皮格马利翁又惊又喜，站在那里看着雕像难以置信的变化。这个雕像居然活过来了。

后来大雕刻家和自己的雕像结了婚。他们还生下了一个孩子名叫帕福斯。据说有一座专门供奉女神阿芙洛狄忒的城市也叫这个名字。

现在皮格马利翁已经成为一个心理学名词。"皮格马利翁效应"是美国著名心理学家罗森塔尔和雅各布森提出的。其内容简而言之就是，当我们满怀信心的时候，我们所期望的事情就能成功。

珀尔修斯的冒险之旅

在一座阴森且黑暗的铜塔里，终日关押着一个年轻貌美的女子。这个女子是国王阿克利俄斯的女儿。那么，她究竟是犯了什么错惹怒父亲而被关在这里呢？

和希腊神话里大多数无辜的女性一样，到目前为止，她什么也没有做。

阿克利俄斯是阿尔戈斯的国王，有一天他得到了一条神谕："你的女儿达娜厄将来会生下一个儿子。而这个儿子会成为你最大的威胁。"

就是因为这么一条没头没尾、莫名其妙的神谕，阿克利俄斯下令将女儿关了起来，不让她与外界接触。他以为这样自己的女儿就没机会与其他男人见面，也就没法生下孩子了。阿克利俄斯为自己的完美计划而感到骄傲。

可是，这位聪明的国王似乎忘了，他活在希腊神话世界中，活在一个一切皆有可能的世界里。而让国王计划泡汤的，正是我们的老朋友宙斯。

宙斯感知到了一座铜塔里关押着一个美女。于是，一向放荡不羁的他潜入塔中，成为公主达娜厄的情人。

宙斯走了之后，达娜厄生下了一个儿子。这个孩子即是珀尔修斯。

当国王听说自己的女儿在铜塔里居然生下了一个男婴的时候，越发觉得这件事情和那条神谕不简单。

于是老国王将自己的女儿和外孙装进了一个箱子扔进了大海，让他们自生自灭。可这一切哪里逃脱得了神王宙斯的眼睛。他立马要求自己的兄弟海神波塞冬保护自己的女人和孩子。

于是，装着达娜厄母子的箱子在波塞冬的保护下一路漂流，最后在塞里福斯岛上登陆。母子二人便在这里安居下来，珀尔修斯也慢慢长大。

一个当地的渔民迪克提斯发现了他们。这个迪克提斯虽然是个渔民，却有着另一个不一般的身份。他也是当地国王波吕得克忒斯的兄弟。

迪克提斯如获至宝，将这对母子带到了王宫中。王宫中的国王对达娜厄一见倾心，但认为她身边的珀尔修斯是个拖油瓶。

国王得到了达娜厄的芳心，便想要除掉多余的珀尔修斯。

于是国王唤来珀尔修斯，恳切地对他说："珀尔修斯，有一件事情一直在困扰着我。"

"叔叔，何事？"

"你知道有一个名叫'美杜莎'的蛇妖吧？她一直为害四方，影响到子民们的正常生活。我早就想除掉她，只是我根本没有这个能力。"

话说到这里意思已经很明白了：你去替我除掉这个妖怪。

珀尔修斯满口答应："这有什么的？放心吧叔叔，这事儿就交给我吧。"

国王于是装模作样地叮嘱道："你可要当心点啊，一定要平安归来啊。等你凯旋之时，我为你举办盛大的宴会。"

珀尔修斯心知这是国王在故意让自己去送死。可是他别无选择。在简单收拾了行李之后，珀尔修斯就踏上了冒险之旅。

在诸神的指引下，珀尔修斯不远万里地来到了怪物福耳库斯生活居住的地盘。福耳库斯是怪物之父。他的三个女儿——格赖埃是三个怪物。这三个女儿自一出生就满头白发，最令人称奇的是，她们居然共用一只眼睛和一颗牙齿。

珀尔修斯见到她们之后便问道："你们知道美杜莎在哪儿吗？"

然而妖怪们并不愿意轻易告诉他。珀尔修斯的内心一阵恼火，显然，这群怪物是知道美杜莎的住处的。于是，他急中生智地从一个妖怪手中抢过了那只眼睛，高举过头顶威胁到："你们快说吧！不然，我就把你们的眼睛给摔碎了。"

眼睛被人夺去，这三个怪物顿时看不见任何东西了。她们立即求饶道：“别扔，我们全说。”

这些怪物不仅告诉了珀尔修斯美杜莎的住处，还告诉了他那些可以帮助他的法宝——有一个仙女那里有一双飞鞋、一只神袋以及一顶狗皮头盔。有了这些，珀尔修斯便可以去任何他想去的地方。

珀尔修斯对于这些怪物的回答很满意。他来到了仙女住的地方，并且顺利地取得了三件装备。不仅如此，信使赫尔墨斯还送给他一个盾牌。

有了神器加持的珀尔修斯很快就找到了美杜莎。实际上，美杜莎是蛇发女妖三姐妹中的一个。她们三姐妹也都是福耳库斯的女儿，被称为戈耳工。

美杜莎是一个可怕的蛇妖。她的头发都是一条条毒蛇，凡是跟她对视的生物，都会变成一块石头。

珀尔修斯到达的时候发现戈耳工都在睡觉，于是举起赫尔墨斯给他的盾牌，背对着她们，靠着盾牌的反光走向了美杜莎。

就这样，珀尔修斯没有与美杜莎对视便砍下了她的头颅，将它小心翼翼地装进神袋里迅速逃走。

当珀尔修斯经过利比亚沙漠的时候，那一滴滴从美杜莎头上流下来的血液落到地上，变成了一条条毒蛇。

珀尔修斯又经过埃塞俄比亚的海岸。那里是国王刻甫斯的地盘。他发现有一个漂亮的姑娘被绑在悬崖边的石头上。少女的头发在海风的搅动下上下翻涌。

珀尔修斯立即问道：“姑娘，你为什么在这里？你叫什么名字啊？”

《被斩首的美杜莎头颅》
奥托·马苏斯·凡·斯瑞克 1613—1678年

少女听见了珀尔修斯在叫她，泪流满面地回答道："我叫安达洛墨达，是埃塞俄比亚国王的女儿。因为我的母亲曾经吹嘘我比海神涅柔斯的女儿还要漂亮，于是就得罪了那些仙女，她们扬言要发大水毁灭我们的国家。后来，我父亲祈求神明们宽恕。神谕说如果想拯救国家，就必须将我丢给海中的怪物当食物。所以我就被捆绑在这里，等着怪物将我带走。"

少女的话刚一说完，从海水中冒出一个怪物，吓得她尖叫不止。

国王夫妇就站在海岸边，面对女儿痛哭流涕，却也无可奈何。

珀尔修斯对国王夫妇说："你们别哭了，赶紧把女儿救下来吧。"

国王无奈地说："可是我们也没有办法啊。"

珀尔修斯第一眼就喜欢上了这位公主。他随即提议道："我爱上了你们的女儿。如果你把她许配给我，我就会帮助你们救下她。要知道我曾经战胜了可怕的美杜莎。我想她也会喜欢我的。不知道你们愿不愿意。"

国王夫妇为了救下自己的女儿只好从命。于是珀尔修斯借着飞鞋来到空中，拔出宝剑俯冲下去，一剑刺中了海怪。海怪哀号一声便沉入海中消失不见了。

《珀尔修斯和安达洛墨达》
彼得·保罗·鲁本斯 1577—1640年

珀尔修斯救下公主

战斗结束后，珀尔修斯马上把公主从悬崖边解救下来，带到了国王夫妇身边。

就这样，珀尔修斯成了整个王国的救星，国王举办了隆重的盛宴款待这个自己未来的女婿。然而在珀尔修斯与安达洛墨达的婚礼上，公主曾经的恋人菲纽斯前来砸场子。他的身份不仅仅是公主的恋人，也是国王的弟弟，也就是公主的叔叔。

不过要说是公主的恋人，其实都是菲纽斯自己的一厢情愿罢了。他之前一直追求安达洛墨达，却没有得到公主的垂青。

在公主卷入风波后，菲纽斯就从她的视线中消失了。等看到一切危机解除，他便又重新出现前来抢夺公主。

菲纽斯对珀尔修斯恶狠狠地吼道："臭小子，你给我听好了！安达洛墨达是我的未婚妻。我劝你还是识相点，把她还给我！"

此时国王也站了出来。他对于危机之时自己弟弟的逃避感到失望。

"你疯啦，当初我的女儿不得不献给怪物，那个时候你到哪里去了？现在，我只承认珀尔修斯是我唯一的女婿，因为他救出了我的女儿，他的勇敢是我亲眼看到的。"

菲纽斯气得涨红了脸，他拿起手中的矛就朝珀尔修斯扔去。只可惜，那支矛偏离了方向，落在了距离珀尔修斯很远的地方。

整个婚礼演变成了一场闹剧。菲纽斯带来的士兵与珀尔修斯打作一团。虽然珀尔修斯技高一筹，但是面对源源不断的敌人，他感到有些疲于应战。于是他想到了一个绝招。

他朝着大家喊道："大家快转过头去！"

菲纽斯同党以外的人都听从了珀尔修斯的命令。

珀尔修斯从神袋里拿出来美杜莎的头颅。只在一瞬间，所有前来攻击他的士兵都变成了石头雕像。

菲纽斯幸运地躲过一劫。他看着自己士兵们的样子赶紧下跪求饶："饶了我吧！我下次再也不敢了！"

"晚了！我绝不会轻饶你。我要让你永远跪在这里。"

菲纽斯最终没能逃脱美杜莎的目光。他变成了一座石头雕像，永远地跪在了国王刻甫斯的宫殿中。

与公主完婚的珀尔修斯在埃塞俄比亚待了一段时间，便打算带着自己的妻子返回故乡，也就是阿尔戈斯王国。

临近阿尔戈斯王国的时候珀尔修斯告诉安达洛墨达："我们马上就要到我外祖父的国家了。虽然他之前抛弃了我们母子，但我却一点都不恨他，我知道这一切都源自那个神谕。他是因为害怕那个神谕才这样做的。我这次就是专程带你去拜访他，化解曾经的嫌隙。"

然而有些事情就是命中注定的。当马上就要进入阿尔戈斯的时候，珀尔修斯听说附近的彼拉斯齐王国在举行比赛。为了给自己的外祖父留下一个好印象，珀尔修斯提议他们先去参加比赛。

巧合的是，珀尔修斯的外祖父也在这次比赛中。他不小心被珀尔修斯扔过来的铁饼砸死了。珀尔修斯对于发生的意外非常痛心。他将外祖父埋葬之后和自己的妻子前去塞里福斯岛寻找母亲。

在珀尔修斯外出冒险对付美杜莎的时候，国王波吕得克忒斯又做了很多荒

珀尔修斯让敌人都变成了石头

《珀尔修斯把菲纽斯成石头》
塞巴斯蒂亚诺·里奇 1659—1734年

唐事，甚至将提建议的弟弟迪克提斯都关进了监狱里，俨然成为一个不折不扣的暴君。

本想着一去不复返的累赘却安全回来了，不仅带回来了美杜莎的头颅，还带回来了一个年轻漂亮的妻子。对于这个现实波吕得克忒斯显然不愿意接受。他于是质疑道：“小子，你肯定是在欺骗我。美杜莎我是了解的，你绝对不可能活着回来。你要胆敢骗我，我就将你碎尸万段。”

“叔叔，袋子里装的的确是美杜莎的头，不信的话，你自己看看。”

波吕得克忒斯将信将疑地打开了神袋。只一眼的工夫，他就变成了一个石头雕像。

随后，珀尔修斯救出了王弟迪克提斯。自己的母亲也嫁给了这个新国王。而珀尔修斯则回去继承了外祖父的阿尔戈斯王国。

ΣΥΡΑΚΟΣΙΩΝ
ΚΙΜΩ

第四章

宙斯的女人

宙斯的妻子们

比起前两代神王，第三代神王宙斯看起来要贤明许多。可他也不是完美的存在。他有他的问题。一言以蔽之，那就是宙斯是一个情种。

这位第三代神王宙斯将自己的七情六欲肆意释放到极致。光是明媒正娶的妻子就有七位，而王后赫拉是其中之一。除了这位拥有地位的正室以外，还有墨提斯、忒弥斯、欧律诺墨、德墨忒尔、谟涅摩叙涅和勒托。

第一个就是刚才提到的老熟人墨提斯。她也是宙斯的第一任妻子，大洋神女，同时也是最初的智慧女神。据说，她是宙斯的初恋。当宙斯击败了前任神王克洛诺斯之后，就急不可耐地开始追求墨提斯了。在这样的强大情感攻势下，墨提斯毫无反抗之力。

墨提斯是智慧女神，我们熟悉的雅典娜正是她的女儿。然而雅典娜的诞生并没有给自己的老妈带来任何幸福。因为当时大地女神盖亚带给了宙斯一则预言："墨提斯会生下一对儿女，而其中的男孩将来会成为新的神王。"

很快预言带来的恐惧让宙斯感到惶恐不安。

"爷爷和爸爸的方法都失败了，我可不能再重蹈覆辙，可是，究竟为什么他们会失败呢？"

很快宙斯找到了其中的原因。因为"女人"。

每一次对抗父亲的反叛，都少不了一个从中协助的母亲。

既然找到了问题的根源那就好办了。让这个怀孕的女人连同婴儿一起消失不就行了？

宙斯将自己怀有身孕的初恋墨提斯一口吞进了肚子里。他自以为自己的行为比自己的父亲只吞下孩子要高明得多。

可是过不了多久，宙斯感觉自己头痛欲裂。他无法忍受这种疼痛，于是捂着自己的脑袋在地上打滚儿。

“疼死我了。我该怎么办呢？”

情急之下，宙斯想到了一旁的丑儿子赫菲斯托斯。他连忙叫道：“儿子！我命令你快拿你的锤子砸开我的脑袋！快点！”

要说这个匠神赫菲斯托斯也是命运凄惨，因为天生相貌丑陋的原因被父亲一气之下抛弃，结果又摔成了瘸子。但性情温和的赫菲斯托斯并没有仇恨自己的父亲，反而依然对他充满亲情。

这对于赫菲斯托斯是一个可能今后不会再有的复仇机会。在外人眼里，宙斯根本配不上父亲的称号。也许仅仅是一锤子下去，赫菲斯托斯就能改变历史走向，成为下一代神王。可是赫菲斯托斯并没有心存任何邪恶的想法，反而不解地问：“什么，父亲！我为什么要伤害你？”

宙斯哪里还有工夫思考自己的儿子说了什么。他疼得实在是受不了了，大声催促道：“别废话了，恕你无罪！如果你还想继续现在的生活就赶紧按照我说的去做！否则我就把你赶出奥林匹斯山，把你流放到塔尔塔洛斯中。”

都什么关头了，宙斯对自己的儿子还丝毫没有任何的客气，听不出来是求人的态度。可赫菲斯托斯并没有半点邪念。他急忙说：“还请诸神见证，并非是我不孝，而是父亲让我这么做的。”

于是，赫菲斯托斯拿来了自己的锤子，朝着宙斯的脑袋小心地锤了下去。刹那间，这一锤让整个世界都为之震动。随着一声巨响，雅典娜从宙斯头上的缝隙中诞生。

《弥涅尔瓦》
雅克·路易斯·杜波依斯 1768—1843年

女神雅典娜

墨提斯却一直留在了脑袋里，于是宙斯又娶了第二个妻子忒弥斯。忒弥斯是法律与正义的象征，也是第一代神王乌拉诺斯的女儿，十二泰坦神之一。他们生下了时序三女神和命运三女神。

但是宙斯吞下墨提斯的事情依然历历在目，忒弥斯怎么可能轻易地嫁给宙斯？她针对宙斯曾经的行径创造了婚姻的法则，家庭的概念由此诞生。丈夫与妻子的义务也成了忒弥斯约束宙斯的手段。

随后，宙斯娶了第三个妻子欧律诺墨，和她生下了美誉三女神。

第四个妻子是德墨忒尔，也是农业、谷物和丰收的女神，是奥林匹斯十二主神之一。她和宙斯的女儿珀耳塞福涅后来成为哈迪斯的王后。

第五个妻子是谟涅摩叙涅。她在古希腊神话中是记忆、语言、文字的女神，当然也是乌拉诺斯与盖亚的女儿，十二泰坦神之一。宙斯和她生下了九个文艺女神缪斯。

第六个妻子勒托，是掌管保育、哺乳的女神。

最后一个妻子就是赫拉，掌管婚姻与生育，是神王宙斯的王后。她拥有一双炯炯有神和洞察一切事物的大眼睛，臂膀洁白如百合，一头秀美的卷发从王冠下边泻出，时常流露出威严而安详的神情。

《正义与虔诚之间的朱庇特战车》
诺埃尔·科佩尔 1628—1707年

宙斯与家族

牛背上的欧罗巴

宙斯的一生，除了七个妻子之外，还有很多情人，比如说这位，她是腓尼基国王的女儿欧罗巴。

欧罗巴单纯可爱，天真无邪，整天在花园里面嘻嘻哈哈。这个女孩有个特点，就是喜欢笑，一笑起来，脸上就会出现两个小酒窝，惹人怜爱。而且，她的笑声也很爽朗，有时甚至还能传到云层之上。

有一天，宙斯在天上飞来飞去，无意间就听到了这个女孩子的笑声。宙斯非常奇怪，朝地上看了一眼。这一看不要紧，宙斯立刻就迷上了这个女孩子。

宙斯虽然贵为天神，但也不敢这么明目张胆地强取豪夺。于是他飞回了奥林匹斯山，找到了阿芙洛狄忒帮忙。

有一天，欧罗巴和她的小伙伴们在海边的草地上玩耍，这是她们经常玩耍的地方。欧罗巴穿了一件非常漂亮的衣服。据说这件衣服可是火神与工匠之神赫菲斯托斯的杰作。

埋伏在一旁偷窥的宙斯只觉得心跳加速，不能自已。他为了接近心爱的姑娘，摇身一变，化身成了一头公牛，混在了草地上的牛群中。

宙斯变成的大公牛摇晃着牛角慢慢靠近了姑娘们。姑娘们也都兴致勃勃地来到了公牛旁边，伸手抚摸它油光闪闪的皮毛。而公牛呢，似乎很通人性，一个劲儿地在姑娘们身旁磨蹭。

宙斯带走了欧罗巴

《绑加欧罗巴》
让·弗朗索瓦·德·特洛伊 1679—1752年

渐渐地，这只公牛朝欧罗巴走去。一开始，欧罗巴比较害怕，但是当她看到这只公牛明亮的大眼睛时，内心的恐惧也就平息了下来，甚至大胆上前将手中的花束送到了公牛的嘴边。宙斯哪里能放过这个机会，连忙用舌头温柔地舔着鲜花和欧罗巴的手掌心。

顷刻间，欧罗巴的心就被这头公牛给俘获了，就在这时，公牛温驯地趴在了姑娘的旁边，示意她骑到自己的背上来。

欧罗巴非常高兴，将花环挂在了牛角上，然后壮着胆子骑了上去。不仅如此，她还招呼着自己的小伙伴们：“你们也骑上来吧。你们看这公牛多可爱呀，多漂亮呀！它的后背是多么宽阔呀！我敢打赌，你们全部上来都没问题。”

宙斯化身的公牛听到这句话后，立即飞奔了起来。他要的就是欧罗巴一人，他可不想让其他女人都骑上来。

欧罗巴还没反应过来，宙斯就已经纵身跳入了大海。惊慌失措的欧罗巴别无选择，她只能抓紧牛角，抱住牛背，祈祷自己别从这头牛身上落入水中。

公牛驮着欧罗巴跑了很久，跑了很远。直到傍晚时分，他们终于登上了一块陆地，停歇在一棵大树旁。

欧罗巴连忙从牛背上滑落下来。神奇的是，眼前的公牛突然消失不见了。

正当欧罗巴诧异的时候，一名英俊潇洒的男子出现在了她的面前。这名男子向她解释说：“我是克里特岛的主人，如果姑娘愿意嫁给我，我可以保护姑娘。”

回头看了看一望无际的大海，欧罗巴在绝望之余只好答应了这位男子的请求。那男子就是宙斯。

当欧罗巴醒来的时候，发现身旁的男子消失不见了。此时此刻，她的内心非常痛苦。因为欧罗巴觉得自己被骗了。

随后，她又想起了那头陷她于绝境的公牛："该死的公牛！害得我落到了这步田地。我再也回不到我的国家，再也见不到我的爸爸妈妈兄弟姐妹了。现在我活着还有什么意思呢？"

尽管嘴上这样说，可真让欧罗巴跳海自尽，她还迈不出那一步来。

突然，一个声音从身后传来。欧罗巴转头一看，发现一位女神出现在她面前。而这位女神就是宙斯的同谋阿芙洛狄忒。

阿芙洛狄忒微笑劝慰道："美丽的姑娘，不要急躁，那头公牛就是伟大的天神宙斯！而那个自称克里特岛的主人也是他。孩子呀，你真幸运啊，你因为与天神相爱而成为女神。你的名字'欧罗巴'也将用来命名这块陌生的土地，它将与你的名字共存。"

所以这块陆地就以欧罗巴的名字命名，也就是现在的欧洲。

欧罗巴有苦难言。她因为自己的美貌而遭到宙斯的垂涎，被他欺骗被迫选择和他在一起。可这样的悲惨居然还被人称作"幸运"。但这就是命运的安排，作为一个曾经的凡人只能选择顺从。欧罗巴选择接纳了宙斯给自己安排的命运，成为宙斯的情人，并且和他生下了三个儿子。

无辜的卡利斯忒

卡利斯忒是阿卡迪亚国王吕卡翁的女儿。这位少女非常喜欢打猎，因此加入了狩猎女神阿尔忒弥斯的打猎队。这支女神所率领的队伍有一个特殊的规定，那就是成员必须保持贞洁的处女之身。然而，那个总是纵情四海的宙斯却毁了这一切。

比起上一个少女欧罗巴的经历，卡利斯忒可以说是更加可怜。不怀好意的宙斯伪装成阿尔忒弥斯的模样接近了正在林中休息的她。宙斯因为她的美貌而失去了理智，直接卸下了自己的伪装并侮辱了她。

因为这次不堪回首的意外，卡利斯忒居然怀孕了。她为了不让阿尔忒弥斯发现自己的异常之处，只好忍着委屈与痛苦掩盖真相。

但纸里包不住火，很快卡利斯忒失去贞操并怀孕的事情让狩猎女神发现了。狩猎女神对于自己的打猎队要求严苛，不管卡利斯忒遭受了什么，也要按照自己定下的规定执行，于是将她扫地出门。

卡利斯忒被迫生下了一个男孩。这个男孩叫作阿尔卡斯。

这件丑闻很快就传到了神后赫拉的耳朵里。赫拉虽然对自己丈夫的行径大发雷霆，可宙斯毕竟是神王，自己也是无可奈何。这无处宣泄的怒火都被发泄到了可怜而无辜的少女卡利斯忒身上。

赫拉对自己的儿子赫尔墨斯命令道：“她不是凭借着美丽的脸蛋来吸引人吗？我就要把她变成一只丑陋的大熊！”

《朱庇特与卡利斯忒》
凯撒·范·埃弗丁恩 1616—1678年

宙斯侮辱了卡利斯忒

于是在赫拉的指示下，卡利斯忒被变成了一只大熊。以前她的声音是那样甜美动人，有如百灵鸟一般，可现在一开口就是吓人的嗥叫。

饱受凌辱的卡利斯忒只能接受自己变成熊的事实。她在丛林里游荡生活，拼命地摆脱猎人们的追捕。多年下来，围绕着她的只有担惊受怕的生活。

终于有一天，一个正在狩猎的小伙子盯住了她，想要猎杀自己的目标。在逃跑的过程中，卡利斯忒越来越觉得这个小伙子很像自己当初意外生下的孩子。

于是她不再逃跑，而是想和自己久别多年的儿子拥抱。可她忘了自己已经变成一头熊了。那个少年看着眼前行动诡异的猎物，紧张地握着自己的武器，准备和它进行殊死搏斗。

就在这千钧一发之际，造成一切悲剧的宙斯终于出现了。这个始作俑者在做完一切坏事之后才敢冒头出来。他把事情的来龙去脉都告诉给了自己的私生子。

在宙斯的帮助下，他们母子飞上了天空。

当赫拉得知此事后，更加怒不可遏，因为那女人不但免除了惩罚，还被自己的丈夫送上了天空，变成了星座。

于是，她就去找老海神哭诉："你们问我为什么来到这里？我知道你们喜欢清静，无事也就不来打扰。可是宙斯太欺负人了。告诉你们吧！奥林匹斯山已经没有我待的地方了，我的位置被另一个女人给抢了。你们肯定不相信我的话，等到夜色笼罩大地的时候，自己看看吧！就在极圈附近的那一片天上，你们可以看见升到天上的那两个家伙，那就是宙斯的情人和他们的私生子。想想看，我贵为神后，可谁都可以骑在我的头上欺负我。你们要是同情我悲惨的遭遇，就请求你们给他们一点颜色看看，不许这俩人进入你们的海域！"

老海神自然答应了下来，并且把宙斯痛骂了一顿。

就这样，大小熊星座只能在天上绕来绕去，永远不能像其他的星星一样落到海里。

小母牛伊娥

伊娥，一位国王的女儿，本来是一个幸福的少女，但不幸的是她被宙斯看见了。

宙斯不知道第多少次又被眼前的少女深深吸引住。他直接幻化成了一个男人，大摇大摆地来到了伊娥面前，毫无遮拦地说：“美丽的姑娘，究竟是谁有幸能成为你的男人呢？我觉得所有的凡人都配不上你，你应该成为神的爱人。你知道吗？我是伟大的神王宙斯，嫁给我吧，我会给你幸福的！”

伊娥被眼前突然出现的男子吓了一跳。可还没等她开口让人驱逐这个疯子，宙斯就得意地大笑三声，大手一挥，施展了自己的神力。刚才还是万里无云，转眼间，他将整个地区笼罩在一片茫茫黑暗之中。

伊娥是宙斯唯一的目标。

然而，这一切被神后赫拉看在眼里。她一直都不放心宙斯，在看到地面上升起的云雾之后，就判定一定又是宙斯搞的猫腻。

赫拉施展法术，将宙斯的浓雾拨开了，并且出现在了宙斯面前。宙斯预感到了不妙，在浓雾散开之前，就将伊娥变成了一头雪白的小母牛。

赫拉早就熟悉了宙斯的鬼把戏，倒也装模作样地问道：“你怎么和一头母牛在一起呀？这头小母牛真可爱呀！”

《朱诺，朱庇特和伊娥》
赫布兰德·范·德·埃克豪特 1621—1674年

赫拉见到宙斯与小母牛伊娥

窘迫的宙斯连忙说道：“这只是一头普通的小母牛罢了，不值得你大惊小怪的。”

“哪有啊！我很喜欢呢，全身都雪白雪白的，不如你就把它送给我吧。”

思来想去，为了避免露出马脚，宙斯还是答应了赫拉的要求，将小母牛送给了她。赫拉则装作一副完全不知情的样子，牵着小母牛就走了。

回去后，赫拉想了个办法来对付这个情敌。她将小母牛交给了百眼巨人阿尔戈斯看管。阿尔戈斯拥有一百只眼睛，哪怕是入睡了也只是闭上其中的一双眼睛，要论看管犯人，没有人比他更合适了。

可怜的伊娥在阿尔戈斯的看管下，彻底沦为了一头牛。她每天只能吃草，无时无刻不想要回到父母的身边。可是她根本无法说话，就连哀求阿尔戈斯大发慈悲都做不到。

当伊娥被阿尔戈斯带着去野外吃草，她站在高高的山坡上能够望到远方曾经的伙伴与亲人。每次泪水都止不住地从牛眼流出。

可百眼巨人阿尔戈斯并没有她那样的感情。待到她进食完毕之后就再次把她带回到看管的地方。

整整两年时间伊娥就这样过着牛儿的孤独生活。宙斯也曾经找过她，但却毫无头绪。幸好他的小儿子赫尔墨斯把伊娥的下落告诉给了父亲。

宙斯想要解救这个少女，但他同时又不想惹怒执行任务的阿尔戈斯。于是他把这个棘手的问题推给了自己的儿子赫尔墨斯。

赫尔墨斯接到了宙斯的死命令，无论如何他都要将这个少女解救出来。聪明的赫尔墨斯想到了办法。他利用美妙的音乐催眠了阿尔戈斯。阿尔戈斯渐渐抵挡不住睡意，一百只眼睛接二连三地闭上了。趁着看守睡觉之际，赫尔墨斯竟然用宝剑杀死了阿尔戈斯，带着伊娥逃之夭夭。

尽管伊娥自由了，但是她依然还是一只小母牛。

了解到阿尔戈斯之死的赫拉坐不住了。她将鞠躬尽瘁的阿尔戈斯送上天空，变成了孔雀星座，又掉转头来找伊娥的麻烦。

大量的牛虻缠绕在小母牛伊娥周围，让她一刻都得不到安生。

伊娥绝望了，不论她怎么奔跑，都始终活在痛苦之中。她知道，若想要摆脱这一切，就必须屈服于诸神的意志。只有求得赫拉的原谅，她才能得到解脱。尽管伊娥和大多数被奥林匹斯山诸神盯上的少女一样无辜。

伊娥朝奥林匹斯山的方向跪拜，乞求着诸神的原谅。

解铃还须系铃人。宙斯在目睹伊娥的处境之后心生怜悯。他不想再因为自己的一己之私害得别人受苦，于是去找赫拉。

赫拉经不住宙斯的请求和发誓，于是答应不再为难这个可怜少女。

宙斯来到了尼罗河边，通过法术帮助伊娥重新恢复了楚楚动人的形象。

丽达与天鹅

被兄弟希波克翁驱逐出家乡的斯巴达王子廷达瑞俄斯长期流离失所。终于他在埃托利亚王国遇见了赏识自己的国王忒斯提奥斯。忒斯提奥斯对于廷达瑞俄斯相当喜爱，不但收留了他，还把自己的女儿许配给了他。许配给廷达瑞俄斯的姑娘叫丽达，是希腊远近闻名的美女。

后来希波克翁和他的儿子被大力士赫拉克勒斯杀死。于是廷达瑞俄斯带着自己的妻子借机回到了无主之国斯巴达，顺理成章成为斯巴达国王。而丽达也成为斯巴达王后。

尽管丽达已经嫁为人妇，但风韵依然不减当年。

有一天，丽达在河中沐浴，恰好被路过的宙斯看到。

丽达何等倾国倾城，宙斯自然是醉心于她的美貌。在见到河水中一丝不挂的丽达后，宙斯对她暗生情愫，恨不得马上将她据为己有。

可他还是心存顾虑。宙斯想来想去，心中有了一个办法，那就是把自己变成一只容易亲近女人的动物。

于是宙斯偷偷变成一只天鹅，优雅地缓缓朝自己的目标丽达游了过去。

丽达看到一只美丽的天鹅朝自己游来。她不但没有对这个不请自来的小家伙感到抗拒，反而被它可爱的姿态所吸引，一把将它揽入怀中。

这一抱自然是让宙斯得逞了。丽达顿时感觉头昏目眩，等她从睡梦中清醒过来时，发现那只天鹅已经不见了。

《丽达》
莱昂·里森纳 1808—1878年

丽达很快就怀孕了。不可思议的是，她居然产下了两枚鹅蛋。

其中一枚鹅蛋孵出了双胞胎兄弟波吕丢克斯和卡斯托尔，而另一枚鹅蛋孵出了双胞胎姐妹海伦和克吕泰墨斯特拉。然而更加神奇的是，波吕丢克斯和海伦是丽达与宙斯所孕育的孩子，而卡斯托尔与克吕泰墨斯特拉却是斯巴达国王廷达瑞俄斯的孩子。

其中美丽的海伦成为著名的特洛伊之战的导火索。克吕泰墨斯特拉嫁给了特洛伊之战中希腊联军的主帅阿伽门农。

虽然波吕丢克斯与卡斯托尔拥有着不同的父亲，但是他们两个长得却非常相像。这对双胞胎感情也非常好，经常形影不离，也从来没有发生过任何不愉快的矛盾。

大家常常羡慕这对兄弟之间的深厚感情。毕竟在希腊诸多城邦中，兄弟之间为了王位尔虞我诈的事情不胜枚举，时而发生手足相残的悲剧。

兄弟俩在长大之后也都成为举世闻名的人物。哥哥波吕丢克斯是一名强悍的拳击手，而弟弟卡斯托尔是一名著名的驯马师。

两个人在之后的阿尔戈英雄和特洛伊之战的故事中都有出场。

下面，就让我们一起来进入到阿尔戈英雄的故事中。

第五章

阿尔戈英雄

被选召的英雄伊阿宋

话说在很久很久以前，有一个人叫克瑞透斯，他是俄尔卡斯王国的创建者，在统治王国的期间，他与妻子生下了两个儿子，埃宋和波利阿斯。

埃宋是长子，也就是太子，是王位的继承者。因此，老国王临终时将王位传给了埃宋。但是，波利阿斯却对此非常不满，他一直窥伺着王位，不过他很聪明，也很有耐心，决定等待一个合适的机会除掉哥哥这个心腹大患。

终于，他等到了机会。有一次，埃宋得了重病，波利阿斯果断地迈出了篡位的第一步。他趁着哥哥躺在病床上之时，将宫中的势力清洗一番，并且让自己坐上了王位。埃宋的子孙们也未能幸免，纷纷惨死在了波利阿斯的刀下。

但是，当杀红了眼的波利阿斯将屠刀指向埃宋的时候，兄弟俩的母亲王太后出面求情。她不愿意看到自己生出来的手足兄弟自相残杀。在老母亲的苦苦哀求下，波利阿斯愤怒地闭上了眼睛，将手中的刀扔掉了。他饶了自己的哥哥埃宋一命，但还是将他软禁，并且逼迫他把王位让给自己。

后来，死里逃生的埃宋选择了平静的生活。他和阿凯美迪结婚了，婚后育有一个儿子，取名“伊阿宋”。伊阿宋，也就是这个故事的主角。

自从伊阿宋来到这个世界后，母亲阿凯美迪就非常担心自己的孩子会惨遭波利阿斯的毒手。于是她灵机一动，想了一个办法来瞒天过海。

她先是找了一群人整日哭泣，营造一个自己孩子夭折的假象。为了能够让别人相信，阿凯美迪还假装去埋葬伊阿宋，实际上是悄悄将他带了出来，交给了半人马部落的喀戎，让他帮忙抚养长大。

半人马是希腊神话中的一个族群。整个部落的人都很浪荡野蛮，但喀戎却与众不同。他不仅知识渊博，还能文能武，几乎成了无所不知、无所不能的代表。希腊神话中的诸多英雄人物，比如忒修斯、伊阿宋、赫拉克勒斯都是他的学生，可以说，喀戎是希腊神话英雄们的祖师爷。

伊阿宋在喀戎的照料下茁壮成长，很快成了一个远近闻名的英雄。

另一边，波利阿斯在篡夺了哥哥的王位后也心有不安。曾经的新国王波利阿斯慢慢老去，有一天他突然得到了一个神谕：一个只穿了一只鞋子的人将夺走他的一切。波利阿斯为此陷入了深深的忧虑之中，但不理解这个神谕究竟代表了什么含义。

在伊阿宋长大成人之后，他便离开了恩师喀戎，动身前往故乡，准备从波利阿斯手中夺回原本属于父亲的一切。

回去的途中，伊阿宋经过了一条河。正在他准备渡河的时候，一名老妇人叫住了他。

“喂！小伙子！水流太急了，我不敢过去，你来帮我渡河吧！”

伊阿宋听到有人叫他就回过了头，看到了一个老妇人，于是二话不说就上去帮忙，将她背了过去。可是，在快上岸的时候，伊阿宋突然觉得脚下一沉，一只脚陷入了污泥之中，他使劲一拔，脚是出来了，可是鞋子却没了，陷在了泥潭中。他为了早点让老妇人上岸，便没有纠结那只鞋，光着一只脚就走了。

其实呀，这位老妇人不是别人，正是神后赫拉。她非常讨厌波利阿斯。为什么呢？因为自从波利阿斯当了国王之后，就不再祭拜自己了。

成功渡河之后，老妇人现出了原形，并说要协助伊阿宋夺回王位。可是，她既没有教给伊阿宋什么法术，也没有给他什么神谕，就这样一下子消失了。

伊阿宋继续赶路，最终来到城中。他的到来顿时掀起城中不小的波澜。因为他长相出众，就像那光明与文艺之神阿波罗和战神阿瑞斯一样。

身为国王的波利阿斯自然注意到了他。当他见到伊阿宋的时候，不由得大吃一惊。因为他发现这个人就是神谕中的那个“只穿了一只鞋子的人”。

波利阿斯的心中五味杂陈。但他还是控制住了自己的情绪摆出一副若无其事的样子来。波利阿斯亲自接见了伊阿宋，并热情地问道：“少年你叫什么名字？你从哪里来？要到哪儿去？”

伊阿宋平静地回答：“叔叔，我叫伊阿宋，是你哥哥埃宋的儿子。我跟随半人马部落的喀戎学习成长。如今回来只想看看家乡和父亲曾经住过的地方。”

狡猾的波利阿斯早就知道了眼前这个少年的真实想法。他不动声色地耐心倾听着侄子的话。在外人看来就像是久别重逢的亲人一样，就差两个人抱在一起痛哭流涕了。

最后，波利阿斯慷慨地答应了伊阿宋的请求，派人带他去拜访父亲的老房子。

接下来的几天，波利阿斯对这个侄子可是格外热情，每天好酒好肉招待，就差安排终身大事了。然而，伊阿宋并没有被叔叔的糖衣炮弹所迷惑。于是到了第六天的时候，他便找到了叔叔，直接挑明：“叔叔，我想你非常清楚，我才是这个国王的合法统治者，而你现在占有了本该属于我的东西。如果你记性不差的话，你该明白自己是用何等卑鄙的手段从我的父亲手中夺走了一切。现在我想我该讨回属于我的王位和权杖。但是我也不会亏待你。我愿意把牲畜和土地都留给你。”

波利阿斯长舒一口气。因为他不知道之前的伪装还要维持多久，现在终于打开天窗说亮话了。他一番踌躇之后，语重心长地对伊阿宋说：“你说得对，这一切本该是属于你的。我可以把它们都还给你。不过，在尘埃落定之前，我希望你能答应我一件事。”

“什么事？”伊阿宋没想到叔叔会这么痛快、毫无反抗地交出手里的王位。他觉得如果叔叔没有什么过分的要求还是尽量满足吧。

“最近我总是做噩梦，我梦到了佛里克索斯的阴魂，他苦苦哀求我让他的灵魂得到安息。我要你做的事就是到科尔喀斯国王那里去，取回佛里克索斯的遗骸和金羊毛，如此，他的灵魂便不再不安。要知道这本该是我去取的……”

说到这里，波利阿斯无奈地摇了摇头。他继续说道：“但是我已经年老力衰，无法胜任这荣耀的使命。现在我就将这份荣耀的使命交给你。你还年轻，如果想成为一个堂堂正正的国王，正需要这样的功绩来树立自己的威望！当你带着万丈光芒凯旋之时，必会成为万众瞩目的大英雄，我也会将手里的权杖和王位传给你。”

说到这里的时候，波利阿斯郑重地对天发了一个毒誓。

实际上，他明白这个任务几乎是一件不可能完成的事情，因为路途凶险，基本上就是有去无回。这就是波利阿斯借刀杀人的计谋。简而言之，他想让伊阿宋去送死。

此时此刻伊阿宋让轻而易举得到的妥协冲昏了头脑，根本没有意识到波利阿斯的真正意图。太过自信的他爽快地答应了叔叔的请求。在他看来，只要他完成了任务，那他就会成为新的国王。

那么伊阿宋将会遇上怎样意想不到的困难呢？那个金羊毛又是怎么回事儿呢？

金羊毛与女儿国

话说在很久很久以前，色萨利的国王娶了一个貌美如花的妻子，并生下了一对儿女。刚开始的时候，国王整天与妻子待在一起，其他的什么事情都不管不顾，可是随着日子一天天过去，一年年过去，年轻的妻子逐渐年老色衰，成了一个没人爱的黄脸婆。于是老国王便不再沉迷于自己的妻子，很快就另娶新欢了。

面对老国王的抛弃，妻子悲痛欲绝。除了自怨自艾之外，她还担心自己的儿女会遭到后妈的欺负。以她对丈夫的了解，这个老男人既然能抛弃自己，那也肯定不会悉心照顾这对儿女，与其让他们寄人篱下，不如将他们送走吧。

可是，她一个弱女子，能把儿女送到哪儿去呢？

正在她为此事焦头烂额的时候，信使赫尔墨斯出现了。这个曾经调皮捣蛋的小伙子带来了一只金毛的公羊，说这只羊会将孩子带到他们该去的地方。

妻子听从了神的旨意，将两个孩子送上了羊背，姐姐赫勒和弟弟佛里克索斯就这样一前一后，抓住了羊角，随着腾空而起的公羊飞走了。

但是在跨越欧亚大陆的海峡时发生了意外。突然感到眩晕的姐姐赫勒不小心从公羊的背上落了下来，掉进海里淹死了。弟弟佛里克索斯哭喊着姐姐的名字。但是他除了抱紧公羊继续飞翔以外，根本无能为力。

最后，公羊带着佛里克索斯来到了黑海东岸的科尔喀斯王国，并将他平稳地送到了陆地上。佛里克索斯受到了当地国王埃厄忒斯的热情招待，不仅如此还把自己沉鱼落雁的女儿嫁给了他。

为了感谢神灵帮助自己逃脱继母的迫害，佛里克索斯把那只公羊给宰了，献祭给了神王宙斯。此外，他还将公羊身上的金羊毛送给了自己的岳父埃厄忒斯，以表达自己的感激之情。

国王埃厄忒斯对这个女婿送给他的金羊毛喜爱极了。后来为了求得战神阿瑞斯的保佑，他命人把金羊毛钉在用来敬奉阿瑞斯的圣林中，也就是把金羊毛献给了战神。不仅如此，他还特意委派了一只可怕的巨大毒龙来保护这些金羊毛。

这时神谕突然降临，告诉他了一则重要的消息："你的生命与王权和这金羊毛息息相关。只要金羊毛还安稳地待在战神阿瑞斯的圣林里，你的生命和王位就无比安全。若是金羊毛被人抢去，那么你便大难临头了。"

国王埃厄忒斯得到了珍贵金羊毛的事情传遍了整个希腊。人人都渴望得到它，但是没有人如愿以偿，因为想突破严密防守偷走金羊毛是根本不可能的。

这也就是为什么波利阿斯让伊阿宋去夺取它的原因。他觉得伊阿宋肯定会命丧途中，就算他幸运地回到自己的王国，那恐怕也是空手而归。如此，知难而退的伊阿宋便没有底气向自己索取王位了。面对伊阿宋毫不犹豫地答应，就连波利阿斯自己也没想到这么容易。他虽然心里乐开了花，但表面却装出一副忧心忡忡的样子，一再叮嘱自己的侄子要小心，

伊阿宋凭借着自己强大的号召力，召集了50位小伙伴一同上路，其中就有俄耳甫斯、忒拉蒙和赫拉克勒斯。他们也是半人马喀戎的弟子。

英雄们集结完毕后，伊阿宋请阿里斯多的儿子阿尔戈为他们建造了一艘战船。阿尔戈是一名技术精湛的工匠，也是整个希腊最厉害的造船工匠。在雅典娜女神的指导下，阿尔戈造出了一艘华丽大船，就算长期浸泡在海水里也不会腐烂。这艘战船便以制造者"阿尔戈"的名字命名。这次跟随伊阿宋一同踏上冒险旅程的勇士们也被后人称为"阿尔戈英雄"。

《阿尔戈号远征队》
洛伦佐 · 科斯塔 1460—1535年

阿尔戈英雄

作为此次冒险的召集人，伊阿宋自然被推举为冒险队的首领。起航前，大家一起去给海神波塞冬和奥林匹斯山的诸神献祭，以祈求他们能够保佑自己一帆风顺。在献祭大典结束后，阿尔戈战船缓缓起航了，在海面上泛起阵阵浪花。伴随着船上英雄们的欢呼声，战船很快到达了他们的第一个目的地——利姆诺斯岛。

在利姆诺斯岛上有一个繁荣的国度。但这个国家也有一个奇怪之处，那就是整个国家全都是女人，没有一个男人。

其实仅仅在一年之前，这个岛上共同生活着男人和女人。但是随着附近色雷斯岛上的美丽女人被岛上的男人们一个一个带回来，这个国家原本男女之间和谐相处的氛围被打破。当男人们都在被这些外邦女郎迷得神魂颠倒时，本岛的女人们意识到了外来者入侵的危机感。男人们常年不着家带来的冷漠彻底点燃了女人们的怒火。所有女人团结一心，一口气杀死了岛上的所有男人，就连老人和婴儿都没有放过。

毕竟她们心中的罪魁祸首就是来自色雷斯岛的女人，所以当男人们被屠杀殆尽之后，岛内剩下的那些外邦女郎也未能幸免。这群疯狂的女人将自己的丈夫、父亲和儿子埋葬，又将那些该死的色雷斯女人通通丢进了海里。

在男人们都消失之后，岛上的王国自然成为女人的天下。于是之前国王的女儿许珀茜伯勒被其他女人一致推举成为新的女王。

杀死色雷斯岛的女人必将会引起两个城邦之间的敌视。为了防止得到噩耗的色雷斯人报复，利姆诺斯岛上的女人们组织了海岸巡逻队，专门监督外来船只的动向。当伊阿宋的阿尔戈战船靠近时，女人们已经剑拔弩张地准备应战了。

岸边全副武装的女人们让伊阿宋等人感到震惊。大家都疑惑为什么这个岛上没有一个男人。他们的目的并不是攻打这个岛，因此也没有必要和这群本地人发生冲突。于是英雄们没有轻举妄动，而是派遣了一个使者上岸，传达了和平友好的信息。

但本地女人哪里管你是来干什么的。使者刚刚上岸就被围过来的女人们抓住，押解到了女王面前。

使者面对女王表明了他们的来意：“尊敬的女王陛下，我们只是路过的外乡人，绝没有半点要冒犯的意思。请让我们在此休息一下吧，我们将不胜感激！”

让男人登岛休息？这对于这个国家来说可是一件敏感的大事情。女王并没有当面答复他，而是让使者暂且等候，自己召开了一个全民会议，向大家传达了阿尔戈英雄们的请求。

大多数人的看法都是杀了这群男人。

就在大家七嘴八舌讨论开来的时候，女王许珀茜伯勒摆摆手，示意大家安静下来。随后她说道：“亲爱的姐妹们，我的子民们，我想我们不应该和这群勇士硬碰硬。大家想一想，就算是我们彻底地消灭了他们，也会失去更多的姐妹。而且别忘了他们还有一艘战船。若是他们乘坐战船逃走并找来更多援军，那恐怕整个国家都要陷入危险之境。”

这样理性的发言让大家意识到了问题的严重性。于是所有人都称赞女王考虑周全。

女王趁热打铁继续说道：“我们曾经因为我们的疯狂犯下了嗜血的罪过。我们杀了我们的丈夫、父亲和儿子，将整座岛上的所有男人都灭绝殆尽。现在这群外来的阿尔戈英雄路过此地，央求我们的热情款待。我认为我们不能拒绝，否则我们就真的陷入彻底孤立无援的地步了。听我说，我们也不能让他们知道我们做过的那些事情。所以我建议不要让他们进入我们的城市，就让他们继续待在船上，由我们送上食物、美酒和补给。这样既能显示我们的友好态度，又能保证我们的安全，不让我们的秘密昭告天下。姐妹们，大家怎么看？”

底下一片寂静，这个时候一个老妇人站了出来，说：“我们真的要让他们留在船上吗？”

大家倾听着她接下来会继续说什么。

“我想大家也都明白目前的处境。我们难道真的要这样一直下去吗？你们也会一天天衰老，直至最后老成我这个样子。想想看，等大家都老了，而整个王国没有新鲜的血液流入进来，将会多么的危险。若是色雷斯人趁这个时候前来报仇，恐怕我们将会毫无抵抗之力。届时我们该怎么办？”

老妇人说出很多人不敢说的事实，毕竟大家已经被仇恨冲昏了头脑，无路可退。

“我可能是看不到那一天了，但是你们年轻的女子该怎么办？就算色雷斯人没有前来报仇，你们也没法安稳地活下去呀。到了春天，耕牛们不会自己工作，到了秋天，庄稼也不会自己收割。简而言之，我们不能没有男人！”

仇恨并不能解决所有的问题，反而还会制造问题。

“所以我觉得这些阿尔戈英雄就是神赐给我们的灵丹妙药。看看那些身强力壮的小伙子。不如我们把他们留下和他们一起治理我们的国家吧。有了这些人，我们也不必再担心色雷斯人的报复了。”

大家蠢蠢欲动，仿佛解开了一个许久以来压制所有人的枷锁一样。但这个时候传来一个声音：“可是我们该如何解释岛上一个男人都没有的事实呢？”

老妇人随即答道：“这个简单。他们都被那些不知羞耻的色雷斯女人勾搭走了。”

既然民心所向，那女王便派出少女使者和阿尔戈使者返回战船，带去敬意和问候。

英雄们对于女王的好客非常感激，丝毫没有怀疑地就登上了岛，前往她们的城市。

伊阿宋等英雄们进入城中就仿佛进入了天堂，到处都有女人们的殷勤。这样甜蜜的日子一天天过去了，这帮英雄仿佛也没有离开的意思，自然那金羊毛的艰巨任务也被抛之脑后。

不是所有人都会被女人俘获，陷入温柔乡中无法自拔。比如大力士赫拉克勒斯。由于他生来讨厌女色，因此和几个志同道合的小伙伴留守在船上。

眼看着时间一天天流逝，心急如焚的赫拉克勒斯却没有见到勇士们归来的消息。于是他再也坐不住了，开战船前往城市，找到了那些沉溺声色的伙伴。

“你们这些蠢人！难道你们忘了自己的初心了吗？真可耻啊！你们的父母妻儿都在家中盼望着你们能够早日归来，而你们却沉迷于温柔乡，不知道自己姓什么了！”

赫拉克勒斯不等这些人回应继续慷慨激昂地骂道：“是不是你们以为只要在这里吃喝玩乐，金羊毛就会自动送到你们手里？如果是这样的话，那还不如各自回家，或者留在这里生你们的孩子去吧！”

赫拉克勒斯的话骂醒了大家，经他这么一说，所有人才意识到自己已经在这里耽误得太久了。于是阿尔戈勇士们准备离开这里，尽管城中的女人们百般挽留，但大家去意已决。

女儿国的民众知道英雄们注定要离开，并且接受了这一现实。于是女王对伊阿宋说道："我是多么舍不得你离开啊！可是我明白你有你的使命，前方有一个声音在召唤你！去吧！我亲爱的伊阿宋！愿众神保佑你们顺利取得金羊毛。当你们凯旋时，如果你们愿意回来，这里的大门永远为你们敞开！虽然我知道这只是一厢情愿，但我希望你在远方的时候能够时刻记得我。"

伊阿宋被女王的一番话感动了，吻别女王之后，他带着自己的勇士们重新登

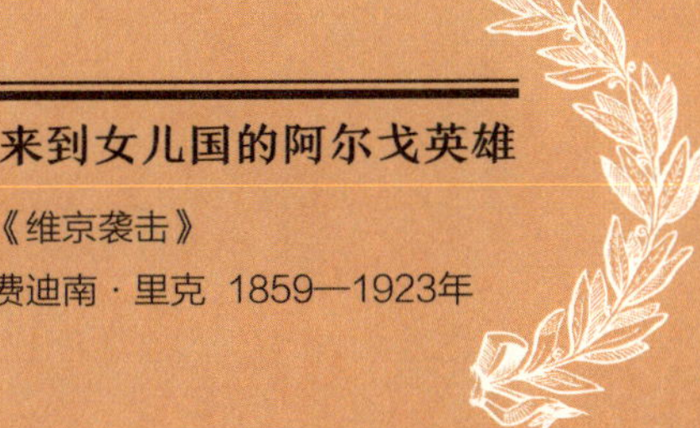

来到女儿国的阿尔戈英雄

《维京袭击》

费迪南·里克 1859—1923年

上了阔别已久的阿尔戈战船。但他不知道的是，此时的女王已经怀有身孕。这位女王许珀西伯勒还会在之后俄狄浦斯王的大儿子波吕尼刻斯进攻底比斯的时候重新登场，不过那都是后话了。

重整旗鼓的战船朝着自己的目标继续出发了。岛上的女人们依依不舍地与英雄们挥手告别。接下来，阿尔戈英雄又会面临怎样的挑战呢？

黑夜中的悲歌

经过了一天一夜的航行之后，阿尔戈战船即将抵达色雷斯岛。

大家已经看到了海岸线正在慢慢靠近，正当所有人期待抵达岸边的时候，突然吹来一阵妖风将战船推到了夫利基亚海岸。这里是一个岛，上面生活着杜利奥纳人和野蛮的土著巨人。巨人们不仅身材巨大，还长着六只手臂。

杜利奥纳人是海神的子孙。因此他们受到了神的庇佑，免遭同岛邻居巨人们的侵袭。他们在岛上建立了属于自己的王国。国王是一个年轻帅气的小伙子，名字叫作基奇科斯。

早在几个月前，国王就接收到了神谕："有一队英雄即将抵达你的王国，你应该好好地招待他们，切忌与他们发生冲突！"

自此之后，国王就日夜盼望着神谕中英雄们的到来。当他听说一艘豪华的战船即将靠近小岛的时候，便立即带着全城人出来迎接，将英雄们接进了城内热情款待。

此时的基奇科斯刚刚完婚，春风得意。情商极高的他和这些来访的英雄相谈甚欢，也得到了众客人的喜爱。

在到达小岛的第二天，国王带领着英雄们登上了当地的最高峰，一起谈天论地。就在他们一览众山小的时候，突然看见山底下正在上演一场激烈的冲突。原来不愿意上岸的赫拉克勒斯等人守在停靠港口的战船里，却意外地遭到了六臂巨人的侵扰。双方激战正酣。可这帮巨人就算是有六只手臂，又哪里是大力士赫拉克勒斯的对手呢？

看见伙伴们正在殊死搏斗，山顶上的英雄们纷纷冲下山加入了战斗，将那些巨人打得落荒而逃。为了给好客的杜利奥纳人消除隐患，英雄们乘胜追击，彻底消灭了巨人。

阿尔戈英雄取得胜利之后，便辞别了国王，扬帆起航，向着大海继续出发了。

就在离开小岛的当天夜里，又是一阵妖风吹来，悄无声息地改变了战船的航行方向。战船里的所有人都只顾睡觉，谁也没注意到他们的阿尔戈号已经掉头又回到了之前的岛上。

在伸手不见五指的黑夜中，战船靠岸了。英雄们被战船撞击岸边的巨大动静惊醒。大家遥望岛上，发现远处点点星火，似乎这里也有一个人类王国的存在。可是他们哪里知道，这座岛就是他们之前来过的那座岛屿，上面生活的就是那些热情接待过他们的杜利奥纳人。

这个时候大家达成了一个共识。他们认为他们在海上漂泊了那么久，也需要一个据点作为自己的休整之地，况且并不是每一个岛屿上的人都像之前的杜利奥纳人那样热情好客。于是英雄们商议了一下，做出了一个大胆而且残忍的决定——夜袭，以最快的速度征服这个王国。

冲锋的号角吹响了，在没有月亮和星星的黑夜掩护下，几只蝙蝠追随着这群闯入者朝人们的居住点杀去。

城内的杜利奥纳人被城外的呐喊声吵醒了，他们不知道发生了什么，也没有把那些吵闹声放在心上。但很快所有人都意识到，自己的王国已经遭受了敌人的攻击。虽然还不知道敌人是谁，但如果再不采取行动，那么王国恐怕就朝不保夕了。

士兵们接二连三地从睡梦中醒来，拿起武器赶赴前线。城墙上万箭齐发，巨石也借助着高地势砸落下来。

阿尔戈英雄们也遭遇了重大挫折，不少人受了伤。可他们是英雄呀，岂能和那些普通士兵相提并论。大家在城门前与杜利奥纳人的军队遭遇，双方展开了激烈的战斗，但显然战局是朝阿尔戈英雄这边倾斜的。

随着国王基奇科斯命丧伊阿宋亲手投掷的长矛下，剩下的残兵败将退回到了城内并紧闭大门。任凭英雄们如何叫阵都闭门不出。

黑夜慢慢过去，转眼已是黎明时分。就在这时，交战的双方才看清了敌人的真面目。

城门外一片血泊，到处都是杜利奥纳人的尸首。这其中就有一动不动的国王。当伊阿宋看见死去国王身上插着自己的长矛时，满心都是悲痛和悔恨。

阿尔戈英雄和城内的杜利奥纳人为逝者举行了历时三天的隆重的哀悼仪式，纪念所有逝去的灵魂。那位国王的新娘本就体弱多病，因经受不住国王去世的打击也追随他撒手人寰了。

负罪前行的阿尔戈勇士们又将会面临什么呢？

分 开

一群人怀着悲痛的心情离开杜利奥纳人的岛屿。阿尔戈战船在暴风雨中航行了一整天，抵达了比斯尼亚海湾，这里生活着密西埃人。他们像杜利奥纳人一样热情招待了英雄们。

密西埃人为英雄们举办了一场盛大的宴席，席间，生性孤僻的大力士赫拉克勒斯离开了开怀畅饮的伙伴们，趁着大家休整的工夫前往森林寻找良木，为的是修缮有些受损的阿尔戈战船。

赫拉克勒斯四处寻找，很快就发现了一棵中意的松树。这棵树相当高大，但也难不倒大力士。他三下五除二就把这棵树连根拔起。

在宴席上喝酒的许拉斯发现赫拉克勒斯不见了，就出门寻找这位同伴。许拉斯是一位美少年，也是赫拉克勒斯的朋友。当年赫拉克勒斯因为口角争执失手打死了许拉斯的父亲。万般后悔的大力士便收养了死者遗留下来的儿子，带在身边抚养长大。自然许拉斯也参与了伊阿宋的英雄冒险。

许拉斯找了好久，都没有找到赫拉克勒斯。口干舌燥的他便拿着水壶来到泉边灌点水解渴。正值月光洒满大地，许拉斯英俊的模样倒映在泉水中。水中的仙女被这个英俊的小伙子迷住了。为了得到他，仙女从泉水中冒出，伸出左手搂住了许拉斯的脖子，而右手将他拉进了泉水里。

这个时候，另一名英雄波吕斐摩斯也出来寻找消失不见的赫拉克勒斯。当他快走到泉水边的时候，听见了许拉斯呼救的声音。他急忙朝着声音的方向跑去，可是黑暗中他什么也没有看到。就在同时，赫拉克勒斯正抱着松树经过。于是波吕斐摩斯急忙对他喊道："坏消息，赫拉克勒斯！我刚才听见寻找你的许拉斯发出呼救，可是跑到这里却什么人也没有了。他不会是被强盗劫走了吧，或者说是被野兽吃掉了。"

赫拉克勒斯一向和许拉斯感情深厚，在听到波吕斐摩斯的话后，赶忙扔掉手里的松树也来到泉水旁。

有时候事情就是这么凑巧。宴席上的阿尔戈英雄发现了风向的转变，此时的风向正与战船前进的方向一致。机不可失，于是大家匆匆起身，告别了热情好客的密西埃人，跳上阿尔戈号离开了。

当战船借着风向驶离岛屿后，这才有人发现他们中不见了三个人："糟糕，伙伴们！你们有没有发现我们少了三个人。如果我没看错的话，是赫拉克勒斯、许拉斯和波吕斐摩斯！"

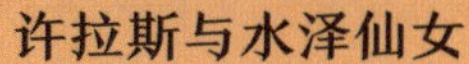

许拉斯与水泽仙女

《许拉斯与水泽仙女》
约翰·威廉姆·沃特豪斯 1849—1917年

众人这才反应过来。他们在阿尔戈号上都找遍了，也没有看见三个人的身影。

“怎么办？要不要回去寻找他们？”

可英雄们心知已经驶出了这么久，以现在的风向想要掉头回去已经是很难的事情了。

大家为了要不要回去寻找三个人而吵得不可开交。所有人都把目光投向了伊阿宋，希望由这名领袖来做出最终的裁决，决定要不要回去寻找丢失的三个小伙伴。

伊阿宋也很为难。拿不定主意的他望向大海，陷入了沉思之中。

主张回去的人中有一个急性子叫忒拉蒙。他见到领袖伊阿宋一言不发，而身下的战船却越走越远，于是便沉不住气了。

他大声叫道：“既然我们都是一起出发的，就不能抛下自己的兄弟！伊阿宋，你作为总指挥怎么能对底下人走丢的事情熟视无睹呢？难道你想故意扔下他们不管吗？哦，我明白了。也许你根本就是故意扔下他们的。因为你害怕赫拉克勒斯会抢走你的风头。也罢，你们不管我来管。我可不能丢下自己的朋友。就算我孤身一人也要找到他们。”

说着，忒拉蒙就跑到船头，揪住舵手提菲斯的衣服，要求他立即返航。众英雄看到他失去了理智，便赶紧过来劝阻忒拉蒙的行为。这使得忒拉蒙更加愤怒了。

就在这时，原本风平浪静的海面上突然涌现出了一阵巨浪。在众人的惊慌失措中，海神格劳克斯从波浪汹涌的海面上登场了。他用强有力的双手控制住了阿尔戈战船的船尾，对上面的各位英雄说到：“大家镇静。你们不应该违背神的意志将赫拉克勒斯带往埃厄忒斯。命运已经为他安排了其他的任务。继续前进吧，英雄们。”

海神稍作停顿，又说到了其他两个人：“至于那个许拉斯，泉中仙女已经与他坠入爱河，没有人会伤害他。还有那个波吕斐摩斯，他将会成为密西埃人最好的朋友。”

说完这话不等英雄们回复，海神就消失在了黑色旋涡中。

冷静下来后，忒拉蒙为他之前的冲动感到懊恼。他来到伊阿宋面前道歉：“伊阿宋，我向你和其他人道歉。我希望你不会因我而生气。失去伙伴让我昏头。我希望大家和好如初，继续去寻找金羊毛吧。”

伊阿宋对忒拉蒙笑道：“我们大家都受到了失去朋友的影响。不过海神的话指引了我们方向。我知道我的朋友们并没有身处险境。那我也放心了。”

就这样，英雄们乘风破浪继续出发了。虽然失去了三个小伙伴，但是大家对于之后的冒险依然充满期待。

波吕斐摩斯留在了密西埃人那里，生活得很好，还为密西埃人修建了一座城池。至于赫拉克勒斯，则回到了国王欧律斯透斯那里，完成自己的挑战去了。

没有了大力士赫拉克勒斯的协助，英雄们该怎么面对接下来的困难呢？

拳击比赛

阿尔戈英雄与赫拉克勒斯他们分离之后，在海面上顺风航行了一晚。第二天早晨，他们来到了一个半岛，便决定停靠，上岸休息。

这个半岛是珀布律喀亚人的王国领地。据说这里的人非常野蛮，国王阿密克斯更是骁勇善战，是一个狠人。另外，国王还为来到他土地上的外邦人制定了一条奇怪的规定：外乡人必须和他进行拳击比赛，如果赢了他，就可以平安地离开；不过若是输了，就只能留在岛上做他的奴隶，并且剥夺自由终身。

阿密克斯身强力壮，非常擅长拳击，基本上来到这里的外邦人都被他击败，被迫留在岛上做他的奴隶。阿尔戈号刚一靠岸，国王就发现并且第一时间找到了他们。

他用轻蔑的口吻告诉这些外来者："听着！你们这些海上的流浪汉，我是这里的国王阿密克斯。我告诉你们一件重要的事情。如果你们不能在拳击比赛中打败我，就必须留在这里做我的奴隶！你们快点挑一个最能打的人来跟我打，否则我叫你们好看！"

阿尔戈英雄中有一个人叫波吕丢克斯，一听到国王的挑衅就斗志昂扬。他是丽达与宙斯的儿子，也是当时全希腊最有名的拳击手。于是他从人群中站了出来，冲着阿密克斯大声喊道："你也给我听着！我是宙斯的儿子波吕丢克斯。我决定接受你的挑战，有本事就来吧！"

国王阿密克斯听到这番话后大吃一惊，因为这还是第一次有人敢主动挑战自己。他上下打量着这个从人群中站出来的勇士。这个波吕丢克斯面不改色，似乎完全没有把国王放在眼里。

国王被他的冷静激怒了，吩咐旁边的侍从取来两副用来打拳击的皮手套。他指着皮手套大叫道：“哼，哪里来的不知天高地厚的臭小子！你很快就会为你的狂妄付出代价。这里的皮手套你随便挑一副吧，它们都是我亲手缝制的。我敢打赌你很快就能感受到我精湛的拳术了。”

紧接着阿密克斯又大笑着补充道：“可惜了这么好的手套，你却享用不了太久。”

波吕丢克斯并没有被国王的话激怒，反而非常淡定地从两副手套中随便拿了一副，然后让朋友将它戴在了自己的双手上。同时，国王也戴上了另一副手套。

比赛开始了，国王先发制人，一下子就抡起拳头朝波吕丢克斯冲过来。勇士巧妙地躲开了国王的每一次出拳，并且观察国王出拳的漏洞，出人意料地给了国王几击重拳。国王被打了几拳之后，开始意识到对方并不是普通人，与之前的对手都不一样。他冷静下来，仔细思考对方的套路，出拳也不再像刚刚那么浮躁。

双方展开了激烈的搏斗，你一拳我一拳打得难分上下。

要知道拳击是相当考验体能的。没一会儿，双方都筋疲力尽，气喘吁吁。于是比赛暂停，双方稍作休息，补充水分之后再战。

休息结束，双方再次来到了擂台上。这一次国王依旧先发制人，用犀利且迅捷的重拳砸向波吕丢克斯。波吕丢克斯敏锐地躲开，可却被接下来的拳头砸中了肩膀。不过他并没有气馁，而是寻找到了一个绝好的机会，紧接着出一击右勾拳，打中了国王的左耳根。这一击势大力沉，甚至将国王的头骨给打碎了。

国王哀号一声，随即痛苦地倒地不起。

阿尔戈英雄看到同伴胜利后，都高兴地欢呼庆祝起来。珀布律喀亚王国的士兵们看到自己的国王受伤倒地，也纷纷冲上来将勇士波吕丢克斯团团围住。

一场大战不可避免。

英雄们拔出宝剑前去解救被包围的波吕丢克斯。激战过后，英雄们击退了士兵，而那些士兵也抢回了流血负伤的国王退回到城中，并紧闭城门。

阿尔戈英雄在城外的叫骂并没有得到任何回应。随后他们发现了国王在城外的牲畜栏。这里面有属于国王的成百上千只牛羊。大家对于这个意外收获欣喜若狂，于是把它们当作战利品通通带走了。

夜幕降临便是庆祝胜利的开始。英雄们在城外的空地上生起篝火，吃着香喷喷的烧烤，还喝着从船上卸下来的美酒。自然对于诸神的感谢是不能缺少的。为了答谢诸神保佑他们取得了胜利，那些牛羊都在一场盛大的祭祀仪式中献给了奥林匹斯山众神。

勇士波吕丢克斯也成为赞美歌声中的焦点。一夜狂欢过后，英雄们以胜利者的姿态离开了小岛。接下来大家又会遇上怎样的敌人呢？

饥饿的先知

一路上，英雄们经历了几次冒险，又到达了一座小岛。大家刚一上岸就看见一个瘦得只剩下皮包骨头的人跑了过来，饱含热泪地喊道：“你们终于来了！”

英雄们愣住了，不知道怎么回事儿，便赶忙询问来者的意图。这个人擦了擦激动的眼泪后，便开始讲述自己的故事。

原来这里是俾斯尼亚的对岸。而这个快要饿死的人是英雄阿格诺尔的儿子菲纽斯。在菲纽斯年轻的时候，阿波罗赐予了他先知的预言能力，可是当时的菲纽斯年轻气盛，不知道收敛，到处显摆自己的本领。这样狂妄的行为激怒了众神，也引来了可怕的惩罚。

有一次菲纽斯在滔滔不绝地吹嘘自己的预言本领，就在他知无不言言无不尽的时候，他的眼睛突然变得越来越模糊。没错，他一下子失明了。

众神还觉得这样惩罚他太轻了。于是又把他流放到一个小岛上，派一群妇人鸟整日围着他。只要菲纽斯一吃东西，这群鸟就立马飞下来抢走他的食物。这使得可怜的菲纽斯根本吃不到任何食物。

就这样菲纽斯很快陷入绝望的边缘。他看不见也吃不了东西，快要瘦成枯骨了。

终于有一天，恍惚中的菲纽斯得到了宙斯的神谕：“当阿尔戈英雄们到来之时，你便可以进食了！”

自此之后，菲纽斯就日夜盼望着英雄们的到来。当他听到岸边的动静时，预感到正是他朝思暮想的阿尔戈号抵达。于是他赶忙跑过来迎接英雄们。

菲纽斯讲完这个故事之后便精疲力竭地倒在了地上。英雄们将他搀扶到了一棵树下。

休息片刻的菲纽斯又恢复了些许精力。他恳求道："你们帮帮我吧。要知道，我们是同胞，我是阿格诺尔的儿子，我的妻子是北风神的女儿。"

英雄中的仄忒斯和阿雷斯听到菲纽斯的话才明白过来，原来眼前的这人正是自己失踪多年的姐夫，因为他们两个正是北风神的儿子。他们紧紧抱住了菲纽斯，在认亲之后，答应了他的请求。

紧接着英雄们为菲纽斯准备了一顿丰盛的美食。就当菲纽斯正准备开口进食的时候，一群妇人鸟如所意料的那样出现。它们飞到菲纽斯嘴边抢走了食物。阿尔戈英雄自然不会放过这些家伙。可他们张弓搭箭射这些鸟时，却被鸟儿扇动的翅膀挡回了所有箭。

北风神的两个儿子仄忒斯和阿雷斯非常生气。他们攥紧了拳头，此时蕴含在体内的神力也爆发了。只见两个人背后生出了一对翅膀，于是他俩便飞到空中，准备用剑斩杀这些鸟。

这个时候宙斯的使者突然出现了，他急忙阻止道："壮士，且慢！"

两个人都被突然冒出的声音吓到了。他们望向使者，听他继续说道："这些鸟都是宙斯的猎犬，之所以在这里干扰菲纽斯进食，完全是因为众神要惩罚他的缘故。你们不要杀鸟。它们已经完成了它们的使命。我可以代表宙斯发誓，这些鸟将再也不会阻拦菲纽斯进食了。"

二人一听是宙斯的意思，于是也就停手了，他们褪去翅膀落到了地面上。

使者说罢，便和那些鸟儿一起消失不见了。

没有了妇人鸟的干扰，菲纽斯终于可以安心地吃东西了。这仿佛让他重获新生。

为了感谢英雄们的帮助，菲纽斯运用自己的先知能力，告诉他们接下来可能遇到的种种危险。

众英雄从菲纽斯的话中得知前方还会有很多困难等着他们。不过大家都肩负着使命，因此是绝对不会退缩的。

离开菲纽斯之后，英雄们又再度启程。阿尔戈战船航行了没多久，就遇到了强烈的风暴，这样的情况足足持续了十天。最后在为众神献祭之后，海面恢复了原有的平静。

继续航行的战船来到了赛诺斯狭窄的海峡。菲纽斯曾经预言过他们会在这里撞到岩石。

根据菲纽斯之前给出的指示，英雄们放出来一只早就准备好的白鸽。因为菲纽斯说:“如果白鸽能够顺利通过这海峡，你们也就能通过。”

起飞的白鸽在岩壁之间穿梭。大家都死死盯着这鸽子的动向。最终在雅典娜女神的保佑下，阿尔戈战船成功穿越了九死一生的海峡。

战船在航行一段时间后又来到了希腊亚马逊人的土地。奇怪的是这个族群只有女人。

亚马逊人是天生的战士，是战神阿瑞斯的后裔，生性好战，全民皆兵。亚马逊人有两个女王，一个负责打仗，一个负责内政。简而言之，亚马逊人的生活，就是吃饭和打架。她们端起碗来吃饭，放下碗来杀人。战斗就是她们生活中最重要的事情。

英雄们眼看亚马逊人的岛屿距离自己越来越近，他们全都打起了精神，因为他们不知道岛上的女人们是否欢迎自己。

那么，英雄们与亚马逊人又会发生怎样的故事呢？伊阿宋是否能够顺利拿到金羊毛呢？

兄弟重逢

正在英雄们商量如何应对亚马逊人的时候，一阵不期而遇的妖风又将他们的战船吹离了航向。经过一天一夜的航行，阿尔戈号抵达了卡律贝尔王国。

正如菲纽斯所预言的那样，这里的人既不种田，也不放牧，而是整天在荒芜的土地下面采矿。他们用在阴暗的地下辛苦劳作得到的矿产与邻邦交换食物以及必需品。

在这样蛮荒的土地上，众英雄也觉得无聊。他们很快便离开了卡律贝尔王国。在继续航行两天后，阿尔戈号又到达了阿瑞岛附近。

可就在这个时候，从天而降一只凶鸟。只见凶鸟扇动了一下自己的翅膀，一支羽毛箭随之射出，刚好击中了英雄俄琉斯的肩膀。顿时他的肩膀血流如注，倒在甲板上哀号不已。而那只凶鸟像是完成了任务一样心满意足地飞走了。

同伴们纷纷上前为受伤的俄琉斯包扎好伤口。这个时候又飞来了一只凶鸟。生气的克吕蒂沃斯想给它点儿颜色瞧瞧，便张弓搭箭。射出去的箭一下子就命中了凶鸟的心脏。凶鸟也随即落入了海中。

安飞达姆斯说道："既然这里有鸟，说明陆地就在附近！"

他有着非常丰富的航海经验，一般来讲，在海上若是遇见了鸟，说明附近就会有岛屿。沉吟片刻之后，他继续说道："据我所知，这是一种群居鸟，因此在后面我们还会遇到很多。如果每一次都将它们射死，我们手上的箭根本不够。我建议大家都戴上插有羽毛的头盔，然后大叫着敲击盾牌发出声响。我想我们这样应该能吓跑那些海鸟。”

大家对于安飞达姆斯的建议非常赞同，便按照他说的做了。果然，大鸟们在靠近阿尔戈号后不久就飞走了。

英雄们很快就找到了一个岛屿，上岸稍作休息没多久便看到四个穿着破破烂烂的人朝他们走来。这四个人面黄肌瘦，但是看到这些外来者后都喜出望外。其中一个快步来到英雄们身边哀求道：“朋友们，不管你们是从哪里来的，总之，还请你们帮帮我们，可怜可怜我们吧。”

伊阿宋上下打量了他们一下，觉得从他们身上散发出一种熟悉而又亲切的味道，便问：“怎么了？”

为首的青年咽了咽口水回道：“我们已经好几天没吃东西了，给我们一点吃的吧，什么都好，只要能填饱肚子就好。”

伊阿宋在听到四个可怜年轻人的求助后，立即施以援手。他们从船上拿出了许多食物，看着年轻人狼吞虎咽地送进了嘴里。

在吃饱之后，为首的青年擦了擦嘴，满足地打了一个饱嗝，感谢英雄们的慷慨相助。英雄们也都很好奇为什么他们四人会在这个荒无人烟的岛上，是不是遇到了海难。

那名刚刚道谢的年轻人点了点头说道：“英雄们听我说，我叫阿尔戈斯。不知道你们听说过佛里克索斯没有？他是波尔提亚王国的王子，为了避免被父亲的小妾迫害，他的母亲将他和姐姐送到了科尔喀斯，科尔喀斯国王埃厄忒斯收留了他，还将大女儿嫁给了他。为了感谢国王，佛里克索斯将金羊宰了，将金羊毛送给了国王。”

伊阿宋在旁边边听边点头。关于金羊毛的故事，英雄们也都是知晓的。

阿尔戈斯指了指其他三个人，继续说道：“而我们四人，正是佛里克索斯的儿子。我们的父亲在不久前去世了，临死前留给我们兄弟四人一份遗嘱，我们这次是为了履行父亲的遗嘱而来的，却不想在航行的途中遭遇了风暴，船只被风暴撕成碎片，我们只好抱着甲板，随波漂流，最后漂到了这座岛上。刚上岸的时候，我们以为得救了，可谁知，这里连个鬼影都没有，食物都找不到。就在大家马上要饿死的时候，你们来了，谢谢你们，英雄们。”

伊阿宋在听完了阿尔戈斯的一番话后，心中乐开了花。为什么呢？因为伊阿宋的祖父克瑞透斯是佛里克索斯的父亲阿塔玛斯的兄弟，而眼前的四个人正是佛里克索斯的儿子，这也就是说，四个年轻人正是伊阿宋失散多年的堂兄弟。

四个年轻人听到伊阿宋自报家门之后，也非常高兴。大家相拥而泣。

伊阿宋也随即向四人讲述了自己此行的目的，还邀请阿尔戈斯等人一同加入到自己的战队中，跟他们一起去夺回金羊毛。

那么，阿尔戈斯四兄弟究竟有没有答应伊阿宋的请求呢？

勇气的证明

四个小伙子听完伊阿宋的话后，皆惊恐不已。其中一个说道："我们的外祖父埃厄忒斯可不是好对付的，据说，他是光明与文艺之神阿波罗在凡间的儿子，具备非凡的战斗力。一般人都惹不起他。最重要的是，这金羊毛被一只毒龙看守着，那只毒龙凶狠无比，日夜不睡看着金羊毛。你们绝对对付不了它的。"

听到了这些忠告，英雄们也都明白了这一次的冒险绝非往日那般轻松。这个时候珀琉斯站了出来，他说道："谢谢你们的提醒，但是，我们也不是吃素的！我们费尽千辛万苦来到这里，绝不会善罢甘休，空手而归。就算埃厄忒斯是阿波罗的儿子，我们大部分人也都流淌着神的血脉。如果他能乖乖地交出金羊毛，我们就是朋友。如若不然，那我们就只能武力解决了！"

四个小伙子也被英雄们的精神所感染。第二天阿尔戈斯等人加入了队伍，登上了阿尔戈号。就在航行一天之后，阿尔戈号抵达了目的地——法瑞斯河的出海口。英雄们都兴奋不已，大大松了一口气。

高兴的伊阿宋带着大家端起了装满美酒的碗浇在大地上和河流中，以此来献祭河流和大地母亲。此外，他们还举行了祭奠仪式，以求得诸神保佑一切顺利。

舵手安科奥斯和大家说："既然我们已经顺利来到了科尔喀斯，那么现在就应该好好想一想对策了。接下来，我们到底要以一种什么样的方式来取得金羊毛？是和平地央求国王，还是动用武力？"

经安科奥斯这么一问，大家开动脑筋琢磨起来。可是一天的航行已经让众人身心俱疲。于是其中一人提议，大家都好好休息一晚，等到第二天早上再来商议具体的对策。

第二天清晨，伊阿宋率先把自己的想法告诉众人："昨晚我想到了一个办法。这个办法就是大家都先待在船上，保持警惕做好随时战斗的准备。我会带着堂兄弟们以及另外两个挑选出的人去拜见国王埃厄忒斯。我觉得我们应该先礼后兵，先通过友好的方式请求国王将金羊毛给予我们。当然了，如果他断然拒绝，那么接下来的所有后果都是他的责任。"

大家都觉得伊阿宋的想法非常好，所以一致通过了他的建议，决定让他先带几个人去试一试。

伊阿宋等人来到宫殿，见到国王之后，互相寒暄了一番。国王的亲戚们也都非常高兴，尤其是对于来访的佛里克索斯的儿子们。整个气氛也很融洽。为了款待这些远道而来的客人，奴仆们宰了一头牛。正当大家急急忙忙准备宴会的时候，国王的小女儿美狄亚与伊阿宋不期而遇。

美狄亚突然感觉到胸口一阵痛。等到她再次抬起头时，第一眼就看见了伊阿宋。美狄亚对这个年轻人一见倾心，心中有如小鹿乱撞。

国王埃厄忒斯找了个机会单独与阿尔戈斯见面。他悄悄地询问了这些英雄的来历。阿尔戈斯不敢隐瞒，一五一十地把自己知道的情况告诉给了国王，尤其是他们的目的和路上的经历。

国王感到不可思议。他不敢相信自己居然招来了一群居心不良的觊觎者。因为金羊毛是这个国家至高无上的宝贝。他甚至开始讨厌起佛里克索斯的儿子们。在他看来，这些家伙就是引狼入室的叛徒。

越想越气的国王不由得大骂道："滚出去！赶紧离开我的王宫！叛徒！最好别让我再看到你们！否则我就要召集卫兵了。"

陪同伊阿宋前来的忒拉蒙对于国王的态度也非常生气。他正准备上前理论，却被伊阿宋拉住了。随后伊阿宋向国王解释道："国王陛下，你错怪你这几个外孙了。

我们只是在一座岛上偶遇，顺路来到了这里。我们绝不是来这里做什么坏事的。”

伊阿宋停顿了一下，继续说道：“如果您能将金羊毛赏赐给我们，我们就会不动声色地离开，整个希腊都会赞美您的慷慨。我们也一定不会忘记您的恩德。如果您同意我们的请求，我和我的小伙伴们也会选择效忠您，为您浴血奋战！”

国王越听越气。他觉得这群人简直是不知死活。但是理智告诉他必须先弄清楚这些人的实力，才能采取应对的行动。突然一个念头在国王的脑海中闪现。他知道如何来试探这些英雄的实力了。

国王埃厄忒斯冷静下来说：“我非常欣赏你们的勇气。但是我要先验证一下你们是否真的具备勇气。在战神阿瑞斯的田地里有两头正在吃草的牛，它们不是一般的牛，而是神牛。每天我都会驾驭这两头牛来耕地，并在它们耕作的土地上撒下种子，这些种子也不是一般的种子，而是神种。种子落到地上后，会长出一群龙牙。这种生物非常厉害，我每天都要跟它们战斗，将它们一个一个杀死。”

英雄们认真倾听国王接下来宣布给他们的难题。

“现在是证明你们勇气的时候了。如果你们能像我一样将那些龙牙消灭殆尽，我自然就会把金羊毛交给你们。若是不能的话，那我只能抱歉地请你们离开我的王国。因为只有有勇气的人才配拥有金羊毛。”

伊阿宋本想一口答应下来，但他也不清楚龙牙的真正实力。若是他们没能杀死龙牙，便不能再来国王这里索取金羊毛了。可是他现在拒绝国王的提议，也依然得不到金羊毛。

于是伊阿宋思索再三，决定放手一搏。他对国王说：“好，我答应你！我愿意接受勇气考验。”

国王得意扬扬地说：“很好很好！果然是一群勇士。不过你们得想清楚，不必这么快给我答复。毕竟龙牙的厉害远超凡人的想象。这可不是闹着玩的。”

接下来，伊阿宋是否真的要带着英雄们去挑战龙牙？龙牙究竟有多厉害呢？英雄们是否能战胜龙牙呢？若是战胜了龙牙，国王会真的将金羊毛交给他们吗？

美狄亚

伊阿宋斩钉截铁地答道："国王陛下，我们没有什么可犹豫的。等着我们顺利完成任务的好消息吧。还希望到时候您能兑现承诺。"

说罢，伊阿宋就带着其他两个英雄退下了。而一同前来的佛里克索斯的四个儿子中，只有阿尔戈斯还愿意陪着他们一起走下去，另外三个已经站在了国王埃厄忒斯那边。

看着离开王宫的伊阿宋一行人，心有所属的美狄亚百感交集。她已经听到了伊阿宋与父王之间的对话。要知道这群人去挑战凶狠的龙牙，自然是凶多吉少。

一想到这儿，害怕伊阿宋殒命的美狄亚不由得流下眼泪。可她随即又自言自语道："我这是在做什么呢？我真是傻瓜！他们要夺取的可是父王的宝贝。我怎么能和这群强盗站在一起呢？可是…… 可是……"

回到船上的伊阿宋将王宫内发生的一切都告诉给了其他伙伴们。众人为了对付龙牙这件事情愁眉不展。这个时候阿尔戈斯对众人建议："我有一个办法，我的外祖父埃厄忒斯有一个会魔法的小女儿，名叫美狄亚，若是能够得到她的协助，我相信我们一定能杀死龙牙！她是我母亲的妹妹，如果你们愿意，我去说服她站在我们这一边！"

可伊阿宋却对于求助女人这种举动感到难堪。他无论如何也不会喜欢靠女人赢得挑战这种方式。

珀琉斯又站了出来，说道："伊阿宋，如果你有十足的把握就去吧。如果你没有把握或者任何准备的话，我建议你不要去冒险。因为那就是去送死！"

气急败坏的忒拉蒙跳了起来。他大叫道："杀什么龙牙呀！要我说，咱们干脆一口气攻占埃厄忒斯的王宫，砍了那碍事的毒龙，夺了金羊毛就走。这岂不直截了当？"

阿尔戈斯沉默片刻，然后否决了忒拉蒙莽撞的方法："直闯王宫恐怕是不行。科尔喀斯王国绝非一般城邦，实力强大，兵力雄厚。若是我们强夺，恐怕不是他们的对手。我觉得这个任务是我们唯一能够接近金羊毛的机会。"

正当大家为了金羊毛的事情争论得不可开交的时候，突然从空中降下来一只鸽子钻进了伊阿宋的怀抱。紧接着一只鹰俯冲下来撞到甲板上死了。

这样的场景正是之前菲纽斯预言过的。他还同时告诉英雄们阿芙洛狄忒也会在这个时候帮助大家。这意味着那个美狄亚很可能就是冥冥中注定的帮手。

于是一部分人开始转变态度赞成寻求美狄亚帮助这条提议。因为这一切都是神的旨意。但依然还有一小部分人固执地坚持自己的看法。比如伊达斯就不满地叫道："你们都是懦夫吗？战斗居然还需要女人帮忙！我们应该直接上，为什么还需要阿芙洛狄忒的帮助？"

最终拿定主意的是伊阿宋。他决定遵从阿芙洛狄忒的旨意，去找美狄亚。而阿尔戈斯则成为他与美狄亚之间沟通的纽带。

在伊阿宋的授意下，阿尔戈斯找到了母亲，希望能通过她说服美狄亚帮助他们。他的母亲很是佩服英雄们一路下来的壮举，又对他们救下四个儿子的事情心存感激，自然就答应下来，亲自前往美狄亚的房间。

此时的美狄亚刚从噩梦中惊醒。她方才梦见伊阿宋被神牛喷出来的火焰活活烧死。这让她焦虑万分。

她的姐姐也就是阿尔戈斯的妈妈走进了房间，看见她一脸煞白的样子，连忙询问道："妹妹，你怎么了？"

美狄亚并不想暴露自己的真实想法。她谎称："只是刚才做了一个可怕的梦。

我害怕父王会被那些外邦人杀死。毕竟那金羊毛可是他的命根子，是绝对不会送给别人的。而姐姐你的儿子阿尔戈斯恐怕也会受到牵连。这让人越想越觉得恐惧。”

姐姐听到妹妹的话后便直言相告：“我就是为了此事来的。我希望你能帮助阿尔戈英雄们，帮助他们战胜龙牙，得到金羊毛。”

美狄亚这才发现原来姐姐和自己是一个阵营的。她连忙问道：“可是我又能做些什么呢？”

“你可是魔药高手！你就送给他们一些魔药帮助他们战胜那些龙牙战士吧。就当是为了我可怜的阿尔戈斯。”

美狄亚默默地点了点头。在得到妹妹的肯定答复后，姐姐赶忙将这个消息告诉给了阿尔戈斯。

可姐姐刚一走，美狄亚又陷入矛盾中。一边是心上人伊阿宋，一边是自己的父王。她不知道自己该帮哪一边，又如何是好。但她最后还是决定配制魔药给这些英雄。

阿尔戈斯带着好消息回到了阿尔戈号。

临近约定的时间，美狄亚来到约定地点对那里的侍从说：“昨天阿尔戈斯来到我这里恳求我给他们一些魔药来对抗龙牙战士。我假装答应他们，打算给他们一瓶致命的毒药让这些外邦人一命呜呼。至于他们送来的礼物，我赏赐给你们了。”

侍从们都为公主的赏赐而感到高兴。

美狄亚于是趁机支开这些人：“你们先退下吧，一会儿敌人看见你们起了疑心就不会再露面了。那我将计就计的计划也会打水漂。”

在众人退下没过一会儿，阿尔戈斯便带着伊阿宋如约来到了这里。

美狄亚看到伊阿宋还有些不好意思呢。

伊阿宋看见她窘迫的模样上前说：“尊敬的公主殿下，你是不是不舒服？我是来这里寻求你的帮助的。”

于是美狄亚赶紧将自己的药水交给了伊阿宋。那瓶药水是一种名字叫作“普罗米修斯油”的黑色药膏。传说被囚禁在高加索山巅的普罗米修斯流下的血液被一棵大树所吸收。而这棵大树根部的汁液就是黑色的。而普罗米修斯油就是利用这些树根中的黑色汁液调配而成的。据说普罗米修斯油有着非常神奇的效果，只要将它涂抹在身上，便可保证一天之内刀枪不入。

《伊阿宋和美狄亚》
约翰 · 威廉姆 · 沃特豪斯 1849—1917年

美狄亚送给伊阿宋魔药

在递交药水的时候两个人的手触碰在一起。似乎双方都明白了对方的心思。

美狄亚叮嘱道："伊阿宋，龙牙战士是非常厉害的。当我父王给你龙牙种子的时候，千万不要急着去播种。你要先去河里洗个澡，献祭诸神，然后在晚上的时候将普罗米修斯油涂到身上，还要将手中的武器也涂抹上。第二天，当你播种之后，记得要在地上扔一块巨石。这样，那些龙牙战士就会争先恐后去抢夺巨石并自相残杀。如此你趁机了结他们，便可以完成父王的任务。然后——"说到这里美狄亚有些难过，"你们得到金羊毛之后就赶紧离开这里吧，越快越好，越远越好，免得我父王反悔。但愿你离开之后不要忘了我。我还不知道你的家乡在哪里！你们要去哪里！"

落入情网的伊阿宋此时眼中也只有美狄亚。他动情地答道："美狄亚，你相信我，我不会忘记你的。我的故乡在俄尔卡斯。我完成任务后就会回到那里。"

美狄亚当然想和伊阿宋一起远走高飞，可是她也不愿意离开家乡、离开父母。这让她左右为难。

阿尔戈斯在一旁打断了他们："伊阿宋，我们得走了。我看到有几个家伙正往这边来。"

伊阿宋到底能不能战胜强大的龙牙战士呢？让我们拭目以待。

不可避免的战斗

与美狄亚分别之后，伊阿宋将魔药带回船上，并向大家讲述了经过。当然他和美狄亚的私事是不会拿出来说的。

大家都在为伊阿宋得到制胜法宝的事情而高兴，唯有伊达斯生着闷气。他觉得求助女人实在是耻辱。

晚上伊阿宋遵从了美狄亚的嘱咐，在河里洗了澡，并且用药水涂抹在身体和武器上。

到了第二天伊阿宋便前往王宫索要种子。自以为胜券在握的国王埃厄忒斯自然高高兴兴地将种子给了伊阿宋。而且他还要全副武装前去观摩伊阿宋英武的战斗。

只见伊阿宋左手持剑、右手持盾朝田野走去。他身后跟着其他英雄和国王。

这个时候田野里的神牛注意到了这个陌生人的靠近。伊阿宋左闪右躲，但还是被神牛的火焰击中了。正当大家惊呼之时，伊阿宋竟然毫发无伤地从火焰中脱身。

国王对于这件事感到不可思议。在他看来那个伊阿宋应该早就命丧田野了。

两头神牛始终拿眼前这个敌人没办法，自己也渐渐体力不支。伊阿宋找准机会骑到了其中一头牛的的牛背上，抓住牛角，将它死死地控制在了地上。然后伊阿宋如法炮制，又征服了另一头神牛。他趁机将伙伴们递来的绳子套在牛头上。

自然这些神牛就乖乖地为他耕地。

国王认为这一切都是侥幸，龙牙战士到时候肯定会要了这个小子的命。

在耕了一上午地后，伊阿宋终于开始撒种子。这意味着他所面对的最大敌人龙牙战士即将出现。

种子刚落在地里并没有看到任何变化。可过了一会儿地上突然裂开了口子，一个个身穿铠甲的龙牙战士从地里爬了出来。他们看起来一副凶神恶煞的样子，张牙舞爪地朝伊阿宋扑去。

面对全副武装的龙牙战士，伊阿宋并没有忘记美狄亚告诉过他的话。于是一块早就准备好的巨石被他抛在了地上。伊阿宋举起盾牌悄悄躲在一旁观察着事态的变化。

这块巨石对于龙牙战士们拥有着无穷的吸引力。令在场众人始料未及的一幕出现了。为了争夺这块巨石，那些龙牙战士自相残杀起来。顷刻间，有好几个龙牙战士倒在了自己人手下。正当他们自己打得难解难分之时，伊阿宋从一旁杀出，将剩下的龙牙战士全部收拾掉。

国王埃厄忒斯怎么也没有想到伊阿宋这么快就解决了难缠而致命的对手。要知道就连他自己也不可能这么轻松做到。失算的国王快步离开现场。他必须找到一个应对这群外邦人的方法。

回到宫中的埃厄忒斯立马召集了长老们紧急商议对策。他怀疑他们当中哪个熟悉龙牙战士的人当了叛徒。随后埃厄忒斯就想到了自己的女儿美狄亚。因为伊阿宋从神牛火焰中毫发无损地逃脱而出，可能依靠的就是某种魔药，而自己的女儿正是这方面的专家。她跟在自己的身边也熟悉了神牛和龙牙战士的特点。经过询问侍从了解了近日美狄亚的行踪之后，埃厄忒斯更加肯定了自己的判断。

在赫拉的启示下，美狄亚已经知道自己的秘密在父王那边暴露了。她决定马上离开这个是非之地。美狄亚找到了获得胜利的伊阿宋，请求带她一起离开。可是英雄们还没拿到金羊毛，美狄亚便决定好人做到底，再帮助他们一次。

美狄亚带着众人来到了战神阿瑞斯的圣林。那里有一条毒龙在等候着任何闯入者。美狄亚当着毒龙的面唱响了带有魔法的催眠曲。似乎是诸神在暗中帮助，那条毒龙很快就瘫倒在了地上。

伊阿宋踩着毒龙的身体取走了金羊毛。就这样，他们的使命已经完成。

得到了金羊毛的阿尔戈英雄能顺利回到故乡吗？气急败坏的国王埃厄忒斯又能否阻止这群外邦人的离开呢？

《守护金羊毛的龙》
萨尔瓦多·罗萨 1615—1673年

伊阿宋得到金羊毛

返 乡

既然已经得到了朝思暮想的金羊毛，大家就回到了阿尔戈战船上。为了防止埃厄忒斯国王察觉到他们已经得到了金羊毛，大家决定趁着夜色赶紧离开这里。

可国王埃厄忒斯已经发现了金羊毛丢失的事情。他立马调集大军全力追击这些强盗。

国王之子亲率大军在海上航行了两天两夜，眼看就要追上阿尔戈号。

伊阿宋面临着一个迫在眉睫的问题。正在追击他们的科尔喀斯大军人多势众且装备精良，硬拼根本不是办法。

就在这时美狄亚有了主意。她对伊阿宋耳语道："我有一个办法。请你在船上准备一场宴会。我会引诱我的弟弟前来。到时候你们杀死他，科尔喀斯人的大军便会群龙无首。届时我们就可以逃出生天了。"

"可是，那可是你的亲人……"

美狄亚早就和阿尔戈英雄是同一阵营的人了。到这个时候她不能再顾及亲情。

伊阿宋同意后，美狄亚用科尔喀斯语给弟弟写了一封信。信上说她自己是被这群强盗挟持走的，现在希望弟弟能把自己救走。她已经偷走了金羊毛，到时候哄骗这些人停靠在一个小岛上。她就可以想办法在这个岛上和弟弟见面了。

接到密使送来的信件，弟弟非常高兴。他按照姐姐的吩咐来到了约定的地方，正期盼着姐姐带着金羊毛归来，却被早已埋伏的伊阿宋一刀砍死。

失去了主帅，众人都以为科尔喀斯人会就此罢休。可他们失算了，科尔喀斯大军不愧是一群训练有素的士兵。他们并没有因为主帅的死而乱成散沙，而是依旧按照既定的作战方针紧追不放。

人算不如天算。神后赫拉的及时出手相救阻拦了这群凡人追兵。天空中顿时雷声滚滚，十分吓人。面对神灵的威吓，士兵们知道他们已经走投无路。因为临行前国王下的是死命令，现在国王之子也战死了，就算是回去也是死路一条。可前进的道路又有诸神的阻拦，于是士兵们最终选择停靠在一座孤僻的小岛上。

赫拉帮助阿尔戈英雄的事情惹恼了宙斯。宙斯在海面上刮起一阵飓风，将阿尔戈号吹到了陌生的地方。

英雄们不知道他们身陷何处，也不知道发生了什么。这个时候战船上供奉的雅典娜神像开口说话，为他们说明了情况："你们的罪孽惹恼了神王宙斯。刚才的飓风便是对你们的惩罚。你们只能在海上漫无目的地漂泊了。"

"就没有办法了吗？"伊阿宋着急地问。

"除非你们得到魔法女神喀尔克的认可。她可以为你们洗清罪恶。"

大家别无选择，只好向众神祈祷，希望能够保佑他们早日见到魔法女神喀尔克。几天之后在赫拉女神的指引下，他们抵达了一座小岛。据说阿波罗之女魔法女神喀尔克就居住在这座岛上。

他们果然见到了正在海水中梳洗头发的女神。

为了洗清罪孽、摆脱宙斯的惩罚，伊阿宋和美狄亚下船去见喀尔克，其他人则留在船上待命。

喀尔克欢迎了这两位来客。伊阿宋便将他的一切和盘托出。

喀尔克盯着美狄亚的眼睛，觉得这种感觉非常熟悉。片刻之后，她发现了一件重要的事情——眼前的这个美狄亚也是阿波罗的女儿。所以说此时此刻远在科尔喀斯王国的埃厄忒斯并不是美狄亚的真正父亲。

美狄亚把自己的故事告诉给了女神。她故意隐瞒了自己伙同伊阿宋等人杀死弟弟的事情。可是这些事又怎能逃脱得了魔法女神的洞察呢。尽管喀尔克知道发生了什么，但她依然同情美狄亚的遭遇。

在魔法女神喀尔克的帮助下，一伙人的罪孽终于被洗清了。他们可以继续航行，但在路上不知不觉间来到了妖女所居住的海岛。

伊阿宋内心萌生出一种莫名的忧虑。他知道此刻英雄们归家心切，但前方是妖女的住处，稍有差池便会陷入万劫不复之地。

妖女是河神的女儿，从血液中诞生。妖女平时会像雕像一样蹲在海岸上。若是谁进入了她的领地，便会被她的魔音所控制，直到丧失神志。在她周围的成堆白骨就是厉害的证明。

当阿尔戈号靠近海岛的时候，一阵歌声传来：

过来吧，尊贵的异乡人

停住你的步伐，来我这儿看一看，休息休息

…………

英雄们被这美妙的歌声所吸引，纷纷下到岸边，只有几个意志坚定的人没有受到歌声的干扰。那些被洗脑的英雄此刻面无表情地朝妖女的雕像靠近。

伊阿宋并没有受到外界的干扰。但他此刻心急如焚，根本不知道如何才能拯救这些陷入魔音之中的伙伴。

就在这时，俄耳甫斯弹奏起了古琴。他的琴声优美洪亮，很快就压制住了妖女魔音的影响。那些失去自我的英雄渐渐恢复了神志，仿佛从梦中惊醒一样，不知道刚刚发生了什么。

但是，来自雅典的波忒斯却依旧被妖女的魔音所吸引。他没能清醒过来，奋不顾身地跳进了大海，去寻找那吸引他的声音，从此一去不复返。

英雄们为不幸逝世的波忒斯进行了简短的默哀，然后继续上路。他们穿过了狭小而危险的海峡，来到了淮阿喀亚人的岛屿。他们的国王正是虔诚、善良、正直的阿尔卡诺尔斯。

在淮阿喀亚人的岛屿上，英雄们受到了热情的招待。可是还没等他们稍作休息，埃厄忒斯的第二波士兵就到达了这个岛上。

士兵的统帅来到阿尔卡诺尔斯的宫殿，对国王解释道："尊敬的国王陛下，我奉埃厄忒斯国王之命前来捉拿要犯。您可能不知道您招待的这些客人在我的国家都犯下了什么罪行。"

于是他向国王讲述了这些人如何抢夺金羊毛及拐走国王女儿美狄亚的事情。英雄们在一旁也有些沉不住气，若不是当着国王的面，两拨人恐怕要在宫殿内厮杀起来。

国王听完这个统帅的讲述之后，决定让双方先回去休息，有什么事情第二天再说。

众人散去，美狄亚决定先发制人。于是她找到王后倾诉了自己的故事，还表明自己是自愿跟随伊阿宋走的。

王后非常同情美狄亚的遭遇，也被她的痴情所感动。她提出了一个建议，要伊阿宋和美狄亚尽快完成婚礼。因为这样子的话，伊阿宋就是美狄亚的丈夫，就连神灵也不能破坏这神圣的爱情和婚姻。任何人都无权让美狄亚离开自己的丈夫，因为一个已婚的女人应该和丈夫而不是父亲在一起。

于是当天夜里，美狄亚和伊阿宋就完成了婚礼。

第二天一早，三方势力都聚集在了洒满阳光的海岸上。这个时候，美狄亚向众人宣布自己已经和伊阿宋结婚的消息，并且还有证婚人作证。

最终，国王做出了裁决："现在，美狄亚已经是伊阿宋的妻子。她有权和自己的丈夫待在一起，就连父亲也不能将她从丈夫身边夺走。至于其他人，他们有自己的自由。因此，我不会将客人们交给科尔喀斯人。”

事已至此，科尔喀斯士兵也都一言不发。很快，他们也做出了自己的决定。他们不再回去，而是留在了岛上成了这位正直国王的臣民，因为他们知道，自己若是无功而返，等待他们的只有死亡。毕竟国王埃厄忒斯的勇猛和残暴都是远近闻名的。

在岛上安稳休息一阵子后，英雄们装载着国王的礼物继续上路。阿尔戈号航行了三天三夜，家乡已经近在眼前。此时，一阵妖风将他们吹到了一座荒无人烟的小岛上。这里是非洲的利比亚。岛上一片沙漠，别说人了，就连苍蝇都看不到一只。

阿尔戈英雄们历经一路上的千辛万苦，却没想到在最后关头身陷此地，顿时哀号四起。就在众人绝望之际，伊阿宋又得到了神的旨意。原本平静的海面上突然掀起了一阵滔天巨浪。一只身形庞大的海马从海里冒出来，快速地跳到岸上，抖了抖身上的水朝远方奔去。

“这是神谕！大家快跟上！”

于是大家在伊阿宋的带领下沿着海马的足迹艰难跋涉。终于在沙漠里走了足足十二天后，他们来到了一个海湾。到这个时候所有人都累坏了，纷纷寻找水源补充水分。

俄耳甫斯独自一人沿着小路走着。他在路上遇见了夜神的四个女儿。俄耳甫斯用美妙的歌声询问仙女们哪里有可以饮用的水源。其中一位年长的仙女答道：“昨天，我们看守的圣林来了一个强壮的男人。他力大无比，一口气就将一块大岩石踢出了一道裂缝。更奇怪的是，大岩石的裂缝中居然流出来清澈的泉水。”

俄耳甫斯高兴坏了，在仙女的带领下找到了那块有裂缝的大岩石。他记住路线后便返回去招呼大家一起来喝水。

大家对于仙女口中的那个力大无比的男人很感兴趣。

其中一个人猜测道：“不会是赫拉克勒斯干的吧。也只有他拥有这么大的力气。”

其他人也觉得那人就是赫拉克勒斯。一想到昨天赫拉克勒斯还出现在这里，说不定今天也能遇见，于是大家赶紧去寻找他，但最终寻找无果。有一个人说看到了赫拉克勒斯的影子，刚想叫住他，他却消失不见了。

重整旗鼓之后，大家又开始出发。途中他们击败了拦路的巨人，这是他们的冒险之旅中的最后一个挑战。在这之后，大家便平安地进入了俄尔卡斯的海岸，回到了阔别已久的家乡。

伊阿宋将已经完成使命的阿尔戈战船献祭给了海神波塞冬。诸神将阿尔戈送上天空，变成了天上的南船座。

伊阿宋顺利取回了金羊毛。他的叔叔是否会按照约定将王位与权杖还给他呢？

丧钟为谁鸣

伊阿宋将金羊毛交给了叔叔波利阿斯。波利阿斯对于他得到金羊毛平安归来、顺利完成任务的事情感到不可思议。

事已至此，狡猾的波利阿斯只能要起无赖。毕竟没有证据证明他们之间的约定，他不承认自己对于伊阿宋的许诺。面对这一情况，伊阿宋也毫无办法。

就在伊阿宋万般无奈之际，又是美狄亚有了一个妙计。

美狄亚将一只年老的羊大卸八块后扔进了一个锅里煮。过了一会儿，神奇的事情发生了，锅里跳出了一只活蹦乱跳的小羊羔。

这一切都被波利阿斯的女儿们看到了。而这，也正是美狄亚故意做给她们看的。姑娘们看到这神奇的一幕后，便跑过来好奇地问道：“如果一个老人也跳进这口神奇的大锅里，他会不会也恢复青春？”

美狄亚见鱼儿已经上钩，便一本正经地说：“当然可以，姑娘们。不过这并不是这口锅神奇，而是我在锅里面添加了独门秘制的魔药。”

随后，美狄亚将一瓶魔药送给了这些姑娘。波利阿斯的女儿们爱父心切，看到这样的神迹，便期盼自己的父亲也能返老还童。然而她们不会想到的是，美狄亚交给她们的不过是一瓶普通的水而已。

《伊阿宋和金羊毛》
伊拉斯漠·奎利鲁斯二世 1607—1678年

完成金羊毛任务的伊阿宋

夜深人静时，女儿们来到了父亲的寝宫，趁他熟睡的时候将他大卸八块，扔进了倒入魔药的大锅里。可直到父亲的肉都快被煮烂了，也没有一个活生生的人从里面出来。

远在奥林匹斯山的宙斯都看不下去这样残忍的做法了。惨死的国王波利阿斯升上天空，化身成为巨爵座。

除去了挡在王位和权杖前的最大障碍后，伊阿宋并没有得到他想要的一切。因为波利阿斯的儿子阿卡斯托斯一怒之下将伊阿宋和美狄亚赶出了俄尔卡斯。他们两个万般无奈，只能逃到了科林斯，在那里安居乐业。

《塞内卡之死》

曼努埃尔·多明戈斯·桑切斯 1840—1906年

死于非命的国王

十年的光景让美狄亚为伊阿宋生下了三个孩子。其中有两个还是双胞胎。

可时间也是一把杀猪刀，尤其对于女性。随着一天天、一年年过去，伊阿宋也开始对美狄亚产生厌烦。后来他背着自己的妻子爱上了一个国王的女儿，并且瞒着她向那个公主求婚。

国王在不知情的情况下答应了伊阿宋和女儿的婚事。喜出望外的伊阿宋随即马不停蹄地向自己的结发妻子提出离婚。他还振振有词地说道："不是我不爱你了。我这样做是有我的理由的。我得为孩子们着想。如果我和国王的女儿结婚，那么孩子们便有了靠山。"

绝望的美狄亚雷霆震怒。她只能诅咒伊阿宋和那个该死的公主。当国王知道这件事情之后，便下令让美狄亚滚出他的王国。

美狄亚只能去流浪。在临行前她还尝试最后一次挽回她荡然无存的婚姻。但早已心猿意马的伊阿宋毫无悔意，只是催促她赶紧远离自己。

美狄亚突然大笑起来，对伊阿宋说道："既然不可挽回，那我们便各奔东西吧。临走之前我再送给你一个分手的礼物。它是一件美丽的金袍，代表着我曾经对你的爱。"

伊阿宋心想这个多余的女人走了，还给自己留下一个礼物，真是好事成双。于是他欣然接过了金袍，然后便转身离去。

美狄亚并没有走，继续待在原地静静等待着。终于她的仆人给她带来了一个期待已久的好消息——那个公主还有国王全都命丧黄泉。

美狄亚终于可以欣慰地笑了。原来那件金袍上涂有剧毒。而伊阿宋转手将这件金袍送给了自己的新婚妻子。公主非常喜欢这件金袍，但穿上它之后不久便毒发身亡了。知道女儿死讯的国王抱着女儿的尸首痛哭，也中毒一命呜呼。

可伊阿宋还苟活于世！

得知了这个消息的美狄亚觉得并不解恨。她决定给伊阿宋致命一击，于是来到了儿子的卧室。

很快伊阿宋就知道了那件金袍才是害死他妻子和岳父的元凶。他立即赶过来找美狄亚报仇。可等待着他的却是满屋子的血腥。没错，美狄亚和伊阿宋所生下来的孩子都被美狄亚亲手杀死了。

伊阿宋伤心欲绝。他知道自己已经失去了一切。当他望向天空的时候，看见美狄亚正乘坐一辆魔法飞车逃之夭夭了。这位抛弃了自己妻子的往日英雄最终选择了自刎来结束自己的生命。

《伊阿宋和美狄亚》
查尔斯·安德烈·范·卢 1705—1765年

伊阿宋目睹犯下罪行的美狄亚逃之夭夭

据说美狄亚后来去了雅典，不过最后又被驱逐了。

古希腊悲剧作家之一的欧里庇得斯根据美狄亚的故事创作了戏剧《美狄亚》，于公元前431年上演。

关于阿尔戈英雄的故事就此结束。

第六章

俄狄浦斯王

噩梦的开始

话说很久很久以前，在一座城市外的大树下，一群人正在闲聊，互相拉拉家常。

突然，一个老翁好像发现远处有什么东西。他一边眯起眼睛一边对其他人叫道：“你们快看！那里是不是有东西。快看看那是什么呀？”

这群人顺着老头所指的方向望去，看见有一个人晕倒在了地上。这个约莫二十多岁的男子已经饿了不知多久。他被这些人扶起来背到树荫下，喝了点水。

慢慢地，年轻人开始恢复了些许意识，可他依然非常虚弱。于是其中一个老人可怜他，便把他接到了自己家里，还给他煮了一锅粥。

喝完粥的年轻男子终于能坐起来了。他连忙拉住老人问：“请问你有没有见过一个年轻的女孩子。她眼睛很大，穿着红色的纱裙。对了，她叫‘欧罗巴’。”

老人想了想，并没有听说过有什么类似的女孩。于是他摇着头回答：“没有。”

年轻男子随即长叹一口气。他拖着羸弱的身躯迅速从床上爬起来想要离开，无论老人怎样劝都不管用。老人眼见自己留不住这个可怜的外乡人，便将家里剩下的一块面包送给了他。

其实呀，这个年轻男子名叫卡德摩斯，是腓尼基国王阿革诺尔的儿子，也是欧罗巴的哥哥。他正在寻找自己的妹妹。

当年，宙斯化身成了一头牛，将欧罗巴拐走之后，国王阿革诺尔急忙派卡德摩斯和其他三个儿子去外面寻找妹妹，并下了死命令：“必须找到欧罗巴，如果找不到欧罗巴的话，你们也就不用回来了！”

就这样，可怜的卡德摩斯四处寻找，逢人就问：“有没有看到一个叫‘欧罗巴’的年轻姑娘？”

卡德摩斯在外面寻找了一年，也流浪了一年，始终没有结果，就仿佛自己的妹妹彻底从这个世界上消失了一样。万般无奈之下，卡德摩斯来到了德尔菲神庙，向光明与文艺之神阿波罗求助，希望他能告诉自己该到哪里去寻找自己的妹妹。

阿波罗忠告道：“卡德摩斯啊，你不要灰心，继续前进。总有一天，你会在一座牧场上遇到一头没有套上绳索的牛，它会为你指引方向。你就跟着它走吧，一旦它躺下歇息，那它歇息的地方就是你的安身之所。你可以在那里建座城市，将它命名为底比斯吧。至于你的妹妹，她会在该出现的时候出现的。”

卡德摩斯就这样继续流浪，并到处打探妹妹的下落。有一天，卡德摩斯来到了一眼圣泉附近，突然看到在一片偌大的草地上有一头母牛正在低头静静地吃草。卡德摩斯大喜过望，因为这正符合阿波罗的神谕。

卡德摩斯于是赶忙遵照神谕的指示，紧跟着母牛。母牛领着他走了很久，终于止步在另一片草地上。卡德摩斯立即就明白了，这是神为他选择的地方。

于是，卡德摩斯就在当地扎根，一住就是十年，还发展起了属于自己的小势力。有一天，为了感谢诸神的庇护，他决定送给诸神一份诚意满满的祭品。卡德摩斯听说附近的原始森林里有一眼独一无二的甘泉，别的地方的水都没有这里的可口。于是他便派遣手下们前去取水。

但是这帮人一进到林子里就如同消失了一样，一直没有回来。一个星期过去了，坐不住的卡德摩斯决定亲自前去寻找他们。

就这样，卡德摩斯披上了狮皮，拿着长矛和标枪，走进了树林。但是当他刚一进树林，就看见了一大堆腐烂的尸体。原来呀，他的手下们早就死了。

卡德摩斯与龙牙战士

《卡德摩斯播种龙牙》

彼得·保罗·鲁本斯 1577—1640年

卡德摩斯一下子明白了这座森林里潜藏着危险。他屏住呼吸，握紧手上的标枪慢慢向前探索。一条毒龙突然出现。它才是这一惨剧的罪魁祸首。

“可怜的人啊！”卡德摩斯大叫起来，“我要为你们报仇！”

说着，卡德摩斯抓起一块大石头朝毒龙扔去。但石头砸在毒龙的身上根本没有起到任何作用。反应机敏的卡德摩斯将手中的标枪扔了出去。标枪的枪尖不偏不倚地刺进了毒龙的心脏。受到致命伤的毒龙剧痛难忍。它挣扎着咬断了插在身上的标枪，还有一段留在了自己体内。

毒龙彻底被激怒了。它吐着舌头朝卡德摩斯扑来。卡德摩斯急忙躲开，然后又用长矛插进了毒龙的嘴里。毒龙咬住长矛死死不放，卡德摩斯拼命用力拉出长矛。在双方的角力下，毒龙的牙齿都掉了一地。

卡德摩斯越战越勇，在经过一番鏖战之后，终于将毒龙杀死。

就在这个时候，雅典娜出现了。她看着毒龙的尸体说：“卡德摩斯啊，恶龙被你杀死了。可是你杀死的这条龙是战神阿瑞斯的宠物。你看到了吗？那些掉在地上的龙牙，要知道它们都是神物啊。快去把这些牙埋在泥土里面，这将是你未来发展壮大的力量，也是你未来的种子。”

留下这些话后，雅典娜便消失不见了。卡德摩斯遵照雅典娜的嘱咐，将这些龙牙收集起来，像播种庄稼一样把它们播撒在地面上。没过一会儿，神迹发生了。埋着龙牙的土地开始晃动，从地里面长出一群士兵来。没错，他们就是当初伊阿宋曾经击败过的龙牙战士。

看着这些凭空而出全副武装的士兵，卡德摩斯大吃一惊，赶快捡起丢在毒龙尸体旁的武器，准备迎战。但其中一个战士告诉他：“不要害怕，放下你的武器吧。千万不要卷入到我们兄弟之间的战争中。”

卡德摩斯还没明白怎么回事儿，就看见这个龙牙战士抽出腰间的宝剑，转身就对刚从泥土中冒出来的兄弟砍了过去。一时间，卡德摩斯的面前喊杀声四起，龙牙战士们厮杀起来。在一番昏天暗地的杀戮之后，只剩下了五个战士。

这五个战士并没有再继续一决雌雄，而是选择了和解。他们最后成为卡德摩斯最忠诚的士兵。在这五位龙牙战士的帮助下，卡德摩斯建立了一座新的城市，并遵照阿波罗的旨意将这座城市命名为“底比斯”。

春风得意的卡德摩斯早已经把寻找妹妹的事情抛置脑后。他甚至得到了诸神的奖励，迎娶了女神阿芙洛狄忒的女儿哈莫尼娅为妻子，还获得了两件出自匠神赫菲斯托斯之手的宝贝——项链和面纱。这两件宝贝充满神奇的魔力，但是如果戴在身上，也会招致不幸。

只有一个人对卡德摩斯愤恨不已，那就是被他杀死了宠物的战神阿瑞斯。战神阿瑞斯对卡德摩斯施加了诅咒。这个诅咒虽然没有降临在卡德摩斯头上，却让他的子孙们遭了殃。

卡德摩斯夫妇都很长寿，但是这对他们来说算不上一件好事。因为他们眼睁睁看着自己的子子孙孙，相互残杀，就像是当初的龙牙战士一样，但却对此无能为力。

卡德摩斯知道这是战神阿瑞斯给予他的惩罚。有一天他终于受不了了，大声呼喊道：“战神阿瑞斯，你爱龙胜过一切人类。那不如把我也变成龙吧。”

话音刚落，卡德摩斯夫妇便变成了真正的龙。不过这两条龙心地善良，从来不伤及无辜。

在卡德摩斯夫妇变成龙之后，他们子孙的命运又会如何呢？

神谕的诅咒

卡德摩斯夫妇变成龙之后，他们的后代继续在底比斯繁衍生息。酒神狄俄尼索斯就是他们的外孙，那位著名的国王俄狄浦斯也是他们的后裔。

卡德摩斯的后裔成了底比斯的国王。后来，王位传到了拉布达科斯手中，这位国王心地善良，是个好人，但他对自己的儿子拉伊俄斯要求非常严厉。儿子稍不注意就会遭到父亲的一顿责骂。因此，拉伊俄斯非常害怕父亲。

平时，拉伊俄斯在父亲面前毕恭毕敬小心翼翼，虽然被骂过很多次，但父子二人还算相安无事。但有一次，拉伊俄斯和国王宠爱的臣子吵了起来，失手将他给杀了。等到他冷静下来的时候，看见父亲宠臣的尸体倒在自己的面前。拉伊俄斯对于自己方才的举动感到非常惊恐。他害怕父亲会降罪于他，于是什么都来不及准备，就逃出了底比斯。

拉伊俄斯一口气逃到了伯罗奔尼撒半岛，被当地的国王珀洛普斯收留。珀洛普斯对他非常好，将他奉为宫中贵客，还让自己的小儿子克律西波斯拜其为师。克律西波斯是国王珀洛普斯和女神阿克希俄斯的私生子。他面容英俊，但之后的命运走向却非常悲惨。

在伯罗奔尼撒半岛的王宫里待了一段时间后，拉伊俄斯对自己日复一日的生活感到厌烦，于是决定离开这里。

但是在临走的时候，拉伊俄斯居然对收留自己的国王珀洛普斯恩将仇报，将小王子克律西波斯也给拐走了。

国王珀洛普斯得知这件事后非常生气，立即率领军队追赶拉伊俄斯，准备救出克律西波斯。

然而，珀洛普斯的另外两个儿子却各怀鬼胎。原来他们对这个私生子克律西波斯得到父王宠爱的事情感到恼火，对他们的这个弟弟非常讨厌。于是在追上拉伊俄斯之后，兄弟俩的先锋部队与拉伊俄斯发生了混战。在混战中，兄弟俩有预谋地将克律西波斯给杀了。他们并不在意的目标拉伊俄斯借此逃走。

痛失爱子的珀洛普斯悲痛欲绝。他将一切都怪罪到了拉伊俄斯的头上。后来，随着老国王一天天老去，他在迟暮之时依旧挂念着自己英年早逝的儿子，越想越伤心，越想越愤怒。于是珀洛普斯跪在宙斯的神坛前祈求："天神啊，可怜可怜我这个失去儿子的老父亲吧。当年我如同兄弟般热情款待拉伊俄斯，谁知道他竟然是一个无情且无义的白眼狼，居然杀害了我的儿子。如今我的生命即将抵达终点，希望您能可怜可怜我，惩罚那个坏人吧。"

自那日逃脱追捕以后，拉伊俄斯继续自己的流浪生涯。

十多年过去了，拉伊俄斯的父亲拉布达科斯也已经老去。这个时候，他想起了自己曾经离家出走的儿子，便派人四处打探，并最终带回了他。拉伊俄斯回到底比斯之后没多久老国王拉布达科斯就去世了。就这样，拉伊俄斯顺理成章地继承了王位，还娶了底比斯有名的美人伊俄卡斯特为妻。

两人的婚后生活非常幸福和睦，彼此之间的感情也非常亲密。时间一晃七八年过去了，虽然夫妻二人如胶似漆，但是始终没有孩子。

国王拉伊俄斯为此来到阿波罗神庙祈求神谕。神谕告诉他："拉伊俄斯啊，你不要着急，将来你会有一个儿子。可是你要知道，如果他长大成人，你会死在他手上。你当年得罪了珀洛普斯。宙斯为了降罪于你，惩罚你遭此厄运。"

拉伊俄斯非常清楚自己曾经做过的那些混账事儿，也知道自己罪孽深重，因此对这个神谕深信不疑。如今的他懊悔不已，可是又有什么用呢？每个人都要为自己年轻时犯下的错误买单，就连贵为底比斯国王的拉伊俄斯也不例外。

拉伊俄斯为了避免神谕里的事情成为现实，便与自己的妻子分居，不再过夫妻生活。这样的话，妻子也就不会怀孕了。

可是夫妻二人毕竟感情深厚。有一次拉伊俄斯一时放松警惕，他的妻子伊俄卡斯特便一下子怀孕了，为他生下了一个儿子。

儿子的诞生让夫妻二人非常恐惧。毕竟那可怕的神谕还悬在他们头上。于是在近乎疯狂的不安下，国王夫妇顾不得什么骨肉血缘，决定痛下杀手。在儿子出生的第三天，国王的密令便下达。他为了不引起别人的注意，决定派人用钉子刺穿婴儿的双脚，捆绑起来丢弃在喀泰戎的荒山下。这样在神不知鬼不觉中，这个孩子不是活活饿死，就是被野兽吃掉。

命令最后传达到了一个年迈的牧羊人身上，但是婴儿的哭声让他动了恻隐之心。于是这个年迈的牧羊人便偷偷地违抗了命令，没有痛下杀手。

可是这件事情如果泄露出去会给他招来杀身之祸。思虑再三之后，他把这个孩子连夜送到了自己朋友的家里。他的朋友也是牧羊人，只不过是对邻国科任托斯国王波吕波斯效忠的。在送走婴儿之后，老牧羊人赶回到底比斯向国王报告这个孩子已经死了。

这个孩子被牧羊人收养。牧羊人看他脚部受伤，便给他取了一个“俄狄浦斯”的名字，意思是肿痛的脚。后来牧羊人将这个孩子带到了科任托斯王国的王宫里，献给了国王波吕波斯。波吕波斯非常可怜这个弃婴，恰好自己还没有子嗣，于是收留俄狄浦斯为自己的养子。

随着时间的推移，俄狄浦斯渐渐长大。波吕波斯夫妇一直把他视若己出，大家都不知道俄狄浦斯的真实身份，就连俄狄浦斯自己也以为自己就是国王的亲生儿子呢。

那么这个秘密还能维持多久呢？俄狄浦斯的命运又将如何呢？

命中注定的王者

在一次宴会上，一个醉酒的知情者终于捅破了这个秘密。他平时就一向看不起俄狄浦斯的身份，于是借着酒劲儿大喊道：“俄狄浦斯啊，你有什么可骄傲的！你根本不是什么王子，你就是大山里捡来的没人要的野孩子。”

俄狄浦斯听了自然是雷霆大怒，卷起袖子便要发难，还好周围的人及时拦住了他。但俄狄浦斯回想那个人的话，总觉得心里不是滋味。

第二天他就找到了父母询问起这件事情。国王波吕波斯也对这件事情非常生气。他对俄狄浦斯说道：“孩子啊！你怎么会这样想呢？他完全就是胡说八道。你不是我们的亲生孩子那谁是？”

虽然国王的话一时打消了俄狄浦斯的疑虑，可是他还是觉得任何事情都不是平白无故出现的。于是俄狄浦斯前往神庙，希望能从阿波罗那里得到真相。

但阿波罗没有正面回答，反而给他带来了一个更加令他错愕的神谕：“俄狄浦斯啊，你将来会手刃自己的父亲，霸占自己的生母，生下邪恶的子孙。”

俄狄浦斯被神谕吓出了一身冷汗。他对这个预言感到胆战心惊。为了杜绝悲剧的发生，他决定逃离故乡。于是俄狄浦斯没有做过多准备就匆匆离开了自己长大的地方。

有一天，俄狄浦斯来到了一个十字路口，看见一辆马车朝他这边驰来。马车上面坐着一个老翁、一个使者、一个车夫和两个仆人。

这个车夫有些飞扬跋扈，一看见有人挡住了自己的路，便粗暴地让俄狄浦斯滚开。当时俄狄浦斯苦于羁旅，自然心情也不怎么好，被车夫这么一骂，火气一下子就上来了，不由分说上去就打了车夫一拳。

马车上的老翁有着尊贵的身份，见到自己的下人被打，那不就是在打自己的脸吗？他于是举起鞭子狠狠地抽在了俄狄浦斯的头上。这可把俄狄浦斯彻底激怒了。他挥起手杖就将老翁打落车下。在一阵混乱之后，老翁被俄狄浦斯失手打死了。

其实这个老翁不是别人，正是俄狄浦斯的亲生父亲拉伊俄斯。当时他正要前往皮提亚神庙，说巧不巧地正好撞上了流浪在外的俄狄浦斯。似乎是命运的安排，神谕里的悲剧终于发生了。

在杀了人之后，俄狄浦斯慌忙逃走，继续自己的流浪之旅。当然，他不知道自己已经杀死了自己的亲生父亲。

命运女神一步一步指引着俄狄浦斯，将他引向无路可退的深渊。

在通往底比斯城的大道上，出现了一个长着翅膀的狮身人面怪斯芬克斯，这怪物是巨人提丰和蛇怪厄喀德娜所生的女儿之一。蛇怪厄喀德娜生了许多怪物，除了斯芬克斯之外，她还生下了地狱三头犬刻耳珀洛斯和九头蛇许德拉。

斯芬克斯拥有狮子的身躯以及人类的面孔，凶残而又狡猾。她盘踞在路口的巨石上，凡是经过这里的人都要回答她提出的一个谜语，若是猜错就要被她吃掉。

这样凶残怪物的出现自然闹得底比斯人人自危。恰逢老国王拉伊俄斯去世，现在执政的是国王的妻弟，也就是伊俄卡斯特的兄弟克瑞翁。克瑞翁的一个孩子也命丧这个怪物的口中。为了报仇雪恨，也为了稳定民心，新国王克瑞翁决定不惜一切代价除掉这个怪物。

于是新国王张贴皇榜：“若是谁能够除掉那个城外的怪物斯芬克斯，他不但可以迎娶我的姐姐，还可以成为新的国王。”

《俄狄浦斯和斯芬克斯》
弗朗索瓦·泽维尔·法布尔 1766—1837年

俄狄浦斯挑战斯芬克斯

就在这个时候，俄狄浦斯来到了底比斯。他看到了国王的悬赏告示之后有些心动，于是渴望挑战的俄狄浦斯便主动来到了斯芬克斯盘踞的地方。

斯芬克斯看到有猎物送上门，便高兴地照例说道："年轻人啊，快来猜谜吧。如果你猜中便可通过这里，如果猜不中那就要被我吃掉。"

俄狄浦斯自信地答道："不就是猜谜吗？那再简单不过了，请出题吧。"

眼前这个勇敢而冷静的年轻人引起了斯芬克斯的兴趣，于是她挑了一个自认为最难的谜语："什么动物在早上的时候用四条腿走路，中午用两条腿，晚上用三条腿？这究竟是什么动物呢？"

俄狄浦斯听了，稍加思索后哈哈大笑道："你这个谜语太小儿科了。这个动物不就是人吗？"随后他继续解释道，"幼年就是人生的早晨，只能在地上用手脚爬。而中午就是正当壮年的时候，自然就是用两条腿走路。到了老年的时候，人们会拄着拐杖，就好像是三条腿走路。”

心高气傲的斯芬克斯被俄狄浦斯羞辱之后感到羞愧难当，于是自己从山崖落下摔死了。就这样，俄狄浦斯成为除掉吃人怪物斯芬克斯的大英雄。底比斯人民非常感激他的所作所为。国王克瑞翁也兑现自己的承诺，将底比斯王国的王位禅让给了这个男人，并且还把老国王的王后伊俄卡斯特许配给了俄狄浦斯当妻子。

俄狄浦斯当然不知道自己娶的王后就是自己的生母。看来一切都在遵照神谕进行。

《在科洛纳斯的俄狄浦斯》
让·安托万·西奥多，吉鲁斯特 1753—1817年

瘟疫降临

伊俄卡斯特为俄狄浦斯生下了四个孩子，先是双胞胎儿子波吕尼克斯和厄忒俄克勒斯，然后是两个女儿。大女儿叫安提戈涅，小女儿叫伊斯莫涅。

俄狄浦斯是一个正直、善良、勇敢的国王。他将自己的王国底比斯治理得井井有条，深受人民热爱。若是没有什么变故的话，也许俄狄浦斯会和他的人民一起过着幸福的生活。可是命运就是这么捉弄人，一场不期而遇的瘟疫破坏了所有的宁静祥和。

就在俄狄浦斯成为底比斯国王的三年后，瘟疫降临底比斯城。人们认为这位正直的国王能够带领大家走出困境，并且最终能战胜天灾。

俄狄浦斯眼见灾难降临，便站在广场上演讲："我可怜的臣民啊。我怎么忍心看到你们遭受苦难呢？我已经派遣克瑞翁到德尔菲神庙去寻求阿波罗的神谕了。阿波罗将会告诉我们如何解救我们的家园。"

克瑞翁归来之后，在俄狄浦斯的授意下，当着全体民众宣读神谕的内容："国王陛下，整个城市陷入灾难之中，是因为老国王拉伊俄斯的怨恨没有得到平息。神谕告诉我们，只有找到了当年杀死国王的凶手并将他绳之以法，底比斯城才能重新恢复宁静，否则我们将永远摆脱不了苦难。"

显然，俄狄浦斯并不知道是自己当年杀死了老国王。他对自己的臣民发誓："所有人听着，无论是谁，只要知道任何有关杀死老国王凶手的线索就必须立即来报告。如果有人胆敢知情不报或者藏匿凶手，他必将会受到严惩！”

俄狄浦斯为了早日找出凶手，还派出两位使者前去邀请盲人预言家提瑞西亚斯。因为这个盲人预言家的预言能力甚至不亚于神谕。

不久之后，这位远近闻名的盲人预言家提瑞西亚斯来到了国王俄狄浦斯面前。俄狄浦斯将他的国家正在遭受的苦难告诉给了预言家，并且恳请他运用自己的能力帮助他找出杀害老国王的凶手，好让所有人解脱出来。

听完俄狄浦斯的诉说之后，提瑞西亚斯闭上了他那双什么也看不见的眼睛，无奈地一声长叹。

“如果上天能够再给我一次机会，我宁愿不要这种预言的能力。因为这种能力是多么可怕呀，会给我带来杀身之祸。国王陛下，我肯求您让我离开吧。我们各自承担着各自的重任，各做各的事情去吧。”

《奥德修斯和提瑞西亚斯》
亚历桑德罗·阿楼瑞 1535—1607年

提瑞西亚斯

俄狄浦斯听了盲人预言家的话，明白预言家一定知道了谁是杀害老国王的凶手。于是命令他必须将凶手的名字说出来。可是提瑞西亚斯无论如何都对凶手的名字三缄其口。这使得国王破口大骂道："提瑞西亚斯，你不是先知吗？现在底比斯沦为人间炼狱，需要你的帮助，可是你一句话也不肯说。你对得起大家对你的尊重吗？不要逼我对你使用手段。"

在俄狄浦斯的强硬态度下，提瑞西亚斯终于决定说出真相。他说道："俄狄浦斯，你没有权利指责我。那个杀人凶手远在天边，近在眼前！"

凶手竟然就在他们之中。大家都屏住呼吸等待着提瑞西亚斯说出那个名字。

"这个人就是你，俄狄浦斯！正是你罪孽深重害得整个城市遭了殃。你就是杀害国王的凶手，不仅如此，你还娶了自己的母亲为妻！"

听到了这个真相，整个广场上的人都鸦雀无声。人们虽然很尊敬预言家，但是他们更信任他们的国王，无论如何也不会接受这样的结论。国王俄狄浦斯更是不会相信预言家的鬼话，盛怒之下大骂他是个骗子。

提瑞西亚斯临危不惧。他继续预言道："你就是杀父的刽子手和娶母为妻的逆子。你将会遭受无法想象的灾难。"

说罢，提瑞西亚斯就在大家的震惊下离开了。王后伊俄卡斯特也不相信预言家的话，立马驳斥道："这个预言家满嘴鬼话。先王当年得到神谕。神谕里说他将来会死在自己亲生儿子的手里。可事实是，我们唯一的孩子在出生之后没多久就死了。先王也是在十字路口死于强盗之手。"

本来王后的话是想驳斥预言家，可没想到却引起了俄狄浦斯的注意。他曾经就在十字路口失手杀死了一个老人。于是俄狄浦斯惶恐地问："先王死在了十字路口？他长什么模样？死的时候多大岁数？"

于是伊俄卡斯特将拉伊俄斯的容貌、年龄以及大概状况告诉给俄狄浦斯。俄狄浦斯这才恍然大悟，原来预言家提瑞西亚斯说的话全是真的，自己就是当年杀死底比斯老国王的那个人，也是自己让整个底比斯城陷入瘟疫的深渊。

俄狄浦斯多么希望这一切根本没发生过。另一方面，既然国王之死是真的，那么另一件关于自己迎娶生母的事情可能也是真的。可是俄狄浦斯自己明明是科任托斯的王子，怎么可能会发生这种事情呢？

就在俄狄浦斯为一大堆麻烦伤神的时候，一群使者抵达了底比斯。

救　赎

原来是科任托斯的使者到达了王宫。他们见到俄狄浦斯便说道："王子殿下，我们找得你好苦啊。你的父王波吕波斯去世了。我们是来找你回去继承王位的。"

王后伊俄卡斯特在听到使者的话后如释重负。因为这意味着神谕并没有应验，俄狄浦斯并不是当年拉伊俄斯的孩子。

但是使者的话更让俄狄浦斯满心疑虑。他想起了当初那个酒后失言的人，他言之凿凿地说过自己根本不是科任托斯国王的儿子。俄狄浦斯不知道自己是什么身份，哪一个才是真相。想到这里，他对于自己执着寻找的真相也有些恐惧了。

俄狄浦斯表面上答应了科任托斯使者让他继承王位的请求。但俄狄浦斯心中依旧一片阴霾，晚上总是被噩梦缠身。他被这一切搞得心力交瘁，最终决定自己去寻找真相。如果真是如同神谕所说的那样，自己绝对不会逃避。

他开始四处派人打探当年的知情人。那个当初奉命杀死婴儿的牧羊人浮出水面。他把所有他知道的实情告诉给了俄狄浦斯和王后。伊俄卡斯特听了之后羞愤难当，回到自己的卧室自杀了。

俄狄浦斯这才明白原来那个可怕的神谕已经应验。他杀死了自己的亲生父亲并且娶了自己的母亲为妻。面对这样的现实，俄狄浦斯承受不住内心的悲痛。他扯下伊俄卡斯特尸体上的一枚金胸针，一边诅咒自己永远不要再看到这样悲惨而罪恶的景象，一边全力朝着自己的双眼刺去。

双目流血的俄狄浦斯跌跌撞撞地来到了广场，来到了底比斯市民面前，宣布自己就是神谕诅咒的恶徒，并且愿意接受神灵的惩罚。他将王位交给了克瑞翁，让他代替自己两个年幼的儿子执掌王权。此外，他还将两个无人照应的女儿托付给了克瑞翁。安排好一切后，俄狄浦斯选择自我放逐。他离开了底比斯，四处漂泊。

虽然他犯下了滔天罪恶，但是在他离开的时候，全体底比斯人还是试图挽留他。因为在大家心中，他永远是那个正直善良的国王。不过俄狄浦斯还是走了。没有人知道在后来漫长的岁月中，他究竟是如何度过的。

幸运的是，尽管俄狄浦斯眼睛瞎了，看不见任何东西，但他在外面流浪的时候，路人都会对他施以援手，让他不至于命丧荒野。俄狄浦斯背负着命中注定的诅咒艰难前行。没有人知道他是谁，从哪里来，又将去哪儿。可每一个遇见他的人都能感受到他内心的执着和坚毅。

春去秋来，日子一天天过去。俄狄浦斯忍受着夏天的炎热与冬天的寒冷。他什么都看不见，但心里有如明镜。

俄狄浦斯在外面流浪很久，头发都花白了。人老必思乡，俄狄浦斯也不例外。他有些怀念底比斯。那里有他的家和他的儿女们。于是，俄狄浦斯决定结束自己的流浪之旅，回到底比斯安度晚年。

回到底比斯后，预想的温馨画面并没有发生。国王克瑞翁对他的态度一百八十度大转变，两个儿子也对他非常冷漠。本想叶落归根的俄狄浦斯又要被赶出王国。

好在他的两个女儿都很同情自己的父亲。大女儿安提戈涅决定陪着自己的父亲一起去流浪。万念俱灰的俄狄浦斯总算得到了一点慰藉。

一开始，俄狄浦斯打算前往喀泰戎的荒野，因为那里是自己曾经要被丢弃的地方，是他的归宿。不过在此之前，一向敬畏神灵的俄狄浦斯还是来到阿波罗神庙，请求神谕的指示。

这一次神谕告诉他：“俄狄浦斯啊，虽然你违背人伦道德，做出了大逆不道的事情，可是不知者不怪，那并非出于你的本愿。当然，你的罪孽实在过于深重，必须受到应有的惩罚。这个惩罚并不是永久而无止境的。总有一天，你的磨难受尽，命运女神会把你引导到一个国家去。在那里，复仇女神会帮你获得解脱。”

此时的他万念俱灰，不过幸好还有两个听话懂事的女儿。

于是，俄狄浦斯遵从神谕的指示，在大女儿安提戈涅的陪伴下，继续在希腊各个地方流浪。他虽然以乞讨度日，但内心却常常得到满足。

那么，俄狄浦斯又会面临怎样的晚年生活呢？

流浪的俄狄浦斯父女

《俄狄浦斯和安提戈涅从底比斯流放》

尤金 · 欧内斯特 · 希勒玛歇 1818—1887年

归宿

经过了漫长的漂泊后，俄狄浦斯和他的女儿安提戈涅在一个宁静的夜晚来到了一个美丽的村庄。虽然俄狄浦斯看不见村庄的样貌，却能感受到这里的平和与安详。

在听到女儿安提戈涅的描述后，他突然就想到了曾经的神谕，觉得这里可能就是神谕给他安排的归宿。经过安提戈涅的打听，他们才知道这里是雅典的管辖范围。而离这里不远处就是雅典城。

父女两人本打算在这里先好好休息一下，可是路过此地的村民却敦促他们赶紧离开。因为这里是祭神的圣地，不允许任何外人玷污。

原来他们到了雅典人敬奉复仇女神欧律尼德斯的圣地库洛诺斯。当从村民口中得知复仇女神的名讳后，俄狄浦斯心中大喜。因为按照当初的神谕，这里将是他流浪生涯的终点。

俄狄浦斯赶忙抬头举手感谢上苍，感谢命运女神的指引。月光下的俄狄浦斯看起来既高贵又虔诚。一旁的村民感觉这两个人身份绝非寻常，于是让他们在这里等一等，准备要去报告国王。

俄狄浦斯连忙问道：“请恕我无知。我想知道现在的雅典国王是谁。”

村民自豪地答道：“我们的国王就是强大而高贵的英雄忒修斯呀！你应该听说过他。他的名声已经传遍了整个雅典。”

俄狄浦斯激动地说：“如果你们的国王真如同你所说那般，那么请你帮我带个口信，邀请他来这边一趟。”

村民将信将疑地答应了俄狄浦斯的请求。随着这对外乡父女来到这里的消息越传越广，附近的村民都赶来他们的圣地。

有人劝告道："你们快离开这里吧。这里是复仇女神的圣地，哪里容得了你们这样的凡人公然坐在里面。小心受到女神的惩罚。"

俄狄浦斯却对此一点也不害怕。他不但把自己的遭遇告诉给了这些村民，还恳求大家不要把自己赶走，因为这里注定是自己的归宿。

村民们虽然同情俄狄浦斯的不幸遭遇，可是他们又非常敬重复仇女神，生怕这样会冒犯神灵，一时间不知道如何是好。

这个时候恰巧一个熟悉的身影骑着小马从他们面前经过。安提戈涅看清楚之后高兴地大叫道："伊斯莫涅！父亲，是我的妹妹伊斯莫涅来了。她一定是带来了家乡的好消息。"

那骑在马背上的姑娘的确是俄狄浦斯的小女儿伊斯莫涅。伊斯莫涅听到二人的声音后便跳下了马，赶紧把俄狄浦斯离开底比斯城后克瑞翁与他两个儿子之间争斗的事情告诉给了他们。

原来在俄狄浦斯离开之后，他的两个儿子重新从舅舅克瑞翁手里夺回了王位。波吕尼克斯和厄忒俄克勒斯两兄弟决定共同治理国家。他们俩商量轮流执政，任期两年。先上任的是次子厄忒俄克勒斯。

两年任期很快就过去了，可厄忒俄克勒斯不愿意放弃王位。于是他制造事端，煽动底比斯的民众将自己的哥哥波吕尼克斯驱逐出了底比斯。后来，波吕尼克斯逃到了伯罗奔尼撒半岛的亚格斯，并在那里迎娶了亚格斯国王阿德拉斯托斯的女儿。婚后，波吕尼克斯获得了阿德拉斯托斯和其他一些朋友的帮助，准备兴兵报复，夺回底比斯的王位。

这个时候，又一条神谕流传开来，说是国王俄狄浦斯的儿子们如果离开自己的父亲将会一事无成。假如他们想得到他们想要的，就必须找回俄狄浦斯，无论是死是活。

在听完伊斯莫涅的叙述之后，俄狄浦斯沉思片刻，然后问道："如果我死在了底比斯，那么你的舅舅和哥哥们会把我埋葬在底比斯的土地上吗？"

伊斯莫涅不假思索地答道："不会的，父亲。我听说他们认为你身上的罪恶会累及他人，所以他们不会把你埋葬在底比斯的土地上。”

听到这些话，俄狄浦斯似乎如释重负。他早就料到了这一点，终于肯放下心中对于故乡的执念。而且如今他还有两个女儿陪伴在身边。

雅典国王忒修斯已经闻讯赶来。他在圣地见到了俄狄浦斯之后，一下子就认出了他。

“可怜的俄狄浦斯啊，我知道你发生的一切，知道命运带给你的残酷人生。你在不知情的情况下犯下了大错，但是你刺瞎自己眼睛、将自己流放的行为已经告诉了世人你的悔过。你的不幸让我同情，你的坚忍使我感动。现在，既然你在命运的引导下来到了雅典，我就会像对待最尊贵的客人一样对待你。说吧，外乡人，你有什么要求吗？不管你要求什么，只要我能做到的就一定不会拒绝你，尽管说吧！”

俄狄浦斯非常感动，然后答道：“尊敬的国王，你这一番话让我看到了你的真诚。我现在只有一个请求，也可以说是一件礼物。那就是我想把自己老弱的躯体送给你。我已时日无多，到时候请你把我埋葬，你会因为自己的仁慈而得到丰厚的回报。”

忒修斯惊讶地回道：“这可算不上什么要求，俄狄浦斯！你就大胆地提要求吧，让我为你做一些力所能及的事情。”

“国王，其实这个要求并没有你想象的那么容易。这不仅仅是埋葬一具遗体那么简单，还意味着你可能卷入一场与我亲人的战争中。”

随后，俄狄浦斯将底比斯的状况告诉了忒修斯，他恳求忒修斯能够给予他帮助，不要让那群野心家动用武力将自己劫持回去，也不要让他们伤害到自己的两个女儿。忒修斯聚精会神地听完了俄狄浦斯的叙述，点了点头，决定答应俄狄浦斯的要求，并且给予他们父女保护。

在接下来的日子里，克瑞翁和俄狄浦斯的两个儿子都亲自前来恳求俄狄浦斯回到家乡去。但此时此刻的俄狄浦斯已经对这些人心灰意冷。在他的心中，只有两个女儿才是自己的亲人。虽然他的两个儿子都有向父亲忏悔，但在俄狄浦斯看来，这些忏悔与道歉看上去未免有些虚伪。

在俄狄浦斯的两个儿子无功而返后，克瑞翁也带着一小支军队来到俄狄浦斯的居住地。一开始他还好言相劝，并且承认自己的过错。可是无论他说得多么天花乱坠，俄狄浦斯的心早已不在底比斯了。

克瑞翁眼看劝说无效，便决定动用武力将他们父女三人绑回去。生活在周围的村民见状不知所措。克瑞翁对他们恐吓道："你们不要多管闲事！这是我们底比斯的私事。俄狄浦斯是一个大逆不道的人，遭受了天谴。他到哪里哪里就会遭殃。"

"那我倒要看看，俄狄浦斯究竟是如何让我的人民倒霉的。"

一个洪亮的声音从远处传来。克瑞翁吓了一大跳。他看见雅典国王忒修斯带着大队人马赶到他们面前。

克瑞翁故作镇定地对前来的国王说道："想必你就是雅典国王吧。听我说，俄狄浦斯这个人不但杀了自己的父亲，还娶了自己的母亲。这种人罪大恶极，你不该将他留在自己的土地上，以免给自己招来厄运。"

"俄狄浦斯的事情我早已一清二楚。但他现在是我雅典最尊贵的客人。如果你对他不敬，就是对雅典的不敬，那可不要怪我不客气。"忒修斯看起来似乎态度很坚决。

克瑞翁虽然心有不甘，但他心里也清楚就算是全盛时期的底比斯也绝非是强国雅典的对手，更何况现在的底比斯如同一盘散沙。他仔细考虑了一下，自己是无法从雅典国王忒修斯的保护中夺回俄狄浦斯的，现在波吕尼克斯带着亚格斯的军队快要兵临城下，自己必须得赶回去了。

于是克瑞翁带着自己的人马匆匆回到了底比斯。

时间再次飞逝，有一天俄狄浦斯突然听见晴空中传来雷声。这位老人明白这是天神在召唤自己。于是，他让自己的女儿安提戈涅去请雅典国王忒修斯，想要见他最后一面。

安提戈涅跌跌撞撞地来到了雅典的王宫，向忒修斯禀报了父亲的情况，并转达了父亲的意思。忒修斯一听，立即马不停蹄地赶到了俄狄浦斯身边。

俄狄浦斯激动地抓住了忒修斯的手臂，最后一次致以谢意，并且为雅典祈福。他请求雅典国王遵从神谕的召唤，送他到一个特殊的地方。那个地方必须从来没有凡人去过，而且他死的时候不允许任何凡人触碰自己的身体。并且在俄狄浦斯死后，忒修斯不能把他逝世和埋葬的地方告诉任何人，这样可以保佑雅典城免遭敌人的入侵。

忒修斯答应了俄狄浦斯的最后请求，派人把他送到了圣林，在那里让他寻找自己最后的归宿。

俄狄浦斯独自一个人来到圣林中。尽管他双眼已瞎，可步伐却十分稳健。生命中最后的一段路程只能由他自己一个人走完。

走到复仇女神圣林的最深处，俄狄浦斯好像受到了神灵的感召停了下来。就在这时，随着轰隆一声，大地突然裂开了，俄狄浦斯就这样消失了。

俄狄浦斯的故事就此结束。他的两个女儿回到了底比斯，恰逢波吕尼克斯的大军压境，那便上演了“七英雄远征底比斯”的故事。

ΣΥΡΑΚΟΣΙΩΝ
ΚΙΜΩΝ

第七章

七英雄远征底比斯

目标底比斯

在很久很久以前，那时有幸来过希腊德尔菲神庙的人经常会看到一位老人懒散地倚靠在神庙的墙根晒太阳。这位老人满脸络腮胡子，旁边放置着一根拐杖。他的眼睛通常睁得很大，却什么也看不见。

每到下午，就会有一个美丽的少女来到这位老人身边，跟他讲一些有趣的故事。后来那个老人将从少女那里听到的故事改编成了歌谣，教授给孩子们。很快，这些故事就传遍了整个希腊。

这位老人，大家都亲切地叫他“荷马先生”。

若是你仔细聆听，可以从歌谣中听到这么一个故事。那是一场关于“底比斯远征队”的冒险之旅。

从前有一个叫亚格斯的国家，国王叫阿德拉斯托斯，他是塔拉俄斯的儿子。

这位国王一共有五个孩子，其中有两位公主非常漂亮，她们是阿尔琪珂和得伊皮勒。随着时间的流逝，这两位公主都已经长大成人。她们长发飘飘，楚楚动人，十分惹人怜爱。

两位公主的美貌远近闻名。到了她们该谈婚论嫁的时候，周边国家的王子们便按捺不住，纷纷派人前来求婚。

《帕纳塞斯山》
拉斐尔·桑西 1483—1520年

这可让国王犯了难。因为他只有两个女儿，而前来提亲的王子众多，哪一个都不好得罪。经过再三思虑后，国王决定让神灵来替他们裁定。他对众位远道而来的王子宣布道：“我将去请德尔菲的神谕，若是神谕选中了谁，那么谁就是我上天注定的女婿。”

大家都对这个提议没有什么意见，因为这将是神灵的选择。

于是一大群人跟着老国王来到了神庙。阿波罗给出了指示：“把在你王宫里打架的公猪和狮子套在同一个车轮上。”

这句话看似莫名其妙，可在场的众人一听就明白了。神谕所指的两个人，是这群众多王子中最倒霉的两个，一个是流亡的底比斯王子波吕尼克斯，另一个是流亡的卡吕冬王子提丢斯。因为底比斯的标志是狮子，而卡吕冬的标志是公猪，所以阿波罗神谕中的“公猪”和“狮子”指的就是这两个人。虽然他们贵为王子，但都已经被驱逐在外，流落异乡。

波吕尼克斯的故事大家都已经知道了。他和他的孪生兄弟都是著名的俄狄浦斯王的儿子。当年俄狄浦斯自愿放弃王位，离开底比斯自我放逐，波吕尼克斯两兄弟随即后悔当初将王位让给了舅父克瑞翁，于是他们就从克瑞翁手中夺回了王权，约定轮流执政，开始共同治理国家。先上任的是次子厄忒俄克勒斯。但在他任期结束后，却不愿意将王权交给自己的哥哥，并且煽动民众将波吕尼克斯驱逐出了底比斯。

另一个卡吕冬的王子提丢斯也与他同病相怜。他的父亲是国王俄纽斯。有一天，提丢斯和自己的哥哥墨兰迪波斯外出打猎。他们追击一头凶悍的野猪，但是提丢斯一时失手，竟然射死了自己的哥哥墨兰迪波斯。知道闯下大祸的他回到王宫后极力为自己辩解。可是没有人相信他的话，包括他的父亲。因为兄弟二人一直因为王位的继承问题而明争暗斗。甚至墨兰迪波斯在一次醉酒之后还扬言要杀了提丢斯。所以没准这一次的墨兰迪波斯之死就是提丢斯的先下手为强。于是背上弑亲之罪的提丢斯也被驱逐出境。

《埃米利乌斯·保卢斯凯旋》
卡尔·韦尔内 1758—1836年

准备远征底比斯

老国王阿德拉斯托斯遵照神谕选定这两个倒霉的王子为自己的女婿，随即举行盛大的婚礼。在宴席之上，老国王承诺会帮助这两位落魄的王子夺回属于他们的王位。考虑到这三个国家之间的距离，老国王准备先进攻底比斯。

为了远征底比斯，阿德拉斯托斯开始召集各方英雄。最后连他自己算在内，一共七个人被选召出来。他们将分别率一路军队进攻底比斯。这七个人分别是老国王阿德拉斯托斯、底比斯王子波吕尼克斯、卡吕冬王子提丢斯、老国王的姐夫安菲阿拉俄斯、老国王的侄子卡帕纽斯，以及老国王的两个兄弟希波迈冬和帕耳忒诺派俄斯。在这七个人中，有六个人出于自己的真心，自愿加入进攻底比斯城的战争，但老国王的姐夫安菲阿拉俄斯是个例外，他是被自己的妻子强迫的。

原来安菲阿拉俄斯以前曾经和老国王是死敌，所以他一开始并不想帮助老国王进攻底比斯。除此之外，他还有未卜先知的能力。他预感到这场征战注定是失败的，而且出征的将领们也都会战死沙场。于是他反复劝说其他人放弃这场战争。但目前士气正盛，没有人愿意听从他的话。

万般无奈之下，安菲阿拉俄斯只好躲了起来。只有他的妻子知道他藏在了哪里。他的妻子是老国王阿德拉斯托斯的姐姐。老国王虽然没有采纳安菲阿拉俄斯的提议，但很清楚他的能力对于他们军队的重要性，由于四处没有找到他，便准备给自己的姐姐送礼，让她劝姐夫随军出征。

当年波吕尼克斯王子从底比斯逃出来的时候，带走了祖传的项链和面纱。这两件宝贝是阿芙洛狄忒女神送给女儿哈尔莫尼亚和女婿卡德摩斯的结婚礼物。卡德摩斯也就是底比斯城的创立者，俄狄浦斯王和波吕尼克斯的祖先。据说这两件宝物是不祥之物，凡是沾染上这两件宝物的人都会引火上身。尽管如此，世人还是非常觊觎它们。

波吕尼克斯在订婚的时候将两件宝物送给了未婚妻，他为了能让安菲阿拉俄斯出战，便用这条项链贿赂了安菲阿拉俄斯的妻子。国王的姐姐虽然相信自己丈夫的预言，也相信如果丈夫出征的话会命丧疆场，但是在宝贝项链的诱惑下，她还是将波吕尼克斯带到了丈夫安菲阿拉俄斯的秘密藏身处，并且苦口婆心地说服自己的丈夫参加此次底比斯远征。

安菲阿拉俄斯并不想参加这次远征，也不想为一个毫不相干的人命丧黄泉，那么他又为何会被自己的妻子说服呢？

杀 蛇

当年安菲阿拉俄斯在与妻子结婚的时候就曾发誓，如果以后两个人遇到了有争议的问题，一切都由妻子做主。因此这一次妻子要他出战，他只得拿起武器参加了远征的队伍。

这件事情让安菲阿拉俄斯看透了自己的妻子，她居然因为一条项链就出卖了自己。在出发前，他特意将自己的儿子阿尔克迈翁叫到自己面前叮嘱道："孩子，如果我这次出征不能回来的话，一定要替我向你的母亲报仇。那个女人因为她的贪婪而出卖了我。"

在稍作准备之后，众英雄率领的远征军出发了。整个远征军一共分为七支军队，由参战的七位英雄分别率领。除了安菲阿拉俄斯之外，每一个人都是斗志高昂，似乎战争的胜利就在眼前一样。他们浩浩荡荡地离开了亚格斯，朝目标底比斯进发。

在大军出发后没多久，众英雄就遇到了第一个问题。当他们到达一片森林的时候，军队中的饮用水已经消耗殆尽。按照常理，森林里一定不乏满是淡水的湖泊和小溪。可是当他们真正涉足森林之后，却发现整片森林没有一处水源，全都干涸了。

正值盛夏，经过几天舟车劳顿的战士们士气低沉。因为每一个人都口干舌燥，嗓子冒烟，只希望能喝到水。

眼见军队即将不战自溃，作为远征军领袖的老国王阿德拉斯托斯自然清楚寻找水源是眼下当务之急的事情。他亲自带人继续深入森林寻找水源，可是找了很久都一无所获。就在他绝望之际，他突然看到前方有一个美貌女子正抱着婴儿坐在树荫下。她正温柔地唱着安眠曲哄婴儿入睡。明眼人都能看出，尽管这个女子穿着一身破破烂烂的衣服，可她绝非凡人。

阿德拉斯托斯以为自己遇到了森林女神，就连忙上前下跪祈求："尊敬的森林女神啊，我是亚格斯人的首领阿德拉斯托斯。我的部队途经这里，可是遇到了饮水危机。仁慈的森林女神啊！希望您能为我们指点迷津，帮助我们找到水源，让我们不会活活地渴死。"

那个女人在听到阿德拉斯托斯的请求后，赶忙低头解释道："你好外乡人，请起来。我并不是你口中的森林女神。我是许珀茜伯勒，是托阿斯的女儿。我曾经是利姆诺斯岛上的女王，只不过后来不幸被海盗掳走，经历了诸多磨难，后来成为尼密阿国王的奴隶。国王让我做他儿子的保姆，所以我怀里的这个婴儿不是我的儿子，是我主人的儿子。不过，虽然我不是森林女神，但我愿意帮你们找到你们最需要的东西。因为我知道有一个地方有秘密的水源，除了我以外，其他人都不知道。那里绝对能解你们的燃眉之急。"

女人说完之后便将怀中熟睡的婴儿放在树荫下。她带领着阿德拉斯托斯和他的大军来到了她所说的秘密水源处。大家一见到有能喝的水，都高兴地欢呼起来，纷纷扑了上去。

转眼间，整个远征军仿佛又活过来了。女人见到这群人恢复了生气，便带领着他们返回原处。可是快要到达的时候，他们听见了婴儿哭声。大家飞快地跑回去，发现原本在树荫下熟睡的婴儿不见了。

女人见到主人的孩子不见了，瘫倒在地上痛哭起来。大家立刻到处寻找，但没有看见婴儿的影子。就在这时，大家注意到一棵树上盘踞着一条大蛇。在那棵树底下流有一摊血迹。女人明白婴儿恐怕是被蛇给吞进肚子里了。

亚格斯的远征英雄们见到此情此景，自然是要去除掉那条蛇。希波迈冬奋勇上前。他搬起大石头朝树上的蛇砸去，可是石头砸在蛇身上马上反弹了回来。手疾眼快的希波迈冬随即施展后手，将手中的长矛扔了过去，正好刺穿张开的蛇嘴。就这样，这条蛇被他杀死了。

虽然蛇被杀死了，可是已经死去的孩子却无可挽回。女人望着蛇腹中的孩子尸体，感到悲痛不已。在一旁的亚格斯英雄们也有些自责难过，毕竟正是因为这个女人带着他们寻找水源才导致那个孩子命丧蛇口。大家沉痛地埋葬了这个可怜的孩子。

尼密阿国王得知孩子的噩耗后，悲上心头。王后更是恨死了这个保姆，于是将她打入大牢，准备用酷刑折磨她。说巧不巧，曾经身为女王的许珀茜伯勒的儿子们为了寻找母亲来到此地，得知了母亲的去向后，便将她救了出来。

这件事情让预言家安菲阿拉俄斯对他们这次远征更加悲观。他告诉大家："孩子的死也许是对这次远征的一种预兆。"但其他人不但不相信他的话，反而嘲笑他预言失灵。因为所有人都觉得他们刚刚打死面前的大蛇，这对他们来说是一种预示着胜利的吉兆。

被大家孤立的安菲阿拉俄斯连连叹气，却毫无办法。那么接下来还有什么事情在等待着远征英雄们呢？

提瑞西亚斯的预言

经过几天的日夜兼程，远征大军终于陈兵底比斯城下。

此时厄忒俄克勒斯和他的舅父克瑞翁早就知道了波吕尼克斯带领着亚格斯的七个英雄前来攻打底比斯的消息。厄忒俄克勒斯立刻召集底比斯的民众发表演讲："大家应该已经清楚现在的形势，那个被我们赶走的波吕尼克斯贼心不死，居然引狼入室，集结了一批亚格斯人过来侵略我们的城市。我们都是光荣的底比斯人，我们应该牢记自己对城市的责任。无论你是青年还是壮年，只要你还是底比斯的男人，只要你还能拿得起武器，就应该站出来保卫我们的城市，保卫我们的家园，保卫我们的神庙，为我们的家人和脚下这片自由的土地而战。我作为底比斯的国王，此时此刻与大家并肩战斗。让我们拿起武器，站在城墙上。亚格斯人的进攻马上就要开始了，我们一定会让其溃败而逃。"

就在厄忒俄克勒斯对底比斯的市民们发表慷慨激昂的演讲时，他的妹妹安提戈涅站在宫殿城墙的最高处眺望远方。她的旁边站着一位老人。这位老人是她祖父的卫士。原来自父亲俄狄浦斯去世后，安提戈涅和妹妹伊斯莫涅就被仁慈好客的雅典国王忒修斯带回了雅典的王宫。在那里，忒修斯热情款待了这对姐妹。可是思乡之情人人皆有。过了一段时间后，姐妹俩惦念底比斯，于是谢绝了忒修斯的一再挽留，回到了底比斯。

安提戈涅看到了城外的亚格斯军队在有名的狄尔刻古泉的周围安营扎寨。他们将整个底比斯团团围住，根本没有突围的缝隙可钻。亚格斯人的进军速度让安提戈涅倒吸一口凉气。而她身旁的老人却安慰道：“不用担心，安提戈涅。我们的城池固若金汤，简直比得上那特洛伊城。我们还有一群英勇的士兵守卫着，亚格斯人是不会攻进来的。”接着，老人又指着城外的那些亚格斯英雄，将他们的情况一一告诉了安提戈涅。

在全民战争动员之后，厄忒俄克勒斯和舅父克瑞翁就开始商量他们的作战计划。他们首先是安排了七个最英勇的将领分别把守底比斯城的七座城门。除此之外，他们还请来了当年留在底比斯城定居、我们的老朋友预言家提瑞西亚斯。

克瑞翁希望这位预言家能够说出底比斯城的命运，并且告诉他们解救之法。提瑞西亚斯沉默良久之后，面带悲伤地说：“俄狄浦斯的儿子们对他们的父亲犯下沉重的罪孽。他们不顾亲情将自己的父亲赶出了底比斯城。这样大逆不道的行为会给整个底比斯城带来灾难。神谕告诉我，亚格斯人和底比斯人将会在这场战争中两败俱伤，而你厄忒俄克勒斯将会和你的兄弟波吕尼克斯死于彼此之手。”

克瑞翁

《克瑞翁的头像》
朱塞佩·迪奥蒂 1779—1846年

提瑞西亚斯停下来想了想，做出了一个艰难的决定：“目前只有一个办法可以拯救底比斯城，但是这个办法实在是太可怕了，我不敢也不忍心告诉你们。请你们让我回去吧。”

说罢，提瑞西亚斯转身就要离开，那克瑞翁岂能放他走，因为他知道拯救底比斯的方法。在克瑞翁的再三恳求下，提瑞西亚终于开口道：“你真的想听吗？我保证你听了会后悔的。”

克瑞翁已经没有什么可顾忌的了。提瑞西亚斯便开口道：“那我只好告诉你们了。在此之前，你得先告诉我，刚才领我前来的你的儿子莫诺扣斯在哪里？”

克瑞翁答道："他就在你身边。"

"很好很好，那就快让他离开这里，越远越好。"

克瑞翁不知道为什么要这样做，他急忙问道："为什么呢？莫诺扣斯是我最喜欢的儿子啊。他不会做任何对不起底比斯的事情的。"

"这些都是命运的安排。"提瑞西亚斯叹了一口气，"幸福女神将会降临底比斯。可是她需要跨过一个门槛，而龙牙种子中最小的一颗必须为此付出代价，接受死亡的安排。只有这样，你们才能得到最后的胜利，底比斯城才能避免灭亡。"

克瑞翁不明白提瑞西亚斯说的话的含义，连忙问道："提瑞西亚斯啊，你的话究竟是什么意思？"

提瑞西亚斯闭上自己的那双瞎眼，缓缓说道："这就是神谕。它的意思是，卡德摩斯后裔中最小的一个必须献出生命，只有这样，底比斯城才有救。"

克瑞翁听了立马暴跳如雷。他愤怒地指着提瑞西亚斯叫道："一派胡言！一派胡言！那可是我的宝贝儿子。快滚吧，我不需要你的占卜和预言。别让我再看见你！"

"这并不是我的意思，而是神谕的指示。你无法回避事实，克瑞翁，哪怕它是你不愿意看到的。"

冷静下来的克瑞翁这才意识到问题的严重性。他恳求提瑞西亚斯收回自己的预言。可是提瑞西亚斯不过是神谕的传达者。他在安慰克瑞翁之后便离开了，对一切事情都无能为力。

克瑞翁惊恐地叫道："神啊，我多么愿意献出自己的生命和热血，但是希望那个必须牺牲的人不是莫诺扣斯。我的儿子莫诺扣斯还只是个孩子。我怎么舍得！"

他又转向自己的儿子继续说道："莫诺扣斯，我最亲爱的孩子。我怎么舍得让你牺牲呢？你是那样的纯洁，这里的一切罪恶都与你无关。孩子，快走吧，越远越好，离开这个罪恶之地，离开这个诅咒之地！"

“我会的父亲，我会离开这里。”

听到父亲的嘱托后，莫诺扣斯点了点头，依依不舍地与父亲分别。这位年轻的王子离开了宫殿。望着莫诺扣斯的背影，克瑞翁相信自己的孩子一定会逃出生天。

那么克瑞翁能否得偿所愿呢？

交　战

莫诺扣斯对神谕的内容心知肚明。他从宫殿出来后就跪倒在地上，双手高举虔诚地向神灵祷告：“原谅我吧神灵们。我用谎话安慰了我的父亲。因为只有这样，我才能用我的生命和热血拯救这个国家。我知道我的父亲是爱我才让我逃走的。但我怎么可能抛弃我的祖国远走高飞呢？众神啊，我愿意用我的死来换取底比斯城免于毁灭。”

莫诺扣斯只身一人来到了城墙的最高处。他诅咒着不远处的亚格斯人，随后拔出宝剑自刎。就这样，莫诺扣斯的尸首从城墙上栽下来，摔得粉身碎骨。

莫诺扣斯遵照神谕为国自杀的消息很快就传到了克瑞翁的耳朵里。丧子之痛给了他很大的打击。但是战事近在眼前，克瑞翁努力克制住自己的悲伤，与厄忒俄克勒斯一起指挥将领们把守城门，应对即将到来的攻城战。

此时，亚格斯人进攻的号角终于吹响，底比斯攻防战就此拉开序幕。顿时城外喊杀震天，伟大的女猎手阿塔兰忒的儿子帕耳忒诺派俄斯冲在了最前面。他的任务是率领着自己的军队以盾牌为掩护，进攻底比斯的第一座城门。

与此同时，预言家安菲阿拉俄斯带领着自己的队伍朝第二座城门进发。他从不喜欢修饰，因此，他所在的军队盾牌上没有任何纹饰。

攻打第三座城门的是希波迈冬。他的盾牌上画着的是百眼巨人阿尔戈斯看守着被赫拉变成母牛的伊俄的图画。

而卡吕冬王子提丢斯攻打第四座城门。他的盾牌上画着一张狮皮。

被放逐的底比斯王子波吕尼克斯则指挥士兵进攻第五座城门。他的盾牌上画着愤怒的野猪。

卡帕纽斯带着自己的士兵进攻第六座城门。他是一个非常英勇的人，同时也非常狂妄自大，甚至吹嘘自己可以和战神阿瑞斯一战高下。他的盾牌上画着将一座城池扛在肩上的巨人。

亚格斯人的统帅阿德拉斯托斯进攻底比斯的第七座城门。他的盾牌上画着一百条口衔底比斯儿童的巨蛇，看上去非常凶残。

就这样，亚格斯人的七支军队同时围攻底比斯的七座城门。他们的进攻自然遭到了城内底比斯人的顽强反抗。底比斯的城墙下血流成河，堆尸如山。

攻打第一座城门的帕耳忒诺派俄斯见到他们损失惨重，便驾着战车朝城门冲了过去，誓要拿自己手中的斧子砍毁这座阻挡他们前进的城门。

防守第一座城门的是底比斯人珀里刻律迈诺斯。他看到对方的将领不管不顾地冲过来，赶忙命令自己的手下将铁城门拉上来一点，露出一个可以容纳一辆战车出入的空隙。愤怒的帕耳忒诺派俄斯看到城门洞开，也没多想，抓准机会立即冲了过去。当他驾车来到铁城门下时，珀里刻律迈诺斯立刻让人将沉重的城门放下。可怜的帕耳忒诺派俄斯就这样被砸死在了城门下，就连他的战车也被砸成碎片。

第六座城门那边，卡帕纽斯扬扬得意地叫嚣着："即使是宙斯的闪电也不能阻止我攻陷底比斯的城池！"云梯已经搭在了城墙上。他一手拿着盾牌，一手勇猛地向上攀爬。就在他要爬上城头的那一刻，神王宙斯出现在了底比斯战场。原来刚刚卡帕纽斯说的那番话被宙斯听见了，他要亲自来惩罚这个不知天高地厚的狂妄之徒。卡帕纽斯刚从云梯上跳到城头上，就被宙斯的雷电劈死了。

宙斯的出现让在场的所有人感到震惊。尤其是亚格斯人的领袖老国王阿德拉斯托斯。他认为是宙斯在保护底比斯城，于是立即下令所有人暂缓攻城，全军撤退。

底比斯人看见亚格斯人狼狈撤退，便开城门乘胜追击。一场混战过后，底比斯人大获全胜。凯旋的底比斯军队退回到了城内。他们要做的第一件事情就是举行盛大的献祭仪式来感谢神王宙斯的保佑。

城外的亚格斯人虽然暂时撤退了，但是他们对于这样的结果很不甘心，准备再次攻城。

面对誓不罢休的敌人，为了避免更多的伤亡，底比斯的现任国王厄忒俄克勒斯做出一个重要的决定——与自己的哥哥波吕尼克斯通过单挑一决胜负。

他先是派了一名使者前往驻扎在城外的亚格斯人的营地，请求暂时停战。然后厄忒俄克勒斯爬上了底比斯城墙的最高处，向城里城外的双方士兵喊话："底比斯民众们，还有远道而来的亚格斯人，这场战争是由我和我的兄弟波吕尼克斯之间的矛盾引起的。尤其是亚格斯人，你们犯不上为了一个异乡人而白白献出自己宝贵的生命。既然战争源自我们兄弟二人，那就由我们兄弟二人来决定战争的结果。这样吧，让波吕尼克斯站出来和我进行一次堂堂正正的公平决斗。谁赢得了这次决斗，谁就是这场战争的胜利者，谁就是底比斯未来的王。亚格斯人，在决斗结束后，回到你们的家乡去吧。你们在这里流的每一滴血都没有意义。"

波吕尼克斯听到弟弟的宣战，立刻从亚格斯人的军队里站了出来，朝着底比斯城喊话，愿意接受弟弟的挑战。双方的士兵见到这样的场景也都如释重负，因为他们不用再继续殊死搏斗了。

于是底比斯的克瑞翁和亚格斯的阿德拉斯托斯代表双方签订了战争协议，约定以波吕尼克斯和厄忒俄克勒斯的决斗结果来决定这场战争的胜负。双方的预言者都企图在决斗之前通过献祭神灵来预知战争的结果。可是他们看到的结局模糊不清，似乎双方没有人赢得战争，也没有人输掉战争。

《厄忒俄克勒斯与波吕尼克斯的决斗》
乔瓦尼·席尔瓦尼 1790—1853年

厄忒俄克勒斯准备去决斗

波吕尼克斯向亚格斯的保护神赫拉祈祷，厄忒俄克勒斯则向底比斯城的保护神雅典娜祈祷。双方祈祷完毕之后，一场兄弟之间的决斗即将上演。

兄弟俩究竟谁能笑到最后呢？

手足相残

波吕尼克斯和厄忒俄克勒斯分别拿起手中的长矛刺向对方，但是都被对方的盾牌挡住了。兄弟之间知根知底，对彼此的套路也非常熟悉，因此打得难解难分。

就在双方相持不下的时候，厄忒俄克勒斯被地面上的一块石头挡住了行动路线。情急之下，他用右脚将石头踢到了边上。可是这一举动让他的右脚暴露在了盾牌的保护范围外。尽管这一破绽的时间很短，但还是被波吕尼克斯敏锐地抓住了。他眼疾手快，挺起长矛一下子就刺中了弟弟的右脚。

亚格斯士兵们响起了欢呼声，似乎胜利近在眼前。但是厄忒俄克勒斯并没有因此而倒下。他忍着剧痛继续坚持着，趁着哥哥扬扬得意有些麻痹大意的时候，也刺中了他的肩膀。

或许是厄忒俄克勒斯太想反击了，他的长矛深深陷进波吕尼克斯的肩头拔不出来。他急中生智，退到后面捡起刚才那块挡在他脚边的石头，朝波吕尼克斯砸了过去。波吕尼克斯挥动长矛格挡，被石头砸断了自己的武器。

兄弟俩已经都失去了手中的长矛，也都负伤在身。战况似乎陷入了新的僵局。于是他们又抽出随身佩带的宝剑，继续朝对方砍杀过去。这时厄忒俄克勒斯突然想到自己曾经学过的一个绝招，而且这个绝招他的哥哥肯定不知道。只见他突然向后连退几步，用盾牌护住自己身体的下半部分，引诱波吕尼克斯向前进攻。波吕尼克斯果然中招。忽地，厄忒俄克勒斯跳了起来，一剑刺中了波吕尼克斯的腹部。

遭遇致命一击的波吕尼克斯随即倒在了血泊中。厄忒俄克勒斯认为胜负已分。他以胜利者的姿态扔掉了手中的宝剑，朝自己的哥哥走去。就在这个时候，垂死挣扎的厄忒俄克勒斯用尽最后力气全力一刺，也狠狠地刺伤了自己的弟弟。

战争的结果就是这场决斗没有赢家，兄弟二人很快因为重伤而一命呜呼了。似乎从卡德摩斯、俄狄浦斯开始的诅咒还在这一代底比斯王族身上延续着。

但这对兄弟的死并没有结束战争，反而让战争的走向更加扑朔迷离。原因很简单，底比斯人和亚格斯人都认为自己人取得了决斗的胜利，而且不承认对方的说法。

最终双方谁也没能说服谁，新的攻城战开始了。但是亚格斯人劳师远征已久，慢慢丧失了自己的优势。于是战火再次点燃的时候，亚格斯人开始节节败退。成百上千的亚格斯人死在了底比斯人的长矛下。亚格斯人仓皇逃离战场。

底比斯英雄珀里刻律迈诺斯瞄准了对方的将领预言家安菲阿拉俄斯紧追不放。他驾驶着战车一路将安菲阿拉俄斯赶到了河边。

此时的安菲阿拉俄斯已经无路可走，他咬牙决定冒险渡河。可是马儿怕水，无论他怎样抽打，马儿都不愿意载着他朝河水再前进一步。身后珀里刻律迈诺斯已经拍马赶到。他不由分说提起长矛就向安菲阿拉俄斯刺去。就在千钧一发之际，宙斯再一次出现了。他不愿意忠于自己的预言家就这样耻辱地惨死在凡人之手，也不愿意插手凡人的纷争。于是他降下雷霆，将大地劈开了一个大口子，将安菲阿拉俄斯和他的战车吞没其中。

就这样，七英雄远征底比斯的战争以惨败收场，俄狄浦斯的两个儿子双双殒命，而克瑞翁渔翁得利，又重新掌握了他梦寐以求的底比斯大权。

克瑞翁刚一上任，首要的事情就是处理那两个俄狄浦斯儿子的尸首。厄忒俄克勒斯作为一代君王是为了底比斯而战死的，所以克瑞翁按照底比斯国王葬礼的最高规格为他举行了隆重的送别仪式。但是波吕尼克斯就不一样了，他是一个为了一己私利引狼入室的叛徒，应该受到世人的唾骂。于是克瑞翁下达了一个残酷的命令，将波吕尼克斯扔到底比斯城下，不许埋葬，也不允许所有底比斯人哀悼他。如果谁可怜他，就会被当成叛国者处死。

古希腊人也讲究入土为安。如果一个逝者得不到体面的掩埋，那就无法前往地府，永远得不到安息，只能在人间做流浪的孤魂野鬼。因此这对于波吕尼克斯来说是一个相当可怕的惩罚。

俄狄浦斯的女儿安提戈涅听闻波吕尼克斯的最终归宿后，非常同情他，无论怎么说他也是自己血浓于水的哥哥。于是安提戈涅决定冒险让自己的哥哥入土为安。她找到了自己的妹妹伊斯莫涅想让她加入自己的计划。因为凭借她自己的力量是抬不动那具尸体的。

那么波吕尼克斯是否能被成功埋葬呢？

一意孤行

伊斯莫涅虽然也为自己哥哥的遭遇而难过，但是她天生胆小怕事，怎么敢违抗国王的命令呢？她反而劝自己的姐姐：“姐姐，我们顺其自然吧，不要再做那些悖逆的事情了。我们的亲人们几乎无一得到善终，难道你想要我们也卷入诅咒的旋涡吗？”

眼看无法说服自己的妹妹，安提戈涅不再说什么，静静离开了。执着的她决定自己埋葬哥哥波吕尼克斯。她悄悄地来到哥哥的尸体旁边，趁着守备不注意，往尸体上撒了一把泥土。虽然这算不上什么真正的埋葬，却能让哥哥进入地府。

很快就有人察觉到了波吕尼克斯尸体上新增的泥土。克瑞翁也得知此消息。这种在他眼皮底下违抗他命令的行为引得他勃然大怒。他立刻下令道：“你们这些看守尸体的士兵玩忽职守，罪不可赦。如果找不出谁干了这件事儿，你们就自裁谢罪吧。”

与此同时，克瑞翁也令人将撒在尸体上的泥土清理干净。他觉得在这么短的时间内，波吕尼克斯的灵魂还没有离开。

克瑞翁将尸体重新曝晒在太阳底下，他相信那个人决不会罢休，一定还会出现，于是派人埋伏在一旁盯梢。果然安提戈涅上钩了。她刚想偷偷往尸体上撒泥土，就被早已埋伏的士兵逮个正着。

《安提戈涅被克瑞翁判处死刑》
朱塞佩·迪奥蒂 1779—1846年

安提戈涅被克瑞翁抓住

安提戈涅被带到了国王克瑞翁面前。克瑞翁没想到居然是她干的，怒叫道："你这个愚蠢的家伙，底比斯的叛徒！怎么样，人赃并获，你还有什么可说的？你打算拒不承认，还是向我请求原谅？"

安提戈涅面不改色地回道："没错，这就是我干的。要杀要剐随你便。"

安提戈涅的态度彻底激怒了克瑞翁。他威胁道："你违反了我的命令，你被所有底比斯人所唾弃，你知道这样做的后果吗？"

安提戈涅根本没把他的话当回事，而且还嘲讽道："你能怎样？要么杀了我要么折磨我。这样做不但不会让你获得荣耀，反而会成就我的名声。到时候我的名字将广播希腊，而你，残暴的克瑞翁，注定遗臭万年！"

这样的话克瑞翁哪里还忍得了。他立刻下令将安提戈涅拖出去乱石砸死。

就在危急关头，安提戈涅的妹妹伊斯莫涅站了出来。她提醒道："如果你想杀了我的姐姐，那就连我一起吧。因为这件事情我也是主谋。不过我想提醒你，安提戈涅不仅是你姐姐的女儿，也是你儿子海蒙的未婚妻。如果你觉得无所谓，那就全杀了吧。"

克瑞翁听到这话开始有些犹豫了。一个是他害怕担上弑亲骂名，一个是安提戈涅从小和自己的儿子海蒙感情深厚，可以说是青梅竹马。如果自己杀死了安提戈涅，恐怕自己的儿子不会原谅他这个父亲。

要知道克瑞翁就剩下海蒙这一个儿子了。另外两个儿子，一个被底比斯城外的怪物斯芬克斯吞进了肚子，一个在与亚格斯人的战争中献出了自己年轻的生命。只要关乎海蒙的决定，他必须慎之又慎。于是克瑞翁决定先将姐妹俩关起来，试探一下自己儿子的态度再决定接下来的行动。

海蒙在得知自己的未婚妻被抓之后，立马赶了过来向自己的父亲求情。一开始克瑞翁有些心软，甚至想要放了她们。可是后来海蒙的话让他越听越气。

克瑞翁怒斥自己的儿子："没想到你会这样。好，很好，就算我不处死她，你也休想和她结婚。我不会允许这样一个恬不知耻的女人成为底比斯未来的王后。我不会杀死她的，免得她的血液玷污了底比斯城。我会把她送走，送到一个人迹罕至的洞穴，让她听天由命。我要让她明白，和我、和整个底比斯作对的下场。我真没想到我唯一的儿子会为了这个女人说出这么过分的话，还把不把我这个父亲放在眼里了？”

留下这些话之后，没等海蒙反驳，克瑞翁就怒气冲冲地离开了。

于是第二天，在所有底比斯人的注目下，安提戈涅被带离了底比斯城。她被关进了一个如同坟墓一般的洞穴里。与此同时，长时间晒在太阳底下的波吕尼克斯的尸体也渐渐腐烂，沦为了野狗、乌鸦、苍蝇们争抢的食物。很快尸体发出的恶臭弥漫在底比斯城里。人们对于这样地狱般的气味越发感到不安，只有国王克瑞翁完全不把它当回事儿。

这样的情况持续了一段时间，我们的老朋友预言家提瑞西亚斯终于坐不住了。年迈的他来到克瑞翁面前指责道：“凡人入土为安是上天定下的规则。你这样做会遭到神罚的。克瑞翁，我感到神灵们对于你的所作所为已经怒不可遏了。快收回你的命令吧。”

克瑞翁一向对预言家提瑞西亚斯没有好感，对于他的危言耸听也不放在心上。这把提瑞西亚斯激怒了，他留下了一条诅咒：“如果你再执迷不悟下去，那我就告诉你，在太阳落山以前，你会因为这具尸体而失去两个亲人，而你自己也会遭受严厉的惩罚。”

那么面对提瑞西亚斯的狠话，克瑞翁是否还会继续一意孤行呢？

终章之后

克瑞翁对于提瑞西亚斯的话感到隐隐不安。他立马将城中的长老们召集起来想对策。这群长老一开始就对克瑞翁的做法非常不满，可是迫于国王的淫威一直不敢公开反对，借此机会大家也就无所顾忌了。他们一致认为，只有将安提戈涅无罪释放，将波吕尼克斯尽快埋葬才能平息所有问题。

克瑞翁虽然不愿意让步，但是事已至此，他也只有妥协了。于是他来到停放波吕尼克斯尸体的地方，亲自命人埋葬了他的残躯。

随后克瑞翁又带着众人来到了关押安提戈涅的洞穴。可是他们刚到达洞口，就听见阴森恐怖的洞穴里传来哭声。克瑞翁分辨出那是自己儿子海蒙的声音，赶快命人前去一探究竟。

原来山洞里的安提戈涅已经上吊自杀了。而克瑞翁国王的儿子海蒙正跪在她面前抱着自己未婚妻的尸体放声痛哭，同时咒骂着自己冷酷无情的父亲。

国王克瑞翁面对自己的儿子，只能请求原谅："对不起，我的孩子。都是我的错。可我这样做也是为了底比斯，请你原谅我。"

海蒙没有回话，而是盯着自己的父亲拔出了身上的宝剑。克瑞翁害怕儿子会因为未婚妻之死向自己报仇，于是急急忙忙地向后退去。谁料到这个时候，海蒙并没有将剑挥向自己的父亲，而是直接结果了自己。

克瑞翁浑浑噩噩地回到了宫殿。他的妻子欧律迪克在得知自己儿子海蒙自杀的消息后，也承受不住打击自杀了。

俄狄浦斯的后代注定是悲剧的。他的两个儿子在决斗中同归于尽，大女儿安提戈涅自尽，现在只剩下小女儿伊斯莫涅还活着。可伊斯莫涅也没有好到哪里去。她终身未婚，在孤苦伶仃中郁郁而终。就这样，这个被诅咒的不幸家族的故事到此为止了。

另外攻打底比斯的亚格斯大军的七位将领中，只有国王阿德拉斯托斯从战争中幸存下来，其他人都牺牲在了底比斯的土地上。据说在大军撤退的时候，阿德拉斯托斯侥幸从底比斯人的追击中逃脱，一路跑到了雅典。后来他为阵亡的英雄们举行了盛大的纪念仪式。

在这些牺牲的人中，有一个英雄叫提丢斯。他的儿子狄奥墨得斯在后来的特洛伊之战中大显身手，不过那是另一个故事了。

七英雄远征底比斯的战争结束多年以后，当年那些牺牲在战场上的英雄的后代也逐渐长大。这些新生力量决定再次远征底比斯，以洗刷父辈们的耻辱。他们一共有八个人，分别是预言家安菲阿拉俄斯的儿子阿尔克迈翁和安菲罗科斯、老国王阿德拉斯托斯的儿子埃葵阿勒俄斯、底比斯王子波吕尼克斯的儿子忒耳珊特罗斯、提丢斯的儿子狄奥墨得斯、帕耳忒诺派俄斯的儿子普洛马科斯、卡帕纽斯的儿子斯特涅罗斯和墨喀斯透斯的儿子欧律阿罗斯。

尚活在人世的老国王阿德拉斯托斯是第一次底比斯远征中唯一的幸存将领。他自然也主动请缨，参加了这次远征。可由于年事已高，他不再担任大军的统帅。

众人一致推举预言家安菲阿拉俄斯的儿子阿尔克迈翁担任远征军统帅。因为在这八个将领中，阿尔克迈翁智勇双全，能力最为优秀。可是阿尔克迈翁却一再推辞，说什么也不担任全军统帅。于是众人便前往阿波罗神庙祈求神谕，让上天帮助他们选出一个合适的统帅。

神谕也告诉他们最合适的统帅就是阿尔克迈翁。既然上天都这么说了，阿尔克迈翁也不好推辞。不过在此之前，他还有一块心病没有解决。

大家一定记得他的父亲预言家安菲阿拉俄斯当年极力反对远征，并且预言了他们的惨败。安菲阿拉俄斯当时也给阿尔克迈翁留下一条遗命，那就是如果他遭遇不幸，希望儿子阿尔克迈翁能替自己报仇杀了母亲。虽然这条遗命阿尔克迈翁谨遵在心，却迟迟没有动手。他不确定这样匆匆继承老一辈的遗志，成为统帅远征底比斯，是否冒犯自己故去的父亲。于是他也偷偷在神庙请求神谕，得到神谕的许可之后才安下心来。

阿尔克迈翁出任了大军统帅，并且打算征战归来后再为父亲报仇。在他的率领下，一支大军浩浩荡荡地沿着曾经的路线进军到了底比斯城下。仿佛时光又回到了多年以前。这些新一代亚格斯人围困住了底比斯城。双方围绕着城市攻防展开了激烈的战斗，战况互有胜负。

在上一次战争中，笑到最后的底比斯人占尽了风头。可是这一次，在阿尔克迈翁的指挥下，亚格斯人屡屡击败反抗的底比斯人。但不幸的是，老国王阿德拉斯托斯唯一的儿子埃葵阿勒俄斯在战斗中被底比斯人所杀。

底比斯人面对节节败退的困局，再次向多次拯救底比斯的预言家提瑞西亚斯寻求对策。这位长寿的预言家虽然已经一百岁了，但依然精神抖擞。他在了解目前的战局后，认为战争已经无法逆转局势，建议以议和作为幌子拖住亚格斯人，然后让大家偷偷撤离底比斯城。

既然连预言家提瑞西亚斯都无计可施，那么其他人更想不出来好的办法。于是大家接纳了这个对策，赶忙派使者前去议和。另一边虽然亚格斯大军占据着战争的绝对优势，付出的代价也是惨痛的。接到使者来报的阿尔克迈翁也不愿意再让自己的军队流血牺牲，于是同意和底比斯人谈判。

就这样，在你来我往的拉锯中，聪明的底比斯人带着父老乡亲逃离了底比斯城。而那位预言家提瑞西亚斯，却在逃离的路上不幸去世了。预言家提瑞西亚斯死后来到了冥王哈迪斯的地府，得到了冥王的器重。

在底比斯，阿尔克迈翁察觉到了底比斯人根本没有议和的诚意，便率领大军攻破了底比斯城。老预言家提瑞西亚斯的女儿曼托因为没有和父亲一起逃跑而落入了侵略军的手里。这些亚格斯人在出征以前曾经向阿波罗许过愿，只要他们能成功攻占底比斯城，就要把城内最高贵的战利品献祭给神。没有比伟大预言家提瑞西亚斯的女儿曼托更珍贵的祭品了。

于是，阿尔克迈翁等人将曼托带到了德尔菲神庙，将她献祭给阿波罗，做了阿波罗的女祭司。成为女祭司的曼托能力越来越强。也就是她后来将这些故事都告诉给了盲人荷马。

得胜归来的阿尔克迈翁遵照父亲的遗命处死了母亲。但这样的弑亲行径注定要被上天诅咒。不久之后阿尔克迈翁就开始发疯，直到有一天普索菲斯的国王菲盖厄斯帮助他洗涤了罪恶才恢复正常。

摆脱诅咒的阿尔克迈翁娶了国王的女儿为妻，但不久以后他的妻子就死于非命。阿尔克迈翁祈求神谕。他听从上天的劝告定居在了阿谢洛奥斯河口的一座岛上开始了新生活，并且组建了新家庭。但他还是逃脱不了命运的安排，最后死于菲盖厄斯和其儿子们之手。

ΣΥΡΑΚΟΣΙΩΝ

第八章

赫拉克勒斯

戴罪出生

赫拉克勒斯，著名的大力神，在之前阿尔戈英雄的故事中和伊阿宋等人并肩战斗过。他的父亲是宙斯，而母亲是宙斯的重孙女阿尔克墨涅。

关系似乎看起来有些复杂，这里简单梳理一下。宙斯有一个儿子叫珀尔修斯，也就是我们之前知道的那个杀死美杜莎的珀尔修斯。珀尔修斯的孙女就是阿尔克墨涅，也是底比斯将军安菲特律翁的妻子。

宙斯骗得了阿尔克墨涅的芳心后，对她许下诺言，说是珀尔修斯的第一个重孙子将来会统治整个迈锡尼。

然而，这个时候神后赫拉正在为宙斯的沾花惹草而大为火光，自然怀孕的阿尔克墨涅就撞到了枪口上。更何况宙斯和这个情人所生下来的孩子将会前途无量。

为了报复宙斯和阿尔克墨涅，赫拉便施展诡计，让珀尔修斯的另一个重孙子欧律斯透斯抢在阿尔克墨涅和宙斯的儿子赫拉克勒斯之前出生。宙斯曾经许下诺言，珀尔修斯的第一个重孙子会统治迈锡尼，可是他又没有指名道姓那个人一定是赫拉克勒斯。于是在这一天，珀尔修斯一共诞生了两个重孙子，先出生的是欧律斯透斯，而后出生的才是赫拉克勒斯。如此一来，那个统治迈锡尼的人将不再是赫拉克勒斯，而是欧律斯透斯。

《朱诺和赫拉克勒斯》
诺埃尔·科佩尔 1628—1707年

赫拉与赫拉克勒斯

当赫拉克勒斯出生的时候，阿尔克墨涅知道这个孩子是宙斯的私生子，必然会卷入纷争身处险境。于是她含泪将这个孩子放进一个篮子里，篮子上盖了些稻草，而这个篮子被她遗弃在了一个被后人称为“赫拉克勒斯田野”的地方。

不久以后，赫拉和雅典娜恰好经过这个田野。她们听到田野的角落传来婴儿的啼哭声，于是循着声音找到了躺在篮子里的小赫拉克勒斯。

赫拉和雅典娜都同情这个弃婴。赫拉甚至亲自用自己的母乳喂养这个孩子。可是小赫拉克勒斯的粗鲁举动却不小心激怒了赫拉。赫拉决定再次将他丢弃。

但雅典娜将他重新抱起，带回到附近的底比斯城，交给了将军妻子阿尔克墨涅抚养。阿尔克墨涅一眼就认出了这个女神带来的孩子就是自己不得不抛弃的儿子，一下子喜出望外，觉得这是神的旨意让自己继续拥有这个孩子。

赫拉克勒斯在吸收赫拉的乳汁之后便脱离了凡胎，获得了不死之身。而他的名字“赫拉克勒斯”也蕴含着“因为赫拉而得到荣耀建功立业”的意思。

不过很快赫拉就知道了事情的真相，原来那天在田野上遇见的那个弃婴，正是自己无比讨厌的阿尔克墨涅的儿子。她对于自己当初竟然还亲自喂养他的举动感到懊悔和愤懑，于是派出两条毒蛇潜入王宫，打算除之而后快。

但谁能想到吸收了赫拉乳汁的赫拉克勒斯已经不再是当初的那个赫拉克勒斯了。他虽然还只是婴儿，但面对咄咄逼人的毒蛇反而轻易将它们制服。

赫拉眼看这个孩子已经变得强大，便更加处处针对他，想要让他从这个世界上彻底消失。

渐渐地，赫拉克勒斯慢慢长大。他从半人马部落喀戎那里学习了各种武艺和知识，后来又在阿波罗的儿子里诺斯那里学习读书认字。赫拉克勒斯是一个不安分的孩子，根本无法安安静静坐下来读书。而他的老师里诺斯也不是一个和善的人。

有一天赫拉克勒斯忍受不了里诺斯的无端责骂，顺手抄起竖琴朝老师扔了过去，砸中了他的头。谁料这一下竟然让里诺斯当场丧命。赫拉克勒斯对于这样的结果和自己的冲动非常后悔，但一切都无法挽回。

在审判赫拉克勒斯的法庭上，为人正直且知识渊博的大法官拉达曼提斯认为里诺斯有错在先，而赫拉克勒斯是正当防卫，应当无罪释放。自此之后，一条新法律因为这件事情而颁布，那就是自卫杀死人者无罪。

被宣布无罪释放的赫拉克勒斯从法院回到了家中。他的养父安菲特律翁担心自己这个力大无比的儿子还会犯下类似的罪过，于是将他送往乡下放牛，让他远离城市，远离人群。

赫拉克勒斯对于自己被送往乡下一事满不在乎，甚至还有点自鸣得意。路上，突然出现两个女神挡住了他的去路。

“你们是谁？有何贵干？”赫拉克勒斯沉着冷静地问道。

其中一个女神说：“我们都是女神，现在我这里有一条路供你选择，如果你跟着我走，你将会得到任何你想要的东西。因为你的天生神力，你可以成就一番宏图伟业。只要你的拳头足够大，你可以让任何人屈服于你，这样，整个人间便任由你统治。”

另一个女神立马驳斥同伴的话：“赫拉克勒斯，别听她的，别相信她，别跟她走。你若是跟我走，虽然你会活得很辛苦，但是天道勤酬，你会通过自己的劳动让自己变得满足。这样的生活至少会让你感到心安理得。”

赫拉克勒斯这个时候可对什么功名利禄都没有兴趣。他想都没想就选择了后者。在得到了赫拉克勒斯的答案之后，两个女神随即消失不见了。原来她们分别是“堕落女神”和“美德女神”。

来到乡下的赫拉克勒斯面对除了放牛以外无事可做的生活感到百无聊赖。当时的希腊野兽四处出没，同时也诞生了很多平定一方的大英雄。当赫拉克勒斯得知这些人的事迹后，心中不免燃起一团熊熊烈火。他也想和那些英雄一样惩奸除恶，伸张正义。

那么，赫拉克勒斯接下来会怎么做呢？他又将面临怎样的挑战呢？

悲喜交加

在赫拉克勒斯所在牧场附近的一个地方，百姓的牲口总是无缘无故地消失，甚至连续三个晚上都丢了十二头牛。在这些牲口消失的地方，除了几摊血迹以外，还有搏斗的痕迹。究竟是谁有这么大的力气能够一下子带走这么多牛呢？

这可不是赫拉克勒斯干的，而是一头凶猛且聪明的狮子。它在那里为祸一方，经常威胁到百姓的安全。

当赫拉克勒斯听到这个消息之后，年轻气盛的他立刻决定替大家消灭这个家伙。他全副武装地赶到了那里，爬到了一座荒无人烟的山上。据说那座山就是狮子的栖息地。

那狮子看到有人靠近，立马机警地从地上爬起来。在它的脸上能够看见一条清晰的伤疤，那是它与自己的同伴争斗时留下的，我们就叫它“刀疤”吧。

刀疤见到赫拉克勒斯的身影，二话不说就扑了上去，将这个年轻的小伙子直接压在身下。眼见狮子的獠牙就要刺穿自己的脖颈，赫拉克勒斯铆足力气一拳就砸在了刀疤的脸上。刀疤哀号一声，随即从赫拉克勒斯身上躲开了。这个时候赫拉克勒斯拔出宝剑，一剑就杀死了刀疤。

在消灭狮子之后，赫拉克勒斯将狮皮剥下来披在自己的肩上，又将狮头做成了一个头盔。就在他凯旋的路上，遇上一群明叶国王埃尔基诺斯派来的使者。原来他们一行人是奉了国王之命前去底比斯收取朝贡的。

赫拉克勒斯觉得一个国家强迫另一个国家纳贡的行为与强盗无异，便拦住了这些人，将他们通通打翻在地。不仅如此，赫拉克勒斯还将这些人捆了送回明叶国。

当明叶国王埃尔基诺斯看到自己的使者被五花大绑地送回来，雷霆震怒，当即决定派出大军给底比斯人好看，还要求他们交出始作俑者。当时的底比斯国王克瑞翁十分忌惮明叶国的实力。只要能安抚埃尔基诺斯，克瑞翁愿意满足他的一切要求。

眼看敌人的大军临近底比斯，年轻气盛的赫拉克勒斯坐不住了，于是动员了一些勇敢的青年和自己组成一支队伍，准备抵抗前来报复的明叶大军。

可有一个现实的问题摆在他们面前。原来明叶国王害怕底比斯人不服自己的控制，早就收缴了一切民间武器。如今一群热血沸腾的底比斯青年聚在一起，却是赤手空拳，恐怕这样根本不是明叶大军的对手。

关键时刻，雅典娜女神出现了。她指引赫拉克勒斯来到一座神殿。在这座神殿中放置着不少底比斯先人献祭给众神的武器，正好可以为他们所用。于是赫拉克勒斯和他的战友们从神庙里取走了武器和盔甲来武装自己。

这支义勇军只是一支小队人马，而他们所面对的明叶军却是一支庞大的军团。针对这一问题，赫拉克勒斯巧妙地将他们的人布置在一处狭窄的地段，这样明叶军的人数优势就根本发挥不出来了。

两军就在这样一个地方展开了殊死搏斗。赫拉克勒斯的军队并非是孤立无援。因为后来底比斯国王克瑞翁见议和无望，也派将军安菲特律翁率领底比斯军队支援赫拉克勒斯，共同抵御暴君埃尔基诺斯。

明叶人的军队在这场战争中大败而归，就连国王埃尔基诺斯也战死沙场。另一边底比斯人同样付出了不小的代价，将军安菲特律翁就在战场上中箭身亡。

《赫拉克勒斯与阿喀琉斯战斗》
尼古拉斯·贝尔廷 1667—1736年

赫拉克勒斯在战斗

赫拉克勒斯绝不会满足仅仅是击败敌人这么简单。他率领自己的人马一鼓作气杀进了明叶城，烧毁了明叶国王的王宫。从此明叶国一蹶不振，再也不能威胁到底比斯了。

这样的局势逆转让底比斯国王克瑞翁喜出望外。他将自己的女儿墨伽拉许配给了底比斯的新英雄赫拉克勒斯。在婚礼上，诸神也为他送来了祝福和礼物。赫尔墨斯送了一把剑，阿波罗送了一把弓，赫菲斯托斯送了金箭袋，雅典娜送了一个青铜盾。除此之外，赫拉克勒斯的母亲阿尔克墨涅在丈夫牺牲后，改嫁了大法官拉达曼提斯。

这样平静的日子并没有持续多久，因为奥林匹斯山出大事了！

原来当年宙斯在泰坦之战中击败了父亲克洛诺斯所领导的泰坦势力，在胜利之后将战败的一方都送进了黑暗深渊塔尔塔洛斯中。

这些泰坦神在大地女神盖亚的煽动下冲出牢笼，率领着巨人军团开始反攻奥林匹斯山。另一边宙斯带着效忠于自己的诸神与其鏖战。但他得到了一则预言——“若是没有凡人前来参战，那么宙斯在这场战争中永远无法胜利。”

盖亚也得知此事，于是赶忙行动起来寻找破解的办法。后来她知道有一种草药可以让她的巨人军团免受凡人的伤害。

可她还是晚了一步，宙斯抢在她前面收割走了所有的这种草药，并且让雅典娜将它们交给了自己的儿子赫拉克勒斯，邀请他前来参战。

赫拉克勒斯一听到有仗打，心里非常高兴。于是他全副武装后告别自己的新婚妻子，前往奥林匹斯山援助自己的父亲。

在几番激战过后，赫拉克勒斯和诸神终于将巨人们击垮。而叛乱发起人盖亚又一次承诺不再反抗宙斯。经此一战，战功卓著的赫拉克勒斯获得了诸神的一致称赞，唯有赫拉依旧对于这个宙斯的私生子心怀芥蒂。

面对庆功宴上众神环绕的赫拉克勒斯，赫拉心中有气，但当着大家的面不好发作出来。

赫拉开始思考如何对付勇敢而强大的赫拉克勒斯。目前他已经成为众神的焦点，受到大家的尊敬，因此赫拉根本无法在明面上运用手段制裁他。不过赫拉还是想到了一个狠招，那能让赫拉克勒斯陷入痛苦之中饱受折磨。

当赫拉克勒斯回到家之后，赫拉通过法术让他陷入疯狂状态。失去了理智的赫拉克勒斯竟然一口气杀死了自己和墨伽拉所生的三个孩子。清醒后的赫拉克勒斯对于自己方才的举动感到难以置信，可一切都为时已晚。

就在他面对满地尸体痛不欲生的时候，神谕下达：“赫拉克勒斯，没想到你居然会亲手杀死自己的孩子。你的罪孽引起了诸神的愤怒。现在有一个赎罪的机会摆在你面前。只要你帮助欧律斯透斯完成任务，你的灵魂才能够得到救赎，这样才能平息大家的怒火。”

赫拉克勒斯不知道这些发生的悲剧都是赫拉一手策划的，只知道自己犯下了弥天大罪，他必须要洗清自己的罪孽。

那么又是怎样的任务在等着赫拉克勒斯呢？

危险的任务

欧律斯透斯大家应该还记得吧。他是珀耳修斯的重孙子，亚格斯的国王。当初宙斯曾经许下诺言，要让珀尔修斯的第一个重孙子成为整个迈锡尼的主宰。宙斯的本意是想将这份荣耀送给赫拉克勒斯，但命运却让欧律斯透斯占了便宜。

宙斯是神王，自然是不会轻易食言。面对这种情况，他只能哑巴吃黄连，有苦说不出。于是，欧律斯透斯顺利地登上了亚格斯的王位。

心高气傲的赫拉克勒斯一向看不起欧律斯透斯，但眼下他失手杀死了自己的孩子，按照神谕必须要为欧律斯透斯完成任务。

亚格斯国王欧律斯透斯迎接了赫拉克勒斯，这对于他来说是一个借刀杀人的好机会。于是欧律斯透斯给赫拉克勒斯安排了第一个任务，那就是让他消灭一头凶猛的巨狮尼米亚，然后剥下它的皮。

这头巨狮尼米亚并非普通的猛兽，而是巨人堤丰和半人半蛇的女怪厄喀德那所生的后代，是当年被俄狄浦斯除掉的狮身人面怪斯芬克斯的兄弟。也有传言说这头巨狮来自月亮。

总而言之，这头巨狮比赫拉克勒斯之前消灭的那头狮子要厉害得多。它肆虐在伯罗奔尼撒半岛，凶狠又无比狡猾，让当地人苦不堪忍，人们对它闻风丧胆。一批又一批的勇士前来消灭这个怪物，但是都葬身于此。

不过赫拉克勒斯可不是一般人。他轻而易举地杀死了这头为害人间的巨狮尼米亚，将它的皮剥下来，交给了国王欧律斯透斯。这可是自己儿子的丰功伟绩，于是宙斯从国王欧律斯透斯那里得到了巨狮的尸体，将它送上天空成为狮子座。

《赫拉克勒斯与狮子尼米亚》
彼得·保罗·鲁本斯 1577—1640年

赫拉克勒斯杀死巨狮尼米亚

赫拉克勒斯的平安归来并没有让国王欧律斯透斯感到吃惊。因为他知道赫尔克勒斯天生神力，一般怪物拿他无可奈何。于是很快第二个任务下达给了赫拉克勒斯，而这第二个任务就是去对付海德拉。

海德拉是一条长了九颗脑袋的大毒蛇。它虽然算不上实力出众，却拥有着一个神奇的能力，那就是再生。如果它一个头颅被砍下，还能长出两颗新的脑袋来。

赫拉克勒斯虽然清楚海德拉的本领，但是从未亲眼所见，因此对于它的能力还是半信半疑。在接到任务之后，赫拉克勒斯很快就动身出发，来到了海德拉的栖息地。

当赫拉克勒斯看见海德拉的九颗脑袋在空中摇来晃去时，感到头晕目眩。海德拉对于这个入侵者十分轻蔑。它既不躲避，也不攻击，而是挑衅般地将自己的脑袋伸了过来。

赫拉克勒斯二话不说，一剑就砍掉了那颗最大的头。海德拉的脑袋落在地上滚了几圈后消失了。接下来出现神奇的一幕，只见海德拉的脖子上又长出两个新的脑袋来。现在海德拉拥有了十颗脑袋，比刚才还多出一颗。

赫拉克勒斯彻底不知道怎么做好。他觉得要是再这么砍下去，海德拉迟早会变成一只百头怪，而自己根本无法伤它分毫。

陷入绝望的赫拉克勒斯不得不重新思考如何对付眼前的怪物。就在他苦思冥想的时候，一只大螃蟹悄悄靠近他。

原来这只大螃蟹是海德拉的朋友。它见到有人想要伤害海德拉，于是急急忙忙地赶过来。

大螃蟹蹑手蹑脚地靠近赫拉克勒斯之后，用两只大钳子狠狠地夹住了赫拉克勒斯的脚，疼得他哇哇直叫。

赫拉克勒斯自然不会放过这个不自量力的敌人。他顺手拔起旁边的一棵苍天大树就砸了上去，这只大螃蟹当场毙命。

这只大螃蟹后来被赫拉送上天空，也就是巨蟹座的由来。

海德拉眼睁睁地看着朋友在自己面前死去，怒火中烧，想要杀死赫拉克勒斯。赫拉克勒斯见状不妙立马逃走了。

赫拉克勒斯知道光靠自己的力量可能无法完成任务，于是找来了自己的朋友伊俄拉俄斯，两个人一起商讨对付海德拉的办法。

赫拉克勒斯想，既然海德拉的脑袋在消失之后才会长出新的脑袋，那么砍下的脑袋和新的脑袋之间必然存在联系。于是赫拉克勒斯心中有了办法。

他让伊俄拉俄斯在附近的森林里放了一把大火，随后赫拉克勒斯将海德拉从栖息地引了出来，就在火堆旁进行攻击。赫拉克勒斯每砍下一颗脑袋，一旁的伊俄拉俄斯就捡起被砍下的脑袋扔进大火。这样，海德拉的脑袋就再也长不出来了。

很快，海德拉的脖子上只剩下了那颗最大的脑袋。海德拉对于自己的脑袋无法再生一事感到十分惊恐，转身想逃跑。赫拉克勒斯怎么可能让它得逞，一个箭步冲上去就将它的最后一颗脑袋砍了下来。这颗脑袋被赫拉克勒斯埋在了路边，用一块巨大的石头压住。

失去了所有脑袋的海德拉还在跌跌撞撞地向前跑着。紧接着赫拉克勒斯追上了她，并且将它的身躯劈成了两半，鲜血顺着伤口流淌到地面上。赫拉克勒斯将背上的箭支浸泡进血液里，它们就变成了全天下最厉害的毒箭，中了这种毒箭的人只有死路一条。

赫拉克勒斯回到国王欧律斯透斯那里复命。接下来国王又将如何难为他呢？

失 手

国王欧律斯透斯交给赫拉克勒斯的第三个任务是让他生擒一只母鹿。这只母鹿长得很漂亮，拥有一对高贵的金色鹿角。据说这是当年狩猎女神阿尔忒弥斯抓到的最初的五只母鹿之一，最后被她亲手放生了。

这只母鹿可把赫拉克勒斯折腾得够呛。毕竟赫拉克勒斯擅长的是蛮力而不是敏捷。整整一年的时间，赫拉克勒斯都在紧随这只母鹿的身后，可就是抓不到它。

赫拉克勒斯心想，这样一直抓下去可不成，但又不能置它于死地，于是他掏出弓箭，用一支普通的箭射伤了母鹿的腿。受伤的母鹿没有跑出去多远就摔倒在了地上。赫拉克勒斯扛起母鹿朝亚格斯而去。

回去的路上，赫拉克勒斯遇上了阿尔忒弥斯和阿波罗。阿尔忒弥斯一眼就认出了他肩上的母鹿就是当初自己放生的那一只。她非常生气地责问赫拉克勒斯："你为什么要伤害这只鹿？它可是我亲手放生的。"

赫拉克勒斯做这些事情绝非本意。于是他便将事情的来龙去脉一一道来。最后他还诚恳地说："女神啊，如果我不带走这只鹿，那我就无法完成欧律斯透斯交代给我的任务了。"

阿尔忒弥斯了解到事出有因后，也就不再追究，放他回去了。

前脚赫拉克勒斯将母鹿交给了国王欧律斯透斯，后脚第四个任务就下达给了他。这次的任务是活捉一只野猪。但他要捉的野猪不是一般的野猪，而是一只有灵性且为害乡里的凶兽。欧律斯透斯想抓回这只野猪献祭给狩猎女神阿尔忒弥斯。

做任务的赫拉克勒斯

《成名的赫拉克勒斯》
塞巴斯蒂亚诺·孔卡 1680—1764年

在前往野猪所在地的时候，赫拉克勒斯顺道拜访了西勒诺斯的儿子福罗斯。福罗斯是肯陶洛斯人，与他的老师喀戎同属于半人马族群。

福罗斯热情地招待了这位半人马的学生。赫拉克勒斯面对着满桌的烤肉，却有些皱眉头。原来这顿饭光有肉却没有酒。

福罗斯发觉后哈哈大笑，告诉他自家地下室里就有一桶酒。可是正要转身的福罗斯却停住了，左右为难地说："我忽然想起一件事情，恐怕酒你是喝不成了。按照我们的传统，这酒属于所有肯陶洛斯人。要知道我们族群的大多数人都比较小气，他们是不会允许让半人马以外的人类喝属于我们的酒的。"

赫拉克勒斯却没有把福罗斯的话放在心上。而且他还向福罗斯保证道："你去拿酒吧，我们来一起畅饮。如果那群半人马敢说个'不'字，找你的麻烦，就让他们放马过来。我一定会把他们打得满地找牙。我会保护好你的。"

听到赫拉克勒斯的话，福罗斯也没有什么可顾虑的。他走进地下室，将那桶酒提了出来。要知道这桶酒可是当年酒神狄俄尼索斯亲手酿造的。

酒桶刚一打开，附近嗜酒如命的肯陶洛斯人就闻到了酒香纷纷赶来。他们看到福罗斯正在用酒招待赫拉克勒斯，一下子变得凶神恶煞，将福罗斯家团团围住，拿起武器想要找他们算账。

“福罗斯！这是大家的酒。你怎么能擅自打开招待一个外乡人呢？”

赫拉克勒斯听见动静之后从屋子里走了出来，看见这群气势汹汹的半人马之后，满不在乎地说道：“好酒就是用来喝的。用来招待我这个客人不是挺好的。”

赫拉克勒斯的话激怒了肯陶洛斯人。他们紧紧攥着手中的武器，将这个口出狂言的家伙困在其中。似乎一场恶战不可避免。

但这些半人马根本不是赫拉克勒斯的对手。在赫拉克勒斯的攻势下，肯陶洛斯人很快就溃败而逃。赫拉克勒斯一向是斩草除根，一直将这群讨人厌的半人马追到了伯罗奔尼撒半岛。落荒而逃的半人马无处可去，全都跑到了喀戎那里。

喀戎看到自己狼狈不堪的族人前来避难，也知道是自己曾经教过的学生赫拉克勒斯在追击他们，于是亲自热情地迎接了这群族人。赫拉克勒斯一路追得有些烦躁。他看见这群人都躲进了一个院子，想都没想，从背后拿出弓箭，射出了一支浸泡过海德拉血液的毒箭。说巧不巧，这支毒箭掠过一个个肯陶洛斯人的手臂，直接击中了喀戎的膝盖。

赫拉克勒斯听到一个熟悉的叫声。他赶紧闯进院子里，发现自己的恩师喀戎中箭倒在地上。赫拉克勒斯对于自己的冲动非常后悔。他知道自己的恩师命不久矣，于是跪在他面前哭诉道：“老师，我对不起你。我真该死，我怎么能做出这样愚蠢的事情！”

喀戎并没有责怪赫拉克勒斯，反而还开口安慰道：“不碍事的，一点小伤而已。”

《阿喀琉斯的教育》
欧仁·德拉科瓦罗 1798—1863年

赫拉克勒斯欲言又止。在经过几番心里挣扎后他决定说出实情："老师，这支毒箭经过海德拉的血浸泡，世间没有解药。"

喀戎盯着赫拉克勒斯，显得波澜不惊。他意味深长地缓缓开口道："如果是这样的话，或许我的死亡就是命中注定的。"

"老师，我一定想办法救你。老师，我去求求诸神，一定会有办法的。"

就在这时，众神的使者赫尔墨斯突然出现。他来到赫拉克勒斯身旁安慰道："放心吧，喀戎。在很早之前，伟大的神王宙斯就赐予了你不死之身。"

赫尔墨斯的话让赫拉克勒斯听了很是欣慰。他知道自己的老师不会因为自己的莽撞而死去了。

"不过也别高兴得太早。"赫尔墨斯似乎还有后话，"虽然喀戎有不死之身，可是他伤口带来的痛苦却是抹消不掉的。也就是说，这毒箭带来的痛苦将伴随他终生。"

赫拉克勒斯脸上的笑容荡然无存。他更加内疚地看着自己的老师喀戎。

赫尔墨斯对喀戎说："不过这里有一个办法可以帮你解脱这种痛苦。"

赫拉克勒斯仔细倾听。只要能挽救自己的过错，就算是上刀山下火海他也愿意。

“赫拉克勒斯，宙斯已经安排一切，你要想帮助你的老师，就要前往高加索山。那里将是喀戎的最终归宿。”

赫尔墨斯说完这些话就消失不见了。赫拉克勒斯紧紧握住喀戎的手保证道：“老师，你就放心吧，我这就去高加索山，为你寻找解脱痛苦的办法。”

喀戎对赫拉克勒斯自然是放心。见多识广的他也知道高加索山意味着什么。他似乎已经预见到了自己的未来。

“孩子，我大概知道我命运的结局会是什么样子，不过，你就放心大胆地去吧。你要知道，那里是神为我安排的最终归宿。”

告别了恩师后，赫拉克勒斯立即动身前往高加索山，不过在此之前，赫拉克勒斯要先回到福罗斯的家里与他告别。

谁料到赫拉克勒斯回到福罗斯家中，看到的却是一具尸体。原来当时赫拉克勒斯在屋外与前来找麻烦的肯陶洛斯人发生冲突，而福罗斯就躲在家里。他被射进来的箭头误伤到，就这样死去了。

赫拉克勒斯怀着悲痛的心情埋葬了福罗斯。据说在墓地旁边有一座山，后人为了纪念这个半人马，将山取名为“福罗斯山”。

眼下生擒野猪的任务只能暂且搁置，赫拉克勒斯一门心思前往高加索山。

在到达高加索山后，赫拉克勒斯见到一只雄鹰在天空盘旋，时不时朝着一处悬崖俯冲下去，只听到一声撕心裂肺的惨叫，雄鹰又腾空而起，继续在上空飞旋。

赫拉克勒斯拉弓搭箭，精准地射向了雄鹰。雄鹰应声中箭，从高高的悬崖上空坠落下去。赫拉克勒斯好奇地来到悬崖附近，才看到一个人被困在悬崖上。他明白这个在这里受难的人是谁了，就是人们口口相传的普罗米修斯。大家都知道，普罗米修斯为了人类盗取天火，因此得罪了宙斯以及众神，被罚在此受罪，接受永生永世的折磨和惩罚。

赫拉克勒斯见此情景自然是要出手相救。

《赫拉克勒斯救下普罗米修斯》
尼古拉斯·贝尔廷 1667—1736年

赫拉克勒斯营救普罗米修斯

“普罗米修斯，我这就救你出来！”赫拉克勒斯拔出宝剑挥向捆绑着普罗米修斯的铁链，但是剑刃被那铁链弹了回来。

赫拉克勒斯从不轻言放弃。他挥舞着宝剑继续朝铁链砸去，终于将铁链砸出一道裂痕。要知道赫拉克勒斯力大无穷，他用手一拉，竟然将铁链扯成两截。

赫拉克勒斯将普罗米修斯从悬崖上救下来，感慨道：“我早就听说过你的故事了，没想到居然在高加索山上遇见你。现在我将那可恶的雄鹰射死了，也把困住你的铁链砍断了。现在你自由了。”

普罗米修斯点了点头感谢道：“谢谢你，小英雄。不过神王宙斯能够洞察一切。他是不会轻易放过我的。”

“没事儿，这一点你不用担心。宙斯是我的父亲，我会恳求他原谅你的。”

话音刚落，天空顿时被望不到尽头的乌云所笼罩。普罗米修斯惊恐地望向天空说道：“不好，没想到他这么快就发现了。”

果不其然，宙斯随着一道闪电从乌云中现身。他对普罗米修斯说：“普罗米修斯，这么多年了你还不承认自己的错误吗？”

“我愿意将天火送给人类。我甘愿为此承担一切责任。”

“事到如今，你还是这么嘴硬。”

“父亲！”赫拉克勒斯开口恳求道，“普罗米修斯已经承受了这么多年的惩罚了，现在，他应该获得自由了！”

“他犯下的罪过罪无可恕，岂是有限的时间可以相抵的？”

“父亲，可是如果没有人类，这普天之下又有谁能尊敬奥林匹斯山的诸神呢？又有谁能勤勤恳恳地献祭给你们礼物呢？”

宙斯点了点头说道：“这么一说倒也是，你说的很有道理。”

“父亲，那你现在可以放过普罗米修斯了吧。就算他有罪，他也已经承受过如此痛苦的惩罚了。”

宙斯看着被赫拉克勒斯斩断的铁链说道：“我可以给普罗米修斯自由。不过，我在之前对他下达的惩罚，是让他在这里一直困到天荒地老，直到世界的终结。我不能违背自己当初的命令。所以如果你想要他走，就必须有一个人替代他。”

赫拉克勒斯陷入沉默。他知道能够替代普罗米修斯继续接受惩罚的只有自己。就在这个时候，从山下缓缓走上来一个人。

“孩子，你已经付出的够多了。接下来的事情让我来接手吧。”

赫拉克勒斯回头一看，发现说话的人正是自己的老师喀戎。

喀戎面对宙斯请求道：“宙斯，这是我的宿命，让我来替代普罗米修斯吧。”

普罗米修斯肯定不会让别人来代替自己受难。他婉言谢绝道：“谢谢你们，但这是我的事情。没有人可以替我承担。我还是继续待在这里吧。只要人类能够幸福，我就心满意足了。”

喀戎回道：“这不是你一个人的事情。这是所有人类的事情。你已经为人类付出太多了。我们不能眼睁睁地看着你一个人受苦。这也是我的宿命。如果不能替换你，我承受的痛苦也是永生的。请成全我吧。”

宙斯也说道：“普罗米修斯，喀戎替代你在这里受苦，也是命运早就安排好的。”

既然宙斯也这么说，普罗米修斯也不好推脱。于是普罗米修斯获得了自由，而喀戎留在悬崖那里代替普罗米修斯继续承受惩罚。后来宙斯为了纪念喀戎这位德高望重的人类老师，将他送上天空，成为射手座。

不管怎么样，赫拉克勒斯还要继续完成自己的任务。

艰巨的挑战

离开高加索山后，赫拉克勒斯在当地人的指引下找到了野猪出没的地方。他大胆地钻进野猪林，试图将那只凶兽引出来。没过一会儿，一只硕大的野猪挺着两颗锋利的獠牙从树丛中杀出，朝赫拉克勒斯这边冲来。

赫拉克勒斯沉着应对。他先是一个躲闪躲开野猪的冲撞，然后铆足力气抓住野猪的前肢将它举了起来，狠狠地砸在了地上。

聪明的野猪立刻明白自己的对手拥有着自己无法抗衡的力量，于是赶忙溜走。赫拉克勒斯见状也急忙追上去。就像当年追逐阿尔忒弥斯的母鹿一样，这一次，赫拉克勒斯一直将它追到了雪地里。

野猪虽然厉害，但再也跑不动了。赫拉克勒斯来到趴在地上喘气的野猪前，用右手砍向野猪的头颈。野猪哀号一声之后随即晕死了过去。

赫拉克勒斯顺利地将野猪扛到了国王欧律斯透斯面前。第五个任务也马上跟着下达。这个任务看起来轻松，其实却是一件侮辱人的苦差事。赫拉克勒斯需要在一天之内将奥格阿斯所有的牛棚打扫干净。

奥格阿斯是波塞冬的儿子，也是埃利斯的国王，他也跟随伊阿宋参加了阿尔戈英雄的征程。这是一个富裕的国度，拥有着大量的牲畜。据说一个牛棚里就饲养着三千多头牛。因此牛棚里的环境可以说是脏乱差，到处堆积着臭烘烘的牛粪。

赫拉克勒斯来到埃利斯见到了国王。他说自己愿意为国王在一天之内打扫完所有牛棚，但并没有说明这是欧律斯透斯派给他的任务。

奥格阿斯上下打量着身前这个魁梧的勇士。他不敢相信这个人会不顾自己的身份而甘愿做仆人都不愿意做的事情。当然他也好奇这个勇士将如何在一天之内打扫完所有肮脏的牛棚。

于是奥格阿斯说："勇士，我欣赏你的勇气。要知道在一天之内就打扫完我的牛棚，是一件根本不可能做到的事情。想必你一定有自己的过人之处。很好很好，如果真如你所说，你可以在一天之内打扫完我的牛棚，我就重重地奖赏你，愿意把我十分之一的牛送给你。

赫拉克勒斯只想完成任务，没想到还有意外收获，自然是欣然接受了这个条件。他让国王奥格阿斯跟随自己作为见证人。

赫拉克勒斯在研究牛棚附近的情况后，有了一个大胆的想法。他在牛棚旁边挖了一条沟，将附近的河水引来，利用河水洗刷牛棚，把里面所有的污秽之物通通带走。

就这样，赫拉克勒斯在极短的时间里不费吹灰之力完成了任务。

但是就在赫拉克勒斯挖沟引水的时候，国王奥格阿斯从手下那里得知，原来这个勇士并不是自愿前来打扫牛棚，而是奉了欧律斯透斯的命令。他决定赖账，否认自己之前的承诺，不打算给赫拉克勒斯任何报酬。

赫拉克勒斯对于这件事情非常生气，一纸诉状将奥格阿斯告上法庭。奥格阿斯正直的儿子在法官审理案件时出庭作证，宣称自己的父亲曾经做出过承诺，答应要重赏赫拉克勒斯。

奥格阿斯没想到自己的儿子居然背叛自己，于是一怒之下将赫拉克勒斯和那个不争气的儿子驱逐出境。

赫拉克勒斯倒不是很介意被驱逐，因为他已经完成了任务，而那些化为泡影的牛不过是意外惊喜。但那个一同被驱逐出来的王子可就倒霉了，他成为四处漂泊的流浪者。

第五个任务并不是终点，紧接着的是第六个任务。而第六个任务是让赫拉克勒斯前往阿尔卡迪亚地区对付一种怪鸟。这怪鸟是一种身形巨大的猛禽，鸟嘴和爪子都很锐利，十分厉害。更可怕的是，它的羽毛就像箭支一样坚硬，发射出来可以射穿一切盾牌，当地人没有一个是它的对手。

赫拉克勒斯赶到目的地后，发现那些怪鸟正在树林间飞来飞去，根本无法用弓箭射下它们。就在他无计可施的时候，雅典娜又登场来帮助他了。

“赫拉克勒斯，我知道你遇到了麻烦，所以我给你送来了两面大铜钹。这是工匠之神赫菲斯托斯制作的。你用力敲击铜钹，那些怪鸟就会飞出树林。到时候你就可以用弓箭射死它们了。”

在将铜钹交给赫拉克勒斯之后，好心的雅典娜就消失了。

赫拉克勒斯有了神器，自然心里非常高兴。他爬到附近的一座小山上，然后使劲敲击铜钹。怪鸟们吓得惊慌失措，纷纷从树林中飞了出来。赫拉克勒斯趁机拿起弓箭瞄准它们。只听见“嗖嗖”两声，两只怪鸟应声坠落到地面上。其余怪鸟见状赶忙逃窜，永远地离开了这个地区，听说它们一直飞到遥远的阿瑞迪亚岛，再也不敢回来了。

而第七个任务是去制服一头生活在克里特岛上的公牛，然后将其带回给欧律斯透斯。

要说这只公牛背后也有一段有意思的故事。原来克里特岛上的国王米诺斯非常尊敬海神波塞冬。他发誓要将海里出现的第一个动物当作祭品献给海神波塞冬。因为他认为在自己所统领的陆地上已经没有什么动物能够作为崇高的祭品。

波塞冬对于他的虔诚十分感动，于是他为了让国王满足自己的愿望，特地让一头健壮的公牛从海浪中冒出，让米诺斯看到。

米诺斯看到海面上居然浮现了一头公牛，觉得这是吉兆，于是命人把它带上岸。当米诺斯近距离接触到这头公牛之后，认为这头公牛绝非一般的动物，绝对是独一无二的。

远在大海中的波塞冬窥视着米诺斯的一举一动，期待着他正如他之前所说的那样将公牛献祭给自己，赞美自己的伟大。

然而，事实却无情地打脸了。

米诺斯自然记得自己的承诺，可是在看见这头公牛之后又舍不得将它献给波塞冬了。怎么办呢？他想到了一个狸猫换太子的方法，偷偷将海里冒出来的公牛藏在自己的牛棚里，然后从牛棚中牵出另一头公牛替代它作为祭品。

波塞冬一眼就察觉到米诺斯献给自己的公牛不是当初自己故意放出来的那一头。他内心谴责米诺斯的不忠诚，于是让之前他放出来的那头公牛变得疯狂起来。发疯的公牛失去了理智，直接冲出米诺斯的牛棚，在克里特岛上四处践踏。

赫拉克勒斯在接到任务后，动身来到克里特岛面见了国王米诺斯，请求将疯牛带走。此时的米诺斯巴不得那头疯牛早点从自己的土地上消失，因此毫不犹豫地同意了赫拉克勒斯的请求。但是得是赫拉克勒斯亲自抓住公牛。

于是赫拉克勒斯用自己无与伦比的力量抓住了疯牛的牛角，然后纵身跳到了牛背上，将其治得服服帖帖。之后他便坐着这头公牛，回到了欧律斯透斯身边。

欧律斯透斯并不在乎这头牛是死是活，他只是想让赫拉克勒斯在任务中丧命。于是他很快就把这头公牛给放生了。这头疯牛跑到了雅典附近作恶，后来才被赫拉克勒斯的表弟忒修斯除掉。

早已起了杀心的欧律斯透斯决定加足砝码。他给赫拉克勒斯安排了一件他认为足以让赫拉克勒斯丧命的任务。这第八个艰巨的任务是让赫拉克勒斯解决一群食人马。

话说狄俄墨得斯是战神阿瑞斯的儿子，也是皮斯托纳王国的国王。这个国王生性残暴，于是养了一群彪悍的食人马。他喂养这些食人马的饲料不是一般的草料，而是不幸途经那里的外乡人。

当赫拉克勒斯一到达这个国家就被士兵们捉住了。赫拉克勒斯并没有反抗，因为只有这样他才能顺理成章地接近那些食人马。

赫拉克勒斯被带到国王面前。狄俄墨得斯见到身前这个强壮的小伙子，哈哈大笑道：“不错，一个很强壮的外乡人，比之前那帮家伙好多了。我想我的马儿一定会喜欢你的。”

随后在国王的授意下，赫拉克勒斯被士兵押解到食人马生活的地方。那里的入口有很多强壮的士兵把守着。

这正是赫拉克勒斯此行的目的。但赫拉克勒斯见到那些被铁链束缚住的兴奋的食人马，并没有先解决它们，而是轻而易举地挣脱了控制他的士兵，又将其他闻风赶来的看守们打得溃不成军。

在解决掉那些不堪一击的士兵后，赫拉克勒斯径直来到王宫，将阻拦他的王宫侍卫也给收拾干净。

此时身处王宫中的国王狄俄墨得斯对这个闯入者的行为感到惊恐。他没有想到这个外乡人居然可以摆脱士兵们的控制，直接闯入戒备森严的王宫中。

狄俄墨得斯正想逃走，却被赫拉克勒斯逮了个正着。

国王可怜兮兮地向赫拉克勒斯求饶。但赫拉克勒斯不吃那一套，而是一手拎起他，朝着食人马的地方走去。

无论狄俄墨得斯怎样哀求，赫拉克勒斯都面不改色。他一定要让这个暴君自食恶果。

国王狄俄墨得斯听见那些食人马的嘶吼声，吓得尿了裤子。可是他怎样颤抖、挣扎、哭喊，都逃脱不了赫拉克勒斯的手掌心。

最终国王被丢进了食人马的中间，很快被它们分而食之。但神奇的是，这些原本残暴的食人马见到强壮的赫拉克勒斯，纷纷变得顺从起来。原来这群食人马并非不可一世，而是只服从它们认可的强者。

赫拉克勒斯见到这些食人马已经无法构成威胁，但又不好将它们丢弃在这里不管不顾。于是赫拉克勒斯打算将它们交给欧律斯透斯。

他找来了众神使者赫尔墨斯的儿子、自己的好朋友阿伯特洛斯来帮忙。当两人马上要离开这个国家的时候，后面一支追兵赶到。原来死去国王那些最忠诚的士兵前来报仇了。

赫拉克勒斯让阿伯特洛斯带着食人马先走一步，自己去收拾那些追兵。但是等他得胜而归的时候，看到的却只是地上的一摊鲜血和散落的白骨。

原来这些食人马只服赫拉克勒斯一人。于是当赫拉克勒斯离开之后，重新疯狂起来的食人马杀死了可怜的阿伯特洛斯。

为了纪念自己的朋友，赫拉克勒斯在朋友去世的地方建立了一座阿伯特洛斯城。

这些食人马后来被欧律斯透斯献祭给了赫拉。而据说当年亚历山大大帝所乘坐的战马就是这些食人马的后裔。

欧律斯透斯见到赫拉克勒斯丝毫无损地回来了，马上给他安排了第九个任务。

国王有一个如花似玉的女儿阿特梅塔，人间的饰品已经无法衬托她的美丽。听说阿芙洛狄忒拥有一条迷人的腰带，只要穿戴上它，就会成为世界上最有魅力的女人。于是欧律斯透斯想要得到阿芙洛狄忒的腰带。但从神灵手中强取豪夺显然是不可能的。但他得知亚马逊女王希波吕忒也有一条类似的腰带，于是国王命令赫拉克勒斯夺取这个宝贝。

赫拉克勒斯在接到这个任务之后就立刻预感到了这将是一个艰难的征程。因为亚马逊人不好对付。光靠他一个人的力量是无法从亚马逊女王的手里得到宝贝腰带的。于是他连夜召集一群强壮的志愿者，随同他一起坐船前往亚马逊人的岛屿。

当他们穿过黑海、抵达亚马逊岛时，正巧撞见亚马逊人的女王。女王希波吕忒看到勇武的赫拉克勒斯之后，立即为之倾倒。这倒是让紧张的赫拉克勒斯松了一口气。

“你们来到我的国家有何贵干？”

赫拉克勒斯不擅长撒谎。他决定说出实情：“是这样的女王陛下。我们此行前来是为了那条属于您的腰带。”

赫拉克勒斯担心他直来直去的性格会冒犯女王，那样的话免不了一场血雨腥风。可谁料女王希波吕忒在听到赫拉克勒斯的请求后不但不生气，反而十分愿意将自己的腰带送给他。

就在一切朝着有利于赫拉克勒斯的方向发展的时候，赫拉坐不住了。她伪装成一个亚马逊女人的样子混入亚马逊人当中，借机在人群中煽风点火，声称那些外乡人来势汹汹，要劫走她们的女王。亚马逊人一听到这话，立马全副武装地来到赫拉克勒斯的营地袭击他们，为的是保卫自己的女王。

顿时喊杀声和兵器碰撞声四起，一场恶战随之而来。赫拉克勒斯的手下们纷纷倒地身亡。

赫拉克勒斯骁勇善战，面对涌来的亚马逊士兵毫不畏惧。他拔出自己的佩剑左右抵挡，杀死了很多亚马逊人的小头领，最后还生擒了亚马逊人的统帅。双方都在战斗中损失惨重。

闻讯赶来的亚马逊女王希波吕忒让双方放下了武器。于是赫拉克勒斯把亚马逊统帅放走了，而希波吕忒也将自己的腰带送给了赫拉克勒斯。

后来亚马逊人作为援军还参加了著名的特洛伊之战。

顺利得到腰带的赫拉克勒斯带着剩余的士兵回到了国王欧律斯透斯身边。国王欧律斯透斯不等他休息，又立刻安排了第十个任务，那就是派他牵回革律翁的牛群。

革律翁是何许人也？赫拉克勒斯这一次是否会遇到前所未有的危险呢？

劲　敌

革律翁是巨人克律萨俄耳的儿子。他也是一个巨人，高大如山，长了三头六臂，勇猛过人，至今没有人能够从他手上活着回去。不仅如此，革律翁还有着三个同样力大无比的儿子。而这三个儿子每个人都统帅着一支强大的军队。

欧律斯透斯恨不得把他所知道的所有厉害家伙都塞给赫拉克勒斯去对付，为的就是让赫拉克勒斯早一天丧命。欧律斯透斯认为这次赫拉克勒斯必死无疑。因为赫拉克勒斯经过之前的一系列任务已经疲惫不堪，而且在巨人革律翁的栖息之地除了难以对付的巨人外，还存在另外一个可怕的妖怪。

赫拉克勒斯在毫不犹豫地接受任务之后，就开始招兵买马，等聚集完一支强大的军队，便登船前往巨人所在的伊比利亚半岛。

靠岸的赫拉克勒斯集结大军浩浩荡荡地朝半岛深处进发。但是当地的百姓却告诉他们另一个怪物的存在。那就是安泰俄斯。这个安泰俄斯是波塞冬和盖亚的孩子，嗜血成性。他会和每一个看见他的人决斗。只要被安泰俄斯盯上的人毫无意外都会被他杀死。

赫拉克勒斯早就从老师喀戎的口中听说过安泰俄斯的大名。喀戎还特意叮嘱过他，千万不要和安泰俄斯交手，否则会死无葬身之地。

赫拉克勒斯终于遇到了一个让他忌惮的对手。但是他作为一个英雄绝对不能选择逃避，也不能让其他士兵白白送死。于是赫拉克勒斯让其他人暂且扎营于此，而自己独自一个人前去单挑安泰俄斯。

一直怀有惩奸除恶壮志的赫拉克勒斯上路了。他自认为自己不是一个滥杀无辜的人，只有那些做了坏事的人才会成为他的敌人。安泰俄斯并不在他的任务目标之列，但是如果放任他，那么伊比利亚半岛的人们就会接二连三地死在安泰俄斯的手里。这是赫拉克勒斯绝对不能容忍的。

安泰俄斯见到一个表面平静的人居然主动来挑战自己，觉得有些吃惊和好奇。他威胁道："你这个不知天高地厚的小子，马上就会和其他人一样死去。"

于是两个人赤手空拳地扭打在一起。赫拉克勒斯发现对手的攻击并没有他预想的那么厉害，反而比他之前对付过的那些敌人都弱小。但很快赫拉克勒斯察觉到了安泰俄斯的过人之处。原来无论赫拉克勒斯将安泰俄斯打倒在地多少次，他都能从地上迅速爬起，毫发无伤地继续投入战斗，就像刚刚什么事都没发生一样。

渐渐地，赫拉克勒斯觉得自己有些体力不支。他这才意识到当年老师的一席话并非是危言耸听。但赫拉克勒斯不是那种束手待毙的人。他把自己的目光锁定在安泰俄斯身上，试图找出他身上的弱点。

安泰俄斯得意扬扬地叫嚣道："小子，你已经死到临头了。"

赫拉克勒斯的语气变得可怜："我从未遇到过这么强大的对手，如果我真死在你手里，那也算是死得其所了。"

"你已经没有跪地求饶的机会了。说说吧，你临死之前还有什么遗言。"

《赫拉克勒斯与安泰俄斯决斗》
路易 · 查尔斯 · 奥古斯特 · 库德 1790—1873年

赫拉克勒斯与安泰俄斯搏斗

“想不到我赫拉克勒斯天不怕地不怕，如今却栽在你的手里。我想知道你为什么这么厉害？”

安泰俄斯让自己的得意冲昏了头脑，居然将自己的秘密告诉给了赫拉克勒斯：“看你快死的分上，我就偷偷告诉你。我是大地女神盖亚的儿子。只要我不离开地面，就能从大地上源源不断地汲取力量。所以你根本没有胜算。”

得知了安泰俄斯的弱点之后，赫拉克勒斯用尽全身力气将安泰俄斯从地上单手举了起来，同时用另一只拳头狠狠地砸向他。

安泰俄斯没想到自己露出了破绽，顿时傻了眼，甚至不惜向赫拉克勒斯求饶。但赫拉克勒斯怎么会轻易饶过他，又是几拳下去，生生地把他打死了。

消灭了安泰俄斯的赫拉克勒斯没有继续率领军队前进，而是先将周围那些危害百姓的怪物凶兽统统消灭干净。

在一切都清除完毕后，大军朝着革律翁的国家进发。革律翁的三个儿子听说此事后，各自率领着自己的精锐部队待在城门口严阵以待，等着赫拉克勒斯军队的到来。

赫拉克勒斯并没有率领大军与他们正面交锋，一个人单枪匹马分别杀死了革律翁的三个儿子。这些士兵看到统帅毙命之后纷纷开城门投降。赫拉克勒斯便占领了这些原本属于革律翁三个儿子的土地。赫拉克勒斯的目标并不是革律翁，而是他的牛群。于是赫拉克勒斯率领大军连夜开进到革律翁圈养牛群的地方，消灭了在那里看守的恶狗和守卫，将牛群全部带走了。

革律翁自然是雷霆震怒。他亲率自己强大的军队追上了赫拉克勒斯，并且与他展开一场激战。这个时候赫拉也前来助革律翁一臂之力。赫拉克勒斯注意到了突然出现的赫拉，觉得她才是最大的威胁，毫不客气地用弓箭射向赫拉的胸口。赫拉在情急之中慌忙逃走了。

失去了神灵的助战，巨人革律翁敌不过赫拉克勒斯。纵使他有三头六臂，也死于英雄的剑下。

解决掉革律翁的赫拉克勒斯带着庞大的牛群回到了欧律斯透斯身边。国王欧律斯透斯见到凯旋的赫拉克勒斯感到吃惊不已，他没想到这个人居然真的能活着回来。他原本以为就算革律翁不是他的对手，伊比利亚半道上那个让人闻风丧胆的安泰俄斯也会要了他的命。

欧律斯透斯只好说：“接下来还有一个任务在等着你。”

但赫拉克勒斯已经被无穷无尽的任务烦透了。他回应道：“到底还有多少任务？”

“我保证，这将是你最后一个任务。”

欧律斯透斯的第十一个任务，就是让赫拉克勒斯前去帮他摘取金苹果。话说当年宙斯和赫拉大婚的时候，众神都送上了礼物，大地女神盖亚也不例外。她从西海岸带来了一棵枝叶茂盛的大树，上面结满了金苹果。赫拉在得到这个礼物后非常高兴，将它栽在了一个秘密的地方，又派了夜神统称为赫斯珀里得斯的三个女儿和一只名为拉冬的怪物在那里看守。拉冬是提丰和厄喀德那所生的怪物，长了一百个头，而且从来不睡觉。当它走动的时候，地面上就会发出震耳欲聋的响声。

欧律斯透斯之所以向赫拉克勒斯保证这是他的最后一个任务，是因为他相信赫拉克勒斯一定会命丧于此。

这个任务首先面临的最大问题就是没人知道赫拉将那棵金苹果树种在了什么地方。于是赫拉克勒斯首先要做的就是找出金苹果树的位置。

那么赫拉克勒斯又是如何找到金苹果的呢？他能否完成自己的任务？

金苹果

前路茫茫，赫拉克勒斯也不知道任务的目的地在哪儿，他只能漫无目的地寻找，四处打听。

他先是来到了色萨利。那里住着一个名叫忒耳默罗斯的巨人。据说这个巨人长了一颗坚硬无比的脑袋。而他最喜欢做的事情就是拦住路过的行人和他们头对头相撞，直到把对方砸出脑浆。

而赫拉克勒斯就不幸遇到了忒耳默罗斯。但赫拉克勒斯却非一般人，在双方头对头的相撞后，不但赫拉克勒斯的脑浆没有出来，反而忒耳默罗斯被自己的把戏害死了。

赫拉克勒斯继续上路。他在路边遇到了一个名叫库克诺斯的怪物。

在希腊神话中有两个人叫库克诺斯。这里遇到的是战神阿瑞斯的儿子。而另一个是波塞冬的儿子，拥有刀枪不入的身躯，会在特洛伊之战的故事中登场。

赫拉克勒斯询问道："你知道藏有金苹果的赫斯珀里得斯圣园在哪里吗？"

库克诺斯傲慢地回道："我不知道。就算我知道也不告诉你。"

赫拉克勒斯摇了摇头，没有继续理睬这个粗鲁的家伙。可库克诺斯却叫住了他，非要和他决一死战。

赫拉克勒斯心想这天底下怎么会有人有这样奇怪的要求，于是一拳将这个不自量力的家伙打死了。

就在赫拉克勒斯要离开的时候，战神阿瑞斯怒气冲冲地出现了，对他说：“你竟然敢杀死我的儿子！”

赫拉克勒斯对此感到吃惊：“我不知道他是你的儿子，不然的话我会放过他。”

赫拉克勒斯的解释并没有平息阿瑞斯的怒火。于是战神阿瑞斯拿起手中的武器就想让赫拉克勒斯偿命。赫拉克勒斯见状不得不迎战。就在二人兵刃相交的时候，一道天雷将他们二人劈开。原来是宙斯不愿意看到自己的儿子们自相残杀。

战神阿瑞斯得到了父亲的诫命，放弃了复仇的念头，自行离去了。

逃过一劫的赫拉克勒斯终于在海神涅柔斯那里得知了金苹果所在的位置。他一路狂奔，朝自己的目的地而去。

但是途经利比亚和埃及的交界处时，他被当地的国王、波塞冬的儿子波西列斯抓了起来。原来多年以前，波西列斯的国家连续九年都是大旱。国王面对这样的天灾毫无办法。这个时候一个来自塞浦路斯的预言家站了出来，对他说道：“只要每年向宙斯献祭一个外乡人，灾情自然就会消失。”

波西列斯心想有道理，于是把这个预言家抓了作为第一个献祭给宙斯的外乡人。此后，这个国王越杀越上瘾，干脆就把所有的外乡人都给杀了。倒霉的赫拉克勒斯正巧撞到了枪口上。

赫拉克勒斯被押送到圣坛前准备献祭。他怎么可能乖乖坐以待毙。赫拉克勒斯利用自己强大的力量挣脱了身上的绳索，将波西列斯连同他的儿子和祭司杀个一干二净。自此以后，这个国家便再也没有出现过干旱的情况了。

继续上路的赫拉克勒斯遇见了老朋友普罗米修斯。普罗米修斯在得知了他的任务后郑重嘱托道：“据说看守金苹果的是一只非常厉害的巨龙，而且从不合眼。你此行恐怕是凶多吉少。”

赫拉克勒斯见普罗米修斯都这样说了，连忙问道：“那你有什么好办法吗？”

“去找阿特拉斯，我想他有办法帮助你。我看不如就让他替你去取金苹果，你就不用亲自前往了。”

赫拉克勒斯与金苹果

《赫拉克勒斯与花园女神》
米歇尔·罗卡 1671—1751年

“那太好了！可问题是阿特拉斯在哪儿呢？”

“他正被宙斯惩罚扛天空呢。”

在赫拉克勒斯得知阿特拉斯扛天空的位置后，动身来到了世界尽头。他在那里看到一个巨人百无聊赖地举着天空。

“陌生人，你来这里干什么？”

“阿特拉斯，我有事情需要你帮忙。”随后，赫拉克勒斯将想请他帮自己取金苹果的事情告诉了他。

阿特拉斯当然愿意换个地方，干什么都可以。可是他要是离开就没有人继续扛天空受罚了。于是他无奈地回道：“可以是可以。但是我现在的样子根本无法脱身帮你。”

“这事情好办，你把这活儿交给我，放心去取金苹果吧。”

阿特拉斯打量着眼前的赫拉克勒斯，有些迟疑地说：“你？我怕你承受不了这样的重量。”

“放心吧，我力气大着呢。”

阿特拉斯将信将疑，他尝试把扛天空的任务交给赫拉克勒斯。眼见赫拉克勒斯轻松无比地举起了天空，阿特拉斯也就放心了。

舒活一番筋骨之后，阿特拉斯动身出发帮赫拉克勒斯取金苹果。他顺手从天上摘下几颗星星，然后来到藏有金苹果的圣林，将手里的星星再扔到天空上，让它们相互撞击发出美妙的音乐声。

看守金苹果的巨龙抵挡不住音乐的催眠，依次合上了它的一百双眼睛。顿时鼾声四起。

在巨龙失去抵抗力之后，阿特拉斯就用手中的宝剑杀死了它，然后他又骗过看守在这里的仙女，成功取下三颗金苹果带回给赫拉克勒斯。

阿特拉斯在习惯了自由之后反而不想再继续接受扛天空的惩罚。于是他把三颗金苹果按照约定放在赫拉克勒斯脚边，笑嘻嘻地说道："我已经帮你拿来了。不过感谢你还给我自由。我已经受够了这种滋味！"

赫拉克勒斯自然对阿特拉斯的做法感到愤怒。但是他现在身不由己，根本拿眼前的阿特拉斯毫无办法。赫拉克勒斯心生一计，在阿特拉斯将要转身离开的时候叫住了他："等等，我还有话说。我只希望你在临走之前帮我一个小忙。要知道我这一举不知道要举到何年何月。为了能让我舒服点，我希望你能去找来软垫子垫在我的手上。如果我因为手部不舒服而一不小心让天空掉下来，想必宙斯会非常生气。”

阿特拉斯最害怕宙斯，当年的泰坦之战宙斯给他的内心留下了不可磨灭的阴影。他心想赫拉克勒斯说的话有道理，于是答应帮他找来垫子。

这个时候赫拉克勒斯借机说道:“我知道哪里有适合我的垫子，不如你先替我举一会儿，我找到之后马上就回来。”

阿特拉斯一时头脑短路，居然真从赫拉克勒斯手中接过天空。但等到他明白过来时已经来不及了。

赫拉克勒斯带着金苹果顺利归来。国王欧律斯透斯对于他又一次活着回来而感到懊恼。他根本不想要什么金苹果，他只想要赫拉克勒斯送命。

后来，金苹果被欧律斯透斯赏赐给了赫拉克勒斯。赫拉克勒斯则将它们献祭给了雅典娜。经过雅典娜之手，金苹果又回到了熟悉的圣林中。

由于国王欧律斯透斯之前对赫拉克勒斯保证过，这将是最后一个任务，他也不好意思再给赫拉克勒斯派遣新的任务，估计也没有什么能够威胁到他的任务了。更让欧律斯透斯生气的是，赫拉克勒斯在做任务的途中积累了大量的威望和声誉，已经被大多数人所敬仰。

那么欧律斯透斯会心甘情愿地放过赫拉克勒斯吗？

结　局

过了几天，国王欧律斯透斯还是把赫拉克勒斯叫来说道：“兄弟，我再给你布置最后一个任务吧。”

“上次不是说已经是最后一个任务了吗？”

这个时候欧律斯透斯已经顾不得什么颜面了。他无论如何都要赫拉克勒斯死。

“这次真的是最后一个任务。我向宙斯发誓。”

经过再三考虑后，赫拉克勒斯回应道：“好吧，我最后再帮你完成一次任务。再有其他任务那就不关我的事了，我想我已经赎清了自己的罪恶。”

国王欧律斯透斯心中窃喜。他坚信这一次赫拉克勒斯绝对不可能再活着回来了。

为什么他如此有底气呢？原来这最后一个任务，是让赫拉克勒斯前往冥府，将那三头犬刻耳柏洛斯带回来。

刻耳柏洛斯是生活在冥府的三头犬，嘴里含有毒液，下身长着一条龙尾，而头上和背后的毛仔细一看竟然全是毒蛇。

赫拉克勒斯在听到欧律斯透斯的请求后，丝毫没有畏惧，满口答应了下来。

为了准备这次可怕的冒险，赫拉克勒斯来到了阿提卡地区，咨询了当地的祭司。因为这里的祭司非常精通前往冥府的秘密之道。赫拉克勒斯先是在一座神圣的祭坛下面洗刷了杀害肯陶洛斯人的罪孽，而后由祭司传授秘术，获得了前往冥府的神秘力量。

在亡灵的带领下，赫拉克勒斯来到了深渊，抵达冥王哈迪斯之城。

刚一走进城门，他就听见一个熟悉的声音在呼唤他。赫拉克勒斯转身一看，发现声音的源头居然是忒修斯。在忒修斯的身边还有他的朋友庇里托俄斯。

问起缘由，忒修斯有些不好意思，但还是把来龙去脉都告诉给了赫拉克勒斯。原来他们两个人来到冥府是为了抢夺冥后珀耳塞福涅。没想到他们居然被困在这里回不去了。

听了忒修斯的一席话后，赫拉克勒斯信誓旦旦地向他们保证，自己会带他们出去。已经通晓穿梭阴阳两界方法的赫拉克勒斯顺利地将忒修斯带回到了人间，可是他无论如何也无法将庇里托俄斯带回去。

到最后就连庇里托俄斯自己也放弃了，他相信自己想要抢走冥后已经惹怒了诸神，这一切都是命运的安排。

赫拉克勒斯继续深入冥府。他遇见了这里的主人冥王哈迪斯。不等哈迪斯开口，赫拉克勒斯先声夺人，一箭射过去直接击中了哈迪斯的肩膀，痛得他哇哇直叫。

哈迪斯没有拒绝赫拉克勒斯的要求，同意他带走三头犬刻耳柏洛斯。

赫拉克勒斯继续向前，很快就见到了他的目标刻耳柏洛斯。赫拉克勒斯此时已经无人能敌。他不费吹灰之力就降伏了三头犬，将它带离了冥府。

当三头犬出现在欧律斯透斯面前时，他根本无法相信自己的眼睛。他没想到赫拉克勒斯已经拥有了穿梭阴阳两界的能力。

刻耳柏洛斯根本不是欧律斯透斯能够驯服的生物，于是他将三头犬还给了冥王哈迪斯。而他自己也彻底放弃与赫拉克勒斯对抗，因为这个世界上已经没有任何能够威胁到这位大力士的东西了。

在完成欧律斯透斯交代给他的任务后，赫拉克勒斯终于重新获得了自由。随后赫拉克勒斯进攻特洛伊城，杀死了当地的国王拉俄墨冬，并拐走了国王的妹妹赫西俄涅，将她转手送给了自己的兄弟忒拉蒙，这也为之后帕里斯远征希腊埋下了伏笔。

到故事的最后，按照宙斯的意志，赫拉克勒斯成功晋位奥林匹斯山的诸神中。赫拉也与他达成和解，将青春女神赫柏许配给了他。

赫拉克勒斯的故事到此完结，那么我们该聊聊有关他表兄弟忒修斯的故事了。

ΣΥΡΑΚΟΣΙΩΝ

第九章

忒修斯

私生子

埃勾斯是雅典的国王，虽然他贵为国王，但一直以来都有一个心头病，那就是没有生出一个儿子。与他截然相反的是，他的兄弟帕拉斯却有50个儿子。而且，这位兄弟一直窥伺着哥哥的王位。这就使得埃勾斯更是惶恐不安。

要是再这么下去，等到埃勾斯年老之后，恐怕雅典国王的位置也会落到帕拉斯和他子孙们的手上。

于是，埃勾斯瞒着妻子，偷偷去和别的女人幽会，希望能有一个儿子。当他将这个想法告诉给朋友特洛曾国王庇透斯的时候，庇透斯若有所思。

原来他曾经得到了一条神谕，说他的女儿将来不会有公开的婚姻，但会生出一个非常优秀的儿子。

这么一想，庇透斯便将自己的女儿埃特拉偷偷许配给了埃勾斯，尽管埃勾斯已经有家室。

埃勾斯在特洛曾消磨了一段美好时光，天天和埃特拉待在一起。但这样下去也不是办法，于是埃勾斯准备启程回雅典，并在海边与埃特拉告别。

临别时，埃勾斯将一把宝剑和一双鞋子放在海边的一块巨石下发誓道："如果真如神谕所说的那样，我们能共同孕育出一个儿子，我希望你能独自将他抚养成人，不要和别人说我是他的父亲。等到孩子长大后，你就把他带到这里，让他取出宝剑和鞋来雅典找我。"

埃特拉挥泪与情人告别，并且记住了埃勾斯的话。她回到王宫之后过了一段时间，便发现自己怀孕了。埃特拉在内心祈祷这是一个健康的儿子。最终如她所愿。埃特拉生下了一个儿子，取名“忒修斯”。

忒修斯从小就在外公庇透斯的庇护下长大。对于人们询问这个孩子的身世，埃特拉总是含糊其词。到最后庇透斯干脆对外声称，忒修斯的父亲是海神波塞冬。

波塞冬是特洛曾的保护神。当大家知道国王的女儿生下了波塞冬的儿子后，都非常高兴。

日子一天天过去，忒修斯逐渐长大。他不仅英俊潇洒，十分有头脑，还勇武过人。

埃特拉觉得是时候告诉儿子真相了。她把忒修斯带到了当年的海边，准备告诉他他的真实身份。

“孩子，其实你并不是海神波塞冬的儿子。你的外公这样说是为了保护你。”

“那我的父亲是谁呢？”

“他是雅典国王埃勾斯。”

随后，埃特拉让忒修斯将一块岩石抱起来。忒修斯二话不说，不费吹灰之力就将巨大的岩石抱起。岩石离开地面之后，底下冒出了一把宝剑和一双鞋子。

“孩子，这是你父亲当年临走前留下的信物。你带上它，去雅典找你的父亲吧。”

忒修斯穿上了鞋子，觉得很合脚，而后拔出宝剑，随手挥了挥，发现这也是一把绝世宝剑。

他和母亲一起回到了王宫进行简单的准备，然后就出发去雅典了。

《忒修斯和埃特拉》
洛朗·德·拉·海尔 1606—1656年

埃特拉让忒修斯找到信物

尽管外公庇透斯和埃特拉坚持让他走海路，因为那样是最快到达雅典的路线，但年轻气盛的忒修斯却立马回绝了这一建议。他希望和自己的表哥赫拉克勒斯一样冒险，成为一个顶天立地的大英雄。

外公庇透斯见劝说不成，只好依从他自己的想法，毕竟神谕会保佑他的。

辞别了外公和母亲后，忒修斯带上一把宝剑就上路了。一路上，他风餐露宿，也有很多敌人在等着他。

他第一个遇到的是大盗佩里福特斯。这个人的武器是一根巨大无比的铁棒，一言不合就会把路人打成肉饼。他是一个极其可恶的家伙。

当忒修斯来到埃比道罗斯地区的时候，佩里福特斯突然从路旁杀出，将忒修斯拦在面前。

忒修斯面对这个强盗一点都不害怕，还说道："我劝你早些离开，不然我就对你不客气了。"

佩里福特斯作威作福惯了，心想这个人好大的口气，便打算给这个细皮嫩肉的家伙一点颜色瞧瞧。他抡起手中的铁棒就朝忒修斯砸去。忒修斯一个后空翻躲开，那铁棒落到了地面上砸出了一个大坑。

忒修斯迅速冲上去跳起来对着他就是一剑。佩里福特斯见势不妙，赶忙用铁棒来格挡。没等佩里福特斯反应过来，宝剑已经插进了他的胸膛。

就这样佩里福特斯倒地身亡。而忒修斯将他的铁棒作为战利品带走了。

之后的日子里，忒修斯来到了科任托斯，又遇到了一个难以对付的家伙。

这个人名叫辛尼斯，是真的海神波塞冬的儿子，力大无比，双手能同时将两棵松树拔起来。他将过路的行人绑在大树的树枝和树干上，猛地弹动大树，那行人便当场殒命。

当辛尼斯见到忒修斯的时候，也准备如法炮制。但忒修斯却毫不畏惧，与辛尼斯大战三百回合，最后用之前缴获来的铁棒打死了他。

就在辛尼斯倒地之时，旁边传来一个女孩的尖叫声。这个女孩被发现后忙躲进森林里向诸神祷告。

忒修斯对她说道："别害怕，那个坏家伙已经死了。没有人能伤害你。"

谁料到那个女孩哽咽地回道："刚刚被你打死的是我的父亲。"

忒修斯没想到这样一个凶神恶煞的坏人竟然还有如此美貌的女儿。女孩毕竟是无辜的。他顿时心生怜悯。

"你的父亲作恶多端被我打死了，以后你就跟着我吧，我会好好照顾你的。你叫什么名字？"

"珀里吉娜。"

"珀里吉娜，我是雅典国王的儿子忒修斯。"

就这样，孤苦伶仃的珀里吉娜随着忒修斯生活了一段时间。忒修斯为她找了一个合适的丈夫，将她嫁给了俄卡利亚的国王欧律托斯的儿子达埃阿宇斯为妻。

在安顿好小女孩后，忒修斯继续朝雅典前进。

当忒修斯抵达克罗米的时候，一头凶猛的野猪横冲直撞，朝着忒修斯奔来。忒修斯躲闪不及被撞倒了，手里的武器都落到了一旁。眼见野猪再次向自己冲锋，忒修斯用双手钳制住了野猪的两颗獠牙，将它按在地上，然后又把它举起来重重摔死。

而后在到达科林斯的边界时，忒修斯又遇到了一个奇怪的大盗。这个人名叫斯喀戎。有人说他是珀罗普斯的儿子，有人说他是波塞冬的儿子。他每抓到一个外乡人，就会强迫这个人为自己洗脚。而在洗脚的时候，他会飞出一脚将可怜的外乡人踢进大海里淹死。

忒修斯遇到这样奇怪的家伙，又会发生怎样的故事呢？

雅　典

斯喀戎看到忒修斯朝他这边走来，便将自己的右脚伸向一旁的岩石上大喝道：“喂，那边的小伙子，你过来给我洗一下脚。”

忒修斯觉得莫名其妙：“你不会自己洗吗？”

“我让你洗你就洗，不然别怪我不客气。”

“我要是不洗呢？”

斯喀戎对忒修斯非常生气。他抡起拳头就朝忒修斯砸去。忒修斯看对方赤手空拳，便也没有掏出武器，而是空手接住他的拳头。没想到斯喀戎的力道特别大，居然还逼得忒修斯连退几步。

忒修斯心想和他硬拼不行，于是敏捷地绕到了斯喀戎背后，将他的双手反扭过来。斯喀戎对这一招毫无防备，他疼得直接求饶。

忒修斯没有松手，反而加大力度。斯喀戎都快哭出来了。

“求求你饶了我吧！”

忒修斯冷冷地回应道：“饶了你可以，不过你得答应我一个要求。”

“别说一个，一百个都行。”

“不用那么多，你只答应我一个就好，那就是帮我洗脚。”

趁着斯喀戎为他洗脚的工夫，忒修斯将他一脚踢飞。而斯喀戎直接落到了大海中。他虽然是波塞冬之子，但居然不会游泳，于是便淹死了。

这里已经距离雅典城不远了，忒修斯在收拾完斯喀戎之后，加快了自己的步伐。他盼着早一天和自己的父王团聚。

可就在他即将到达雅典的时候，听说有一个厉害的家伙在四处为非作歹。这个家伙名叫科尔库翁，生性好斗，强迫每个遇到他的人和他决斗，如果输了就会被他杀死。忒修斯本来不用理睬他，但得知附近的村民们深受其害后，便打算站出来为民除害，于是向科尔库翁发起了挑战。

科尔库翁并没有把忒修斯放在眼里。他先发制人，拎起一根棍子就朝忒修斯冲来。忒修斯用铁棒挡住了他的棍子，然后迅速抽出宝剑捅进了他的腹部。

科尔库翁都没有料到他的敌人居然会有这么快的行动速度，很快重伤身亡。

在除掉最后一个坏人后，忒修斯终于来到了朝思暮想的雅典城。

但此时的雅典城已经陷入一片混乱之中。大街上所有人都相互忌惮，谁也不相信谁。原来前阵子雅典城来了一个人，那就是我们的老朋友美狄亚。相信看过之前阿尔戈英雄故事的朋友们都知道，美狄亚在被伊阿宋抛弃后，为了报复他居然把和他生下的孩子全给杀了。之后美狄亚就离开了底比斯来到了雅典，并且答应雅典的老国王帮助他恢复青春，由此得到了雅典国王埃勾斯的信任及宠爱。

当美狄亚知道忒修斯来到雅典后，她清楚这个人未来与雅典王位之间的关系，那样会动摇自己在雅典城中的地位。于是美狄亚想到了一个办法。她蛊惑老国王说："我听说最近雅典城来了一个外乡人，而这个外乡人其实是一个危险的间谍。"

老国王埃勾斯说道："那就命令卫兵把他赶出去。"

"如果仅仅赶出去，恐怕会留下祸患。我看不如干脆杀了他！"

"杀了他？也罢，一切都是为了雅典。"

"我还听说他最近会主动面见你。这可是个好机会。到时候在宴会上我们偷偷在他的饭里下毒，这样便能将他除掉了。"

于是美狄亚从怀里掏出一瓶毒药交给了国王。

"这是我亲手配制的毒药，任何人吃了都会立即毒发身亡。"

埃勾斯从美狄亚手中接过了毒药。他也不确定是否真的要下狠手。这个时候他的手下向他报告，一位年轻人在宫门外请求觐见国王。埃勾斯看了一眼美狄亚，得到了她肯定的眼神后，于是便吩咐让人准备酒席。

忒修斯在宫外等了一会儿，没想到这么快就得到允许面见国王。在宴席上，忒修斯非常高兴。他心里有很多话想跟自己的父亲说，但他还是忍住了。因为忒修斯想在宴席最后给自己的父亲一个惊喜。

可埃勾斯并不知道眼前的这个年轻人其实就是自己分别多年的儿子。他为这个人送上了事先准备的毒酒。而美狄亚在一旁盼望着忒修斯尽快将毒酒喝完。

忒修斯端起酒杯正要喝，但他看见了桌子上的一大块烤肉，心里又有了别的想法。他想用当年的信物宝剑来切肉，好吸引自己父王的注意力。

当忒修斯拿起宝剑的时候，埃勾斯立马注意到了那件信物，忙问道："年轻人，你这个宝剑有什么来历？"

忒修斯装作一副惊讶的样子答道："这是我母亲给我的。"

埃勾斯心道"不好"，连忙将忒修斯那杯还没来得及喝的毒酒扔在地上，仔仔细细地询问了眼前这个年轻人。忒修斯心中大喜，也一一对答如流。埃勾斯确认忒修斯就是神谕中上天赐给自己的儿子。他激动地将忒修斯抱在怀里。

就这样，埃勾斯和忒修斯父子相认了。同时美狄亚的诡计也真相败露。她被老国王赶出了雅典。美狄亚离开了雅典之后无路可去，便打算回到自己的祖国科尔喀斯。恰逢自己的弟弟篡夺了自己父亲埃厄忒斯的王位，美狄亚与父亲化解嫌隙，并帮助他重新夺回了王位。

老国王郑重地向雅典人昭告他儿子忒修斯的存在。在大家听说了忒修斯的事迹后，都非常爱戴这个英雄。

忒修斯顺理成章地恢复身份地位，成为雅典王子，也就是雅典王位的继承者。但这使得他叔叔帕拉斯的国王美梦破灭。而帕拉斯的儿子们也都幻想着有朝一日能成为雅典的主人。于是帕拉斯父子联合起来想要暗杀这个半路杀出的王子。

帕拉斯的50个儿子商量之后，决定在忒修斯的必经之路上设下埋伏，准备袭击他。到时候只要忒修斯进了他们的伏击圈，插翅也难飞。

可没想到他们的手下里有人将这个阴谋泄露给了忒修斯。忒修斯恼羞成怒，决定先发制人，突袭这群想要置他于死地的敌人。

帕拉斯的50个孩子正在为计划的一些细枝末节争论不休时，忒修斯拍马赶到。他三下五除二，将这些毫无防备的堂兄弟杀个一干二净。但忒修斯的手下却告诉他，他这样做势必会引发雅典人的反感，毕竟没有人知道帕拉斯的孩子们想要暗害忒修斯。

“那事已至此，我该怎么做呢？”忒修斯清楚自己在雅典城的地位还没有稳固下来。

“事到如今，只有一个办法，那就是转移注意力。在我们附近的马拉松平原上有一头凶恶的野牛，大家深受其苦。如果你能够将它除掉，那大家热议的便是你英雄般的功绩。”

忒修斯觉得有道理，于是拿起武器来到了马拉松平原。这头马拉松平原上的野牛本来已经被当初做任务的赫拉克勒斯降服了，但后来欧律斯透斯命令将它放生。死性不改的野牛便来到阿提卡地区继续肆意妄为。

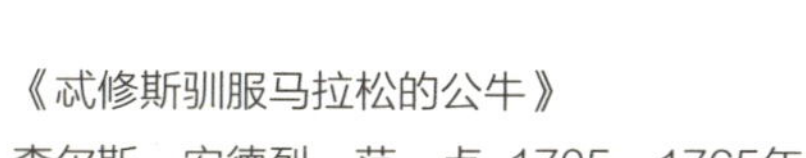

《忒修斯驯服马拉松的公牛》

查尔斯·安德烈·范·卢 1705—1765年

忒修斯驯服野牛

可这头野牛并不是忒修斯的对手。他轻而易举地擒住了野牛并且将它带回了雅典城。愤怒的市民们宰了这头野牛，并且把它献祭给了阿波罗。这使得忒修斯更加受到爱戴和尊重。而他杀死亲人的消息很快就被这些声音所淹没。

不久之后，一群来自克里特岛的使者拜访王宫，要求雅典国王埃勾斯尽快交出贡品。这又是怎么回事儿呢？

死亡迷宫

原来呀，克里特国王米诺斯的儿子叫安德罗格俄斯，在阿提卡地区被杀害了。米诺斯得知儿子的死讯后非常愤怒，扬言要兴兵报仇。恰逢当时天降灾难，阿提卡地区遭到了旱灾和瘟疫。很快这里就变成了一片荒无人烟的土地。

雅典人苦不堪言，于是请求阿波罗相助。阿波罗下达神谕："只要雅典人能够平息米诺斯的怒火，取得他的宽恕，那么这里的灾难也会随之消散。"

于是雅典人与米诺斯谈判。最终米诺斯要求，雅典人每年送七对童男童女给克里特作为贡品，那么米诺斯便会宽恕雅典人。而这些贡品则会被米诺斯关进著名的米诺斯迷宫，送给那个半人半牛的怪物弥诺陶洛斯。

雅典人别无选择，只好答应了米诺斯的请求。这一次克里特使者前来，已经到了第三次交贡品的时候了。

使者的到来给雅典城上空蒙上一层阴霾，引得人人自危。因为谁也不愿意将自己的孩子作为贡品送出去。随后市民们的恐惧转变为对统治者的愤怒。他们指责是国王埃勾斯给雅典人带来了灾难。私生子可以继承王位，但普通人的孩子却要被送出去任人宰割。

忒修斯对于大家的传言十分痛心。于是他来到广场上宣布："我会前往克里特岛消灭那个吃人的怪物。这一次我会作为贡品一同前往，请大家相信，我一定会带着孩子们平安归来的。"

当国王埃勾斯得知儿子的决定后，立即跑来劝他打消这个念头。因为他只有这么一个宝贝儿子。但忒修斯却态度坚决，他还向自己的父王保证一定会消灭怪物平安归来。

国王埃勾斯没有办法，只好同意自己儿子的决定。他在前往克里特岛的船只临走前将白帆交给了舵手，并且嘱咐道："以往前往克里特岛的船挂着的都是黑帆。现在我交给你一面白帆，如果我儿子得胜归来，大老远就能看见这个喜讯。如果只剩下水手们回来，那还是挂起黑帆吧。"

《忒修斯和阿里阿德涅在迷宫前》
理查德 · 韦斯托尔 1765—1836年

阿里阿德涅帮助忒修斯

在与埃勾斯辞别后，忒修斯一行人来到了克里特岛。他被带到了国王米诺斯的面前。这个英俊帅气的小伙子立马俘获了公主阿里阿德涅的芳心。于是趁忒修斯还没被送进迷宫之前，阿里阿德涅偷偷溜到忒修斯身前向他表白，还送给了他一个线团，并且嘱咐道："米诺斯迷宫九死一生，很少有人能够活着出来。我无法阻止父王的疯狂举动。不过你将这个线团的一端绑在迷宫入口，一端留在自己身上。倘若你能够顺利杀死里面的怪物，就能够沿着这个线团出来了。”

阿里阿德涅还不放心，又送给了忒修斯一把利剑。

第二天，米诺斯将一行人带到了迷宫的入口处，随后离开了。在进入迷宫之后，忒修斯便吩咐其他人留在原地，等他杀死怪物归来再来找他们。

忒修斯绑好线团，拔出利剑独自朝阴森的迷宫深处前进。他遇到了那个吃人的怪物弥诺陶洛斯。经过一番战斗，忒修斯用剑刺死了怪物。

在成功消灭怪物后，忒修斯按照线团的指示带着孩子们走出了迷宫。不等国王米诺斯发觉，忒修斯匆忙带领其他人上船。这个时候他们中多了一个人。原来国王的女儿阿里阿德涅也打算跟着他们一同离开。不仅如此，为了帮助他们成功逃离，阿里阿德涅还顺路凿沉了其他船只。如此倘若米诺斯发觉，追兵也无法赶上他们。

众人在扬帆起航后松了一口气。可是当他们途经迪亚岛过夜的时候，忒修斯做了一个奇怪的梦。他梦见酒神狄俄尼索斯在梦中告诉自己，酒神早已经和阿里阿德涅订下婚约。如果他不留下阿里阿德涅，那么酒神就会降下灾难。

忒修斯被这个梦吓了一大跳。他虽然喜欢阿里阿德涅，但也是一个极其虔诚的人，便下令将阿里阿德涅留在迪亚岛上。而酒神狄俄尼索斯将阿里阿德涅带走了。

失去了阿里阿德涅后，船上的大家都感到士气低沉。就连舵手也忘了将船上的黑帆换成白帆。在船只即将抵达雅典的时候，国王埃勾斯远远看见了那船上挂着的黑帆，认为自己的儿子已经命丧克里特岛，于是绝望之下跳海自尽了。

后来，人们为了纪念这个国王，便将这片海称为“爱琴海”。

忒修斯登岸后，把胜利归来的好消息告诉给了雅典人。但另一个坏消息却严重地打击了他，他的父亲已经跳海去世了。

忒修斯在悲痛中隆重地埋葬了自己的父亲，然后擦干眼泪登上了雅典国王的王座。

《忒修斯与弥诺陶洛斯》
卡索尼·坎帕纳大师 1500—1525年活跃于佛罗伦萨

当时的雅典算不上一个强大的城邦，不过是众多农村包围起来的小城市。在忒修斯成为国王后，他专注发展雅典，一方面将零星的乡村组织起来，一方面训练打造了一支强大的军队。不仅如此，他还赐予穷人恩惠，赐予富人权利，制定了一部保障人民自由的宪法，创立了市议会和节假日，凝聚了所有雅典人的人心和力量。他虽贵为国王，但主动让自己的权力受到贵族议会和人民会议的制约。

简而言之，在忒修斯手上，雅典日益强盛，逐渐走上了希腊的历史舞台。

就在雅典国力蒸蒸日上的时候，一场战争突然而至。这又是怎么回事儿呢？

麻　烦

原来在出征归途上路过亚马逊岛，忒修斯受到了热情的招待。但他看上了岛上的亚马逊女王希波吕忒，于是不管女王喜不喜欢自己，便直接将她抢走了。

回到雅典后的忒修斯与希波吕忒结婚，并且很快生下了一个儿子希波吕托斯。但是另一边好战的亚马逊女人却对忒修斯抢走她们的女王非常生气，于是她们决定报复这个可恶的男人。

就在忒修斯外出离开雅典的工夫，亚马逊人突然登陆并且袭击了雅典军队。成功突袭的亚马逊人一路高歌猛进，甚至占领了雅典城。雅典城中的市民们非常害怕，都纷纷躲进了附近的城堡里。

忒修斯归来后没想到发生了这么大的事情，他沉着冷静地亲自指挥残余的雅典男人进行战斗。战斗异常惨烈，就连忒修斯的妻子亚马逊女王希波吕忒也被亚马逊人杀死了。失去了挚爱的忒修斯终于爆发。他顽强地击退了亚马逊人的进攻，还一步一步收回了失去的雅典土地。

但战况很快又处于难解难分的状态。最终双方缔结合约，选择停战。亚马逊人回到了自己的岛上。

在送走亚马逊人后，另一个故事的主角来到了雅典，那就是俄狄浦斯。俄狄浦斯在女儿安提戈涅的陪同下来到了雅典，并且得到了忒修斯的热情招待与保护。

《亚马逊之战》
彼得·保罗·鲁本斯 1577—1640年

亚马逊袭击雅典

俄狄浦斯的结局想必大家都知道了。就在俄狄浦斯一事画上句号后，一个名叫庇里托俄斯的人来到了雅典。他身强力壮，为了想和雅典国王比试比试，就故意偷走了忒修斯的几头牛。

庇里托俄斯在得知忒修斯亲自来抓自己，十分高兴，不逃也不躲避，就在原地等着忒修斯。

当见到忒修斯之后，庇里托俄斯便提出了要赤手空拳和忒修斯决斗。

忒修斯见状也欣然同意。他们两个人厮打起来，但是却没有分出胜负。经过一场酣战后，双方都佩服对方的力气。不打不相识，两个人居然还成为了好朋友。

不久之后，庇里托俄斯结婚了，他邀请忒修斯前来参加婚礼。新娘来自当地有名的好战家族。但新娘却和她家族的人不一样，长得亭亭玉立且心地十分善良。

婚宴上来了许多人，有一个名叫欧律提翁的人似乎喝多了，径直朝新娘走去。没想到他竟然一把抢过新娘，拉着她往外走。不仅如此，还有一些人也纷纷动手。原来这是欧律提翁和自己族人事先策划好的抢婚。

忒修斯立马站了出来。他怎么能容忍自己朋友的新婚妻子当着他的面被别人抢走呢。瞬间婚宴变成战场。忒修斯和庇里托俄斯齐心协力，将闹场的欧律提翁和他的族人都打跑了。

经过这件事情之后，两个人的情谊变得更加深厚。

自从希波吕忒死后，忒修斯就没再碰其他任何女人。他将他们的孩子希波吕托斯送到了外公的特洛曾王国。

忒修斯不知怎么对阿里阿德涅的思念越来越深。他想到阿里阿德涅在克里特岛上还有一个妹妹名叫淮德拉，想必和自己的姐姐十分相像，于是忒修斯打起了淮德拉的主意。

恰在此时，克里特的新国王丢卡利翁派使者来到了雅典请求建立同盟。虽然之前两个国家起了不少恩怨情仇，可在国与国之间，没有永远的朋友和敌人，只有永远的利益。如今雅典城已经强大，克里特如果能和雅典结盟自然是再好不过。

忒修斯自然非常愿意和克里特结盟。他还借此提出要娶国王丢卡利翁的妹妹淮德拉为妻。丢卡利翁不像他的父亲米诺斯那般残暴，也非常欣赏忒修斯，便同意了他的请求。

就这样，淮德拉来到了雅典。她跟她的姐姐阿里阿德涅一样漂亮，这让忒修斯高兴坏了。婚后，淮德拉为忒修斯生下了两个儿子阿卡玛斯和得摩丰。

可是淮德拉却害死了忒修斯的儿子希波吕托斯。原来淮德拉对自己丈夫的儿子希波吕托斯一见倾心，但希波吕托斯已经愿意将自己的一生都献给狩猎女神阿尔忒弥斯了。

阿尔忒弥斯狩猎队的规矩大家一定都还记得。那就是必须得是处女或者处子之身。于是希波吕托斯为了这一点还没有接近过任何女人。

有一次淮德拉再次见到希波吕托斯后，再也按捺不住内心的冲动，她托人向希波吕托斯传达了自己的爱意，可希波吕托斯听到消息之后却十分厌恶。

淮德拉甚至还私下找过希波吕托斯好几次，劝他起来推翻自己的父亲。但是一辈子讨厌女人的希波吕托斯怎么会听她的话呢？淮德拉等到的只有希波吕托斯义愤填膺的指责。

被拒绝的淮德拉恼羞成怒，因爱生恨。她立刻想到了报复希波吕托斯的方法，那就是牺牲自己。

当忒修斯回到王宫的时候，发现了已经上吊自缢的淮德拉。在她手中还死死攥着一封遗书，上面写道："希波吕托斯要玷污我。为了保护我的清白，我只能一死了之。"

看完遗书后的忒修斯气得浑身发抖，他立马找来了希波吕托斯。

希波吕托斯对这件事情一无所知。他没有激烈地为自己辩解，而是平静地说："父亲，我是纯洁的，没有做任何坏事。"

气头上的忒修斯根本不相信他的话，而是将遗书扔到希波吕托斯脚边，并将他驱逐出境。

希波吕托斯在了解过遗书的内容之后，选择跳河自尽以证清白。

当初替淮德拉传达爱意的那个老妇人经不住内心的煎熬，选择跪倒在忒修斯面前，把王后淮德拉与希波吕托斯之间的事如实告之。

忒修斯怎么也不会想到事情的真相竟是如此。他隆重地埋葬了自己的儿子。后来他又原谅了自己的妻子，将淮德拉也安葬了。忒修斯并不想让死去的王后有失尊严。

重新独自一人生活的忒修斯得知自己的好友庇里托俄斯的妻子也去世了。在经历这么多坎坷之后，忒修斯只希望还有女人能够安慰自己老去的心灵。

他们得知有一个美貌的姑娘名叫海伦，是宙斯和丽达的女儿，从小在她的后爸斯巴达国王达瑞尔斯的宫中长大。

忒修斯和庇里托俄斯决定前往斯巴达。在路过一座神庙的时候，他们居然在神庙里看见了和传闻中所描述的一模一样的海伦。忒修斯顿时被眼前的海伦所迷倒，于是二话不说将她抢了回去。

忒修斯赢得了海伦，但是庇里托俄斯还是单身呢。而这个庇里托俄斯居然说自己的目标是冥后珀耳塞福涅。

他们似乎是太过于自信，在冥府里吃了不少苦头。后来二人得到了赫拉克勒斯的相救，但只有忒修斯成功离开了冥府，而庇里托俄斯被惩罚永远留在了里面。

但是忒修斯回到雅典的时候，发现一切都变了天。在他不在的那段日子里，海伦的两个哥哥波吕丢克斯和卡斯托尔来到雅典要求放回自己的妹妹。恰在此时，雅典城中发生叛乱，厄瑞克透斯的孙子美纳斯透斯趁忒修斯不在篡夺了王位，并且把海伦还给了她的两个哥哥。

忒修斯面对这种情况准备武力镇压叛变。可美纳斯透斯早就团结了一切可以团结的力量。而雅典人似乎也不再那么爱戴当年带领他们走向强盛的忒修斯。

夺回王位失败的忒修斯看透了一切。他将两个儿子送走后，独自一人乘船离开了雅典，来到了斯库诺斯岛。因为那里的国王当年替忒修斯的父亲保管了一大笔留给忒修斯的财富。而忒修斯的儿子日后参加了著名的特洛伊之战。

来到岛上的忒修斯从国王那里继承了父亲的财产，准备安享晚年。但国王早已经和雅典的新国王美纳斯透斯达成了秘密协议。

国王将忒修斯带到了岛上的悬崖边，趁忒修斯不注意，猛地从后面将他推下了悬崖。

从此之后忒修斯不知所终，有人说他死了，也有人说他幸存下来去往一个没人知道的地方隐居。

篡位的美纳斯透斯死后，忒修斯的儿子重新夺回了雅典的王位。

在一千年以后希波战争的马拉松平原会战中，据说死去的忒修斯显灵，帮助希腊人击退了波斯侵略者。雅典人民这才想起当年这个带领他们走向辉煌的国王，纷纷缅怀他的功绩。

ΣΥΡΑΚΟΣΙΩΝ

第十章

特洛伊之战

预言，还是预言

话说在很久很久以前，大约是公元前14世纪，在爱琴海附近有一个萨摩利刺岛。岛上有一个国家由阿伊西翁和达耳达诺斯兄弟俩统治着。他们是宙斯与海洋女神的孩子。

阿伊西翁是一个狂妄自大的人，自以为是神的后裔就可以为所欲为。有一次阿伊西翁看上了一个美女，而这个美女不是别人，正是奥林匹斯山上的德墨忒耳。

要知道德墨忒尔可是宙斯的妻子。当宙斯知道这件事情后非常生气，也顾不得父子亲情直接用雷电劈死了他。

达耳达诺斯得知自己兄弟的死讯后非常难过，于是决定离开自己的家乡浪迹天涯，去看看外面的世界。

他穿过亚细亚大陆，来到了克里特岛的密西埃海湾。那里生活着当地土著克里特人。而国王则是米诺斯。因此，克里特人又被称为米诺斯人。

达耳达诺斯在到达克里特岛后，受到了国王的热情招待。米诺斯不仅赏赐给他一块土地，还将自己的女儿嫁给了他。

达耳达诺斯有了自己的封地和家庭后，也不想再继续流浪了，便留在了这里。后来，当地人也渐渐被称作“达尔达尼亚人”。

随着日子一天天过去，达耳达诺斯年老力衰，不久就去世了，他将自己的位子传给了儿子，后来儿子又将位子传给了孙子特洛斯。等到了特洛斯执政时期，他所统领的城邦已经变得十分强大，甚至风头都盖过了自己的主子米诺斯。

人们将特洛斯手下的达尔达尼亚人和米诺斯手下的米诺斯人统称为特洛伊人。

特洛斯死后，他的长子伊洛斯继承了王位。有一次，他到隔壁城邦夫利基阿访问。夫利基阿国王热情款待了他，并邀请他一起参加了盛大的角力比赛。伊洛斯智勇双全，最终赢得了桂冠。而胜利者的奖品是50名男孩、50名女孩和一头五彩斑斓的神牛。

伊洛斯高兴地准备将这些战利品带回去。临走时，夫利基阿国王告诉了他一条神谕："你必须在神牛躺下休息的地方修建一座城堡。"

最终神牛在特洛伊地区躺下。于是伊洛斯就遵照神谕修建了一座城堡，并得到了宙斯和雅典娜的保护。

伊洛斯死后，王位传到了拉俄墨冬的手上。拉俄墨冬是一个生性暴虐的人，尤其喜欢撒谎。

有一次拉俄墨冬想加固特洛伊的城墙，恰好这时阿波罗和波塞冬因为牵扯到奥林匹斯山的权力之争而暂时被宙斯驱逐出天庭。

这两个神被宙斯罚去帮助拉俄墨冬修建城墙，毕竟特洛伊是受到自己和女儿雅典娜保护的城市。

但阿波罗和波塞冬帮忙可不是白帮的。双方谈好报酬，签好合同，他们才开始动工。

当特洛伊城墙完工之后，阿波罗和波塞冬向城主索取应得的报酬时，拉俄墨冬耍起了无赖，拒不承认他们之间的约定，还将两个神赶出了特洛伊城。

两个人灰溜溜地回到了奥林匹斯山，把拉俄墨冬背信弃义的事情告诉给了大家。原本也是特洛伊保护神的雅典娜听说了拉俄墨冬言而无信的事情后，感到十分愤怒，从此加入到了反特洛伊的阵营中。

对诸神的愤怒毫不知情的拉俄墨冬死于大力士赫拉克勒斯之手。拉俄墨冬的儿子普利阿莫斯继位，并迎娶了隔壁王国的公主赫卡柏为第二任妻子。婚后，二人生下了儿子赫克托耳。但是在第二个儿子即将出生的时候，王后赫卡柏做了一个可怕的梦。她梦到自己生下了一支熊熊燃烧的火把，而这个火把将整个特洛伊城烧成了灰烬。

赫卡柏对于这个梦的内容非常害怕，便告诉给了她的丈夫。国王普利阿莫斯也对此不解，急忙找到了自己和前妻的儿子埃萨库斯。因为他是一名预言家。他的预言能力能够帮助自己。

听了父亲对梦境内容的陈述后，埃萨库斯平静地解释道："父亲，我的继母即将生下一个男孩。而这个弟弟将会给特洛伊城带来灾难。所以——"

埃萨库斯在此停顿，盯着自己的父亲继续说道："我建议您在他出生的时候立刻将他抛弃。"

普利阿莫斯对于儿子埃萨库斯的解释感到害怕，看来他别无选择。

不久之后，王后果然生下一个儿子。赫卡柏舍不得丢弃自己的孩子，但是在国王的劝说下，为了特洛伊她还是将孩子交给仆人阿格拉俄斯，让他把婴儿扔到荒山野岭中。

仆人阿格拉俄斯遵照国王的命令将婴儿扔在了一个野林子里。没想到在仆人走后，一只母熊注意到了在这里啼哭的婴儿，竟然把他当作自己的孩子喂养。

五天之后，当仆人回到森林里查看那个孩子的情况时，他惊讶地发现那个婴儿居然还活着，而且毫发无伤。仆人认为这是神的旨意，于是将这个孩子抱走自己抚养，取名"帕里斯"。

时间一晃而过十几年，帕里斯已经长大成人。

有一次帕里斯来到幽静的山谷中放牧。当他眺望远方的时候，忽然大地晃动，使者赫尔墨斯出现在他身前，背后还跟着三位女神——赫拉、阿芙洛狄忒以及雅典娜。

帕里斯本能地急忙向后退，但是赫尔墨斯笑着安抚他："别害怕，我们没有伤害你的意思。"

《帕里斯的裁决》
彼得·保罗·鲁本斯 1577—1640年

“那你们要做什么？”

“这里有三位女神要找你做裁判。评判一下她们当中谁最漂亮。大胆地说，神王宙斯会保你无恙。”

原来在前不久，人类英雄帕琉斯和海洋女神忒提斯举行了婚礼，众神都收到了请帖，唯独不和女神厄里斯没有收到邀请。于是她怀恨在心，决定报复这些神。

厄里斯虽然没有被邀请，但是却送上了一个金苹果，上面写着“送给最美丽的女神”。于是在场的赫拉、阿芙洛狄忒和雅典娜为此争论不休，她们都觉得自己是最美丽的女神。在宙斯的建议下，赫尔墨斯把她们带到帕里斯这里让他来评判。

赫尔墨斯简单地说明了情况，然后就留下三位女神自己走了。三位女神开始用尽手段为自己拉票。

赫拉许诺如果选她就帮助帕里斯统治最强大的国家。而雅典娜许诺送给帕里斯世间最令人羡慕的智慧。最后一个阿芙洛狄忒则告诉帕里斯，如果选她，她会把世间最漂亮的女人送给他。

年轻气盛的帕里斯哪里懂得什么权力和智慧，他毫不犹豫地认为阿芙洛狄忒是最美丽的女神。

于是阿芙洛狄忒赢得了金苹果。但是她的诺言却迟迟没有兑现。等不及的帕里斯随后娶了漂亮的俄诺涅为妻子。

有一次帕里斯听说特洛伊国王普利阿莫斯要为逝世的亲戚举办纪念比赛。他选择参加了比赛，并赢得了最后的胜利，获得了奖品和一头牛。

普利阿莫斯有一个女儿卡珊德拉也具有预言能力。在她见过帕里斯后就认出了他的身份，连忙向自己的父王报告："父亲，这个获胜的冠军就是您当年丢弃的那个婴儿。"

国王普利阿莫斯听到这个消息之后非常吃惊，但他认为他们父子二人久别重逢是天意，也顾不得什么预言，急匆匆来到帕里斯面前与儿子相认。

帕里斯摇身一变成为特洛伊的王子，和妻子过上了幸福的生活。当然我们都知道，这样平静的日子不会一直持续下去。

有一次国王普利阿莫斯在和大臣的讨论中突然失声痛哭，他想念自己的姐姐赫西俄涅了。

原来在国王普利阿莫斯小的时候，大力士赫拉克勒斯攻占过特洛伊城。这次破城不仅让自己的父亲拉俄墨冬命丧赫拉克勒斯之手，也让自己的姐姐赫西俄涅被他抢走。而转眼间赫西俄涅又被赫拉克勒斯送给了好朋友忒拉蒙为妻。

虽然赫西俄涅成为国王忒拉蒙的王后，但普利阿莫斯始终咽不下这口气。每每想到流落异乡的姐姐都忍不住失声痛哭。

帕里斯在听到父亲这段沉痛的往事后，内心的怒火被点燃。他为自己姑姑的遭遇而愤愤不平，站出来说道："父亲，如果您给我一支军队助我远征希腊，在诸神的保佑下，我一定能够带着姑姑平安归来。"

大家都相信帕里斯是万里挑一的天选之人。但国王普利阿莫斯的另一个儿子赫勒诺斯站出来表示反对。

他利用自己的预言能力告诉大家："我看到了未来，如果帕里斯从希腊带回一个女人的话，那么希腊人会将整个特洛伊踏平。我们所有人也会为这个城市陪葬。"

赫勒诺斯的弟弟特洛伊洛斯对赫勒诺斯语重心长的话不以为然。他认为自己的哥哥帕里斯的壮举将会名留青史，为万人所敬仰。

就在大家因为此事争论不休的时候，国王普利阿莫斯拍板了。他相信自己的儿子帕里斯经历过那么多不可思议的事情，又有神灵保佑，一定会凯旋。

于是普利阿莫斯召集市民们发表了动员演讲。大家在国王普利阿莫斯的煽动下纷纷支持这场战争，哪怕有些许反对声音也变得微不足道。

普利阿莫斯联络了附近的王国，希望能够争取到同盟军的力量。特洛伊的男人们纷纷加入到远征大军中，准备为国王的荣誉而战。就这样统帅帕里斯带着这支浩浩荡荡的大军朝希腊出发了。

大军抵达锡西拉岛。他们选定斯巴达为一个行动目标。

在进军斯巴达之前，帕里斯向爱神阿芙洛狄忒和狩猎女神阿尔忒弥斯的神庙献祭以祈求保佑。与此同时，特洛伊大军抵达锡西拉岛的消息在岛上传播开来。当地的国王墨涅拉奥斯刚好外出不在岛上，一切政务由王后海伦负责。

海伦是宙斯和丽达的女儿，卡斯托尔和波吕丢克斯的妹妹。年少的时候，海伦曾经被雅典国王忒修斯抢走，后来又被哥哥夺了回来，在继父斯巴达国王达瑞尔斯的宫廷中长大。

《特洛伊的海伦》
伊芙琳·德·摩根 1855—1919年

海伦

海伦生得美丽，引来了无数前来求婚的人。国王看着众多远道而来的王子，心里五味杂陈，毕竟公主只能嫁给他们其中的一个人，但是他们哪一个都不好得罪。

斯巴达国王达瑞尔斯正在为此犯难的时候，聪明的依塔克国王奥德修斯替他出了一个主意，让在场的所有求婚者都相互建立盟约，这样到时候就不会有人针对自己了。

后来，国王达瑞尔斯看中了墨涅拉奥斯作为他的女婿，并将王位给了他。这位英俊帅气的墨涅拉奥斯还有一个兄弟叫阿伽门农，是迈锡尼的国王，也算是整个希腊城邦联盟的领袖。

海伦在听说特洛伊大军抵达这里之后，便有些好奇，想亲自去看看这些人的来历。她在神庙遇见了帕里斯。而海伦的美貌深深印在了帕里斯的脑海里。帕里斯确信，这就是当初阿芙洛狄忒承诺给自己的那个美丽女人。

在海伦面前，自己姑姑的生死已经无足轻重。帕里斯于是一意孤行，带领自己的手下闯进斯巴达王宫抢走了海伦。

特洛伊大军因为这一变故失去了自己的目标，既不继续去解救赫西俄涅，也不返回特洛伊。就当帕里斯和海伦漫无目的地穿越爱琴海的时候，原本躁动的海风戛然而止。只见战船前的海浪一分为二，海神涅柔斯从海水中冒出来，对船上的帕里斯和海伦说："不祥之鸟将永远伴随在你们身边。很快，希腊大军将踏平特洛伊，不知道有多少特洛伊人会在这场战争中丧命。特洛伊人注定会被希腊人粉碎！"

说完这些可怕的预言后，海神涅柔斯随即消失了。虽然这些话让帕里斯感到恐惧，但是对于他来说，此时此刻已经没有什么比海伦更重要的事情了。

《海伦的绑架》
加文·汉密尔顿 1723—1798年

帕里斯掳走海伦

后来帕里斯带着海伦来到克拉那岛，并在岛上举行了隆重的婚礼，待到他与海伦的关系尘埃落定，再率领大军返回特洛伊城。

那么得知了自己的王后被掳走的斯巴达国王墨涅拉奥斯会怎样反击呢？

召集盟军

斯巴达国王墨涅拉奥斯得知自己的王后被帕里斯抢走后，感到怒不可遏。他立马找到了自己的哥哥、迈锡尼国王阿伽门农，将帕里斯的禽兽行径告诉给了他。阿伽门农一向正义当先，他也被帕里斯这种丑恶的行为所激怒。于是二人奔走希腊各地，邀请希腊的所有城邦共同组建盟军征讨特洛伊。并且当年海伦出嫁之前，前去求婚的王子们都定下盟约，所以维系海伦与墨涅拉奥斯的婚姻似乎成为整个希腊的责任。

海伦的两个哥哥卡斯托尔和波吕丢克斯在听到妹妹被劫走的消息后，哪里还等得了盟军集结，立即动身出海前往特洛伊。但是他们在靠近特洛伊海岸的时候不幸遭遇风暴，殒命海中。后来两个人被宙斯升到天上变成星星，成为水手们的保护神。

在阿伽门农兄弟俩的牵头下，整个希腊城邦都被调动起来。当然还有两个国王对此犹豫不决。他们是奥德修斯和阿喀琉斯。

奥德修斯虽然贵为希腊诸城邦中的一位国王，却安于在自己的地界踏踏实实过日子。他更舍不得为了一个斯巴达国王而离开自己的家乡和家庭。因此当墨涅拉奥斯前来找奥德修斯请求共同出兵的时候，奥德修斯开始装疯卖傻，甚至牵了一头驴子在田地里种盐粒。

《奥德修斯》
让-奥古斯特-多米尼克·安格尔 1780—1867年

奥德修斯

与墨涅拉奥斯一同前来的帕拉墨得斯是全希腊最有名的智者，口才也是十分了得。他十分支持希腊人远征特洛伊，为此不辞劳苦四处奔走。

帕拉墨得斯看穿了奥德修斯的拙劣伎俩，于是抱来了奥德修斯的孩子放在驴子行进的路上。奥德修斯自然是牵着驴子避开，可这样一来也就说明自己并不是真傻。

一脸尴尬的奥德修斯只好勉为其难地答应随军出征特洛伊，但是他对于这场战争的看法始终是消极和不满的。

《阿喀琉斯浸泡在冥河水里》
彼得·保罗·鲁本斯 1577—1640年

阿喀琉斯浸泡在冥河水中

另一个没有答应参战的是阿喀琉斯。

阿喀琉斯的父亲是阿尔戈英雄珀琉斯，母亲是海洋女神忒提斯。在他刚刚出生的时候，母亲忒提斯就希望他能成为超越凡人的人，于是将他带到冥河边，抓着他的脚踝将他浸泡在冥河水中。经过了神水的浸泡，阿喀琉斯的体魄自然非同寻常。但因为阿喀琉斯的脚踝没有被浸泡到，这也成为他的弱点。这也是西方谚语“阿喀琉斯之踵”的来源。

除此之外，望子成龙的忒提斯还背着自己的丈夫丧心病狂地将阿喀琉斯放在天火中灼烧，希望他能够就此脱去脆弱的肉身。幸好让珀琉斯发现了。他急忙带着自己的儿子来到了知识渊博的喀戎那里医治。

喀戎是一个全能的老师。他十分喜欢阿喀琉斯，甚至希望阿喀琉斯能够留在他这里成为他的学生。珀琉斯自然是盼望看到自己的儿子能有像喀戎一样的老师，便欣然点头同意。

当阿喀琉斯九岁的时候，预言家卡尔卡斯预言道：“远在亚细亚的特洛伊城将来会成为希腊人的猎物。但是若是没有阿喀琉斯的参加，希腊人将无法攻占特洛伊城。”

这个预言传到他的母亲忒提斯耳中。忒提斯可不希望自己的儿子参加什么特洛伊的战争命丧沙场，于是偷偷将阿喀琉斯带到斯库罗斯岛，将他打扮成女孩托付给了当地国王吕科墨得斯。

于是，阿喀琉斯便以女孩的身份在吕科墨得斯身边长大。随着日子一天天过去，阿喀琉斯长出了喉结和胡子，他将自己的秘密告诉给了和自己一起长大的公主伊达弥亚。

伊达弥亚并没有责怪阿喀琉斯，反而和他产生感情，最后两人终成眷属。

视线转回到现在，在摆平了奥德修斯后，帕拉墨得斯和墨涅拉奥斯马不停蹄地一起寻找阿喀琉斯，但始终得不到任何有关他的消息。他们于是拜访预言家卡尔卡斯，并且从他那里得知了阿喀琉斯的去向。

《奥德修斯从吕科墨得斯的女儿们中找出阿喀琉斯》
路易斯 · 高菲 1762—1801年

奥德修斯利用智谋找出阿喀琉斯

吕科墨得斯有很多女儿，而阿喀琉斯就混在其中。聪明的奥德修斯想出了找到阿喀琉斯的办法。他命令手下的士兵吹响战斗号角，伪装成一种敌人即将入侵城市的假象。

国王的女儿们被那号角声吓怕了，纷纷躲了起来，只有一个人留在原地，面不改色心不跳地拿起了武器准备迎战。结果不言自明，他就是大家寻找的阿喀琉斯。

当阿喀琉斯得知众人的来意后，表示愿意出征。就这样，希腊盟军召集完毕。这次出征的人员名单很长，在后面的故事中会一一介绍。

希腊盟军集结完毕，作为统帅的阿伽门农主持了一次战前会议。在会议上，他们决定先礼后兵，先是派出使者前往特洛伊交涉要回海伦，并让他们归还从斯巴达掳走的金银财宝。如果对方同意并表示悔过，那么双方化干戈为玉帛，也就不劳师动众了。如果对方不识抬举，那么就派遣大军征服敌人。智者帕拉墨得斯、不愿参战的奥德修斯和斯巴达国王墨涅拉奥斯被推举为谈判代表，一同前往特洛伊国王普利阿莫斯的王宫谈判。

一行人赶到了特洛伊城，城里的民众们还不知道发生了什么，原来此时此刻帕里斯和特洛伊大军仍停留在克拉那岛没有归来。

智者帕拉墨得斯当即向特洛伊人发表了演说。他义愤填膺地揭露了特洛伊王子帕里斯的罪行，以及说明他们此行前来特洛伊的正义目的。

面对帕拉墨得斯的咄咄逼人，国王普利阿莫斯的儿子难以忍受心中的怒火。但国王普利阿莫斯示意大家保持镇静。他对前来特洛伊的希腊使者们说道：“我对于你们所说的事情感到惊讶，因为这些事情我们都不知道。我所知道的是，多年以前你们的赫拉克勒斯侵占了我们的城市，杀害了我的父亲，抢走了我的姐姐。我所做的，只是派遣我的儿子帕里斯要回我的姐姐。至于他做了什么、现在在哪里我一无所知。如果他回来之后真如你们所说，并且海伦愿意回去，我们就送她回去。作为交换和礼节，你们也必须还回我的姐姐。”

国王的态度温和且有理有据，但帕拉墨得斯依然坚持他们的说法：“我们的要求没有任何前提条件作为交换。赫拉克勒斯所做的陈年往事与我们无关。而且你的姐姐与国王忒阿蒙是自愿结合的。她还在这次盟军远征中派出了自己的大儿子埃阿斯参战。不过尊敬的特洛伊国王，我相信海伦还不在特洛伊城中。但很快你那个臭名昭著的儿子会带着她回来。我奉劝你们早日做出明智的决定，不要自取灭亡。”

普利阿莫斯对于他的强硬态度感到怒不可遏，但还是装作心平气和地把他们送走了。

与此同时，希腊大军正驻扎在奥里斯港口等候使者们的消息。作为盟军统帅的阿伽门农百无聊赖，于是前去打猎消磨时光。

有一次他不小心射死了献祭给狩猎女神阿尔忒弥斯的梅花鹿，还口出不敬之语。狩猎女神阿尔忒弥斯被他的一席话激怒了，决定给这个狂妄的家伙一点颜色瞧瞧。于是她控制住了奥里斯港口的风，这样那些靠风力在海上航行的船只便都瘫痪在了港口里。

战争可能马上就要开打，出了这样的意外怎么能行？于是对此束手无策的阿伽门农心急如焚地找来了预言家卡尔卡斯，寻求解决当前困境的方法。

卡尔卡斯也陷入为难之中。他说道：“办法倒是有，不过不现实。”

阿伽门农急忙问道：“现在已经顾不上那么多了，快说说是什么办法？”

卡尔卡斯看着他说道：“你可以将自己的女儿伊菲革涅亚献祭给阿尔忒弥斯女神。如果女神宽恕我们，问题自然迎刃而解。”

思来想去，阿伽门农找不到更好的办法。他决定忍痛割爱，写信给自己的妻子，骗她自己已经决定将女儿许配给珀琉斯的儿子阿喀琉斯，让她把女儿送过来。

但信使出发没多久，阿伽门农就后悔了。他立马又派人告诉妻子千万不要将女儿送过来。

第二个信使被阿伽门农的弟弟斯巴达国王墨涅拉奥斯截获。墨涅拉奥斯担心自己的哥哥会因为私心耽误了大军的行动，在阅读阿伽门农的信后立马来到了哥

哥的营帐。

兄弟俩发生了争执。墨涅拉奥斯指责自己的哥哥因小失大，置盟军大局于不顾。而阿伽门农反唇相讥，整个希腊兴师动众不过是为了墨涅拉奥斯的女人。

就在双方谁也不服气的时候，手下来报，告诉他们阿伽门农的女儿伊菲革涅亚已经到达驻地。阿伽门农见木已成舟，于是也不打算进行任何抗争了，决定听天由命。

伊菲革涅亚来到帐中与父亲寒暄。阿伽门农的妻子感觉气氛不对劲，她很快就发现阿伽门农在欺骗她。

得知真相的伊菲革涅亚心甘情愿成为祭品，帮助远征的希腊大军。她自己孤身来到祭坛，突然消失不见。人们在她消失的地方发现一头死去的母鹿，而那少女已经回到了营帐中。

预言家卡尔卡斯高兴地说道："阿尔忒弥斯女神原谅了我们。她用母鹿替代了伊菲革涅亚。她还会保佑我们顺利进军，直到摧毁特洛伊城。"

喜出望外的阿伽门农想要把好消息告诉给自己的妻子，但是自己的妻子早已经失望地离开了驻地。

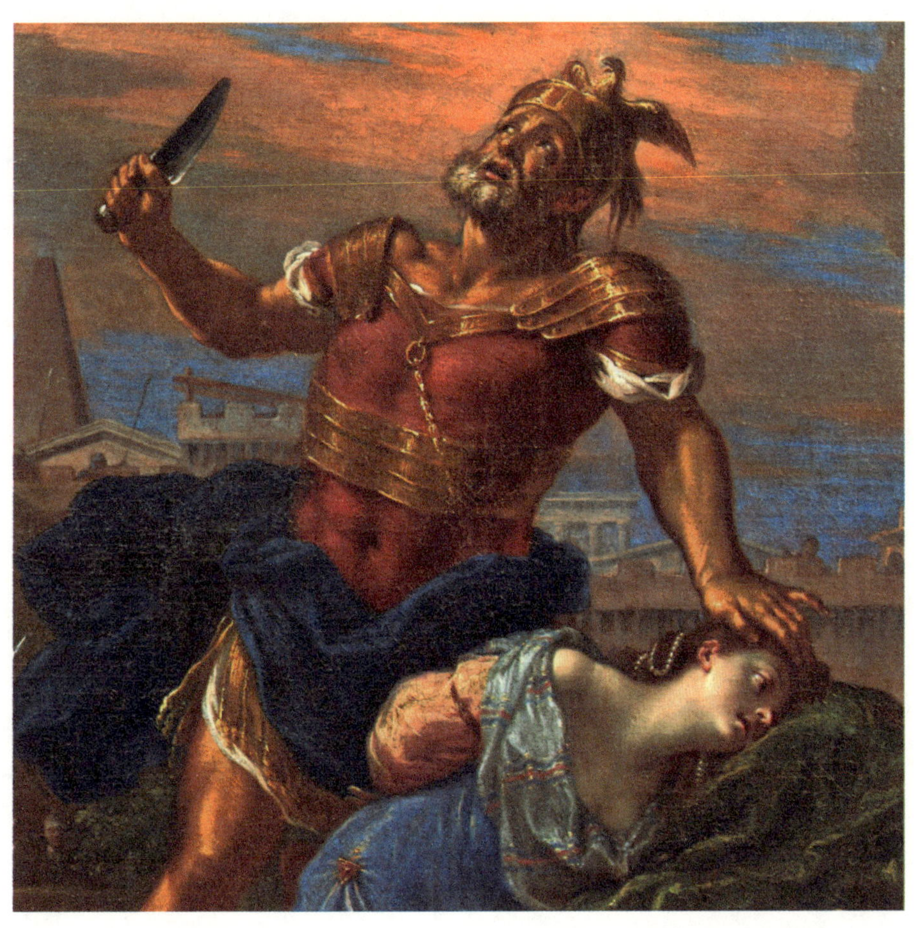

《伊菲革涅亚的牺牲》
托马斯·布兰切特 1614—1689年

阿伽门农献祭自己的女儿

大风又起，希腊大军在得到了女神的保佑后，不等使者归来，决定马上进军。

那么等待他们的又将是什么呢？

进军

希腊大军扬帆起航，很快被大风吹到了利姆诺斯岛，准备在此登岸休息。军队中的勇士菲罗克忒忒斯在岛上发现了一座废弃的祭坛。当年他跟随赫拉克勒斯和伊阿宋也参加过阿尔戈英雄的冒险之旅。而他发现的祭坛正是当年伊阿宋在途经这里时修建的。

他对于重游故地感到非常高兴，于是恭恭敬敬地准备献上祭品。可是天有不测风云，一条埋伏的毒蛇袭击了菲罗克忒忒斯。倒下的菲罗克忒忒斯被战友们抬回了船上。

菲罗克忒忒斯情况危急，伤口已经化脓，而且散发出阵阵恶臭。奥德修斯与几个人商量了一下，害怕将他留在船里会影响其他人，于是决定将他偷偷抛弃。

当天夜里，奥德修斯趁着菲罗克忒忒斯熟睡的时候将他遗弃在了这座岛上，只给他留下了一些食物让他自生自灭。

希腊大军的舰队继续前进，来到了密西埃湾。当地军队对来访的希腊人保持戒备，要求他们先派代表觐见国王。

可是自视甚高的希腊人怎么会把这些当地人的命令放在眼里。他们不光强行登陆，还拿起武器打算消灭每一个企图抵抗的士兵。

本地国王忒勒福斯得知消息后立刻动员军队抵抗希腊人的入侵。其实希腊人不知道的是，忒勒福斯也是一个希腊人。他是赫拉克勒斯和奥革的儿子，在机缘巧合之下来到了密西埃，成为国王的女婿，并且在老国王死后顺利继承了王位。

当地人与希腊大军展开了激战。希腊勇士忒耳珊得耳身先士卒，表现得最为突出。他杀死了国王忒勒福斯的战友们。国王忒勒福斯将他视为死敌，用武器将忒耳珊得耳刺倒在地。狄奥墨得斯眼看朋友面临危险，以最快的速度救下了自己的朋友。可忒耳珊得耳还是不幸战死了。大家记住这位勇敢地救下自己朋友的狄奥墨得斯，他将在之后的特洛伊战场上大显身手。

忒勒福斯的军队根本不是兵强马壮的希腊人的对手。他的兄弟被埃阿斯射死。忒勒福斯自己急忙前来救援，却也中了陷阱摔倒在地上。阿喀琉斯趁机将自己的长矛扔了过去，刺中了他的大腿。忒勒福斯忍着剧痛在随后赶来的士兵的掩护下撤退了。

因为这一天的战斗太惨烈了，第二天双方派出使者暂时休战。就在使者碰面的时候，希腊人才惊讶地发现原来对面的国王忒勒福斯也是希腊人，怪不得这里军队的战法与希腊大军雷同。

忒勒福斯是赫拉克勒斯的儿子，而在希腊联军中，其中有三个王子是赫拉克勒斯的儿子和孙子。在密西埃使者的带领下，他们来到了忒勒福斯的王宫和国王认亲。

其中一位王子特勒帕勒摩斯提议道：“你也是希腊人，不如加入我们的军队，和我们一起并肩作战出征特洛伊吧。”

忒勒福斯并不想这样做：“你们从海上来，却如此野蛮地对待我的臣民。据我所知，特洛伊的国王普利阿莫斯是一个虔诚的人，他的子女也多为品德高尚之辈。而且我的一个配偶也是他的女儿。如果你们要进攻特洛伊，我不会阻止你们，但也不会加入你们。不过看在大家都是希腊人的分上，我愿意支援你们一些粮草。”

这样的答案还算让三位前来游说的王子感到满意。于是他们返回大营将消息报告给了阿伽门农。阿喀琉斯在得知国王因为自己的长矛只能躺在床上养伤后，也觉得有些过意不去，于是让两位名医留在岛上为国王治疗。

另一边，帕里斯终于带着海伦和特洛伊大军回到了特洛伊城。当看到一个希腊女人出现在帕里斯身边时，国王普利阿莫斯意识到那些希腊人所说的可能是真的。他立即召开长老议会，商讨有关海伦的问题如何解决。

其实普利阿莫斯不知道的是，参加会议的长老们以及自己的儿子都早已经被帕里斯收买。因为在离开斯巴达的时候，帕里斯不仅带走海伦，还带走了诸多金银财宝和希腊女人。为了赢得大家的支持，他自然是不会吝惜自己的战利品。

于是在帕里斯的暗地操纵下，会议出现了一边倒的形式。最终通过的结果是，留下海伦，不能把她交给希腊人。

长老会议上通过收留海伦的决议后，国王普利阿莫斯派王后赫卡柏来到了海伦的住处，询问海伦是否是自愿跟随帕里斯离开斯巴达的。

海伦答道："我不仅仅是希腊人，也是特洛伊人。虽然当初被帕里斯抢走并不是自愿的，但我现在已经爱上了帕里斯。如果你们将我还给希腊人，恐怕我对于帕里斯这段感情是不可能得到原谅的。你们若是抛弃我，那么等待我的只有屈辱与死亡。"

说着说着，海伦声泪俱下地跪在了王后赫卡柏的面前。她那副楚楚可怜的模样立马博得了王后的同情。王后随后扶起海伦并且向她保证，特洛伊人会尽全力保护她。

此时此刻身处异乡的海伦，究竟是真的被帕里斯的魅力所俘获，还是逢场作戏谋求机会复仇？这一点我们不得而知。海伦的心思只有她自己知道。

再说那一边朝特洛伊赶来的希腊联军。他们离开密西埃王国后，成功登陆特洛伊海岸。将军们立即派出斥候探查特洛伊人的动向，发现特洛伊人那边也召集了盟友。附近许多王国都答应出兵援助特洛伊城。现在对方人多势众，士兵数量远远在渡海远征的希腊联军之上，更何况特洛伊人背后还有奥林匹斯山诸神的保佑。

特洛伊国王普利阿莫斯虽然年老力衰。但是在他身旁有50个年轻有为的儿子作为他的左膀右臂。他们各个骁勇善战。其中帕里斯的哥哥赫克托耳更是出类拔萃，身负特洛伊城统帅之重任。

就在特洛伊城上空弥漫着硝烟、大战一触即发的时候，发生了一件有意思的事情。原来之前被被阿喀琉斯的长矛射伤的密西埃国王忒勒福斯，伤口一直无法痊愈，于是他不得不祈求神谕帮助。神谕告诉他："只有刺中你的矛才能治愈你的伤口。"

忒勒福斯不明白这个神谕究竟意味着什么。于是他亲自赶上了希腊人的远征大军，请求大家集思广益为他解惑答疑。

大家也对这句莫名其妙的神谕不知如何是好。这个时候，聪明的奥德修斯认为治人必须要依靠医术，他们这些人不懂医术，必须得找专业的人来指点。于是他立刻请来了两名随军医生，向他们请教神谕的内容。

其中一个医生立刻明白了神谕的内容。他向大家解释道："这句话的意思是，我们得将刺中国王忒勒福斯的长矛找出来，将上面的铁屑刮下涂在伤口处。"

忒勒福斯立马照做，果然起到了效果。没过多久忒勒福斯的伤口就愈合了，就仿佛从来没有受过伤一样。忒勒福斯再三感谢众人的帮助，但是他还是不能插手希腊人与特洛伊人的战事。因为他打心底不愿意看到希腊人和特洛伊人之间爆发战争。

在忒勒福斯离开特洛伊海岸后，特洛伊忽然城门大开，一群士兵在赫克托耳的带领下从城门鱼贯杀出，朝希腊联军大营扑来。希腊人没有预料到这场突如其来的袭击，因此被杀得措手不及。要知道特洛伊王子赫克托耳在整个特洛伊之战中都发挥出色。另一边希腊联军中传来噩耗，伊菲克洛斯的儿子被特洛伊英雄埃涅阿斯杀死，命丧战场。而他的未婚妻还没有成婚便再也见不到自己的丈夫了。

《赫克托耳的覆灭与阿喀琉斯的胜利》
安东尼奥 · 加利亚诺 1785—1824年

特洛伊人袭击希腊联军

就在这个时候，阿喀琉斯的及时加入在一定程度上扭转了希腊联军的劣势。他作战勇猛，接连杀了两个特洛伊国王普利阿莫斯的儿子。特洛伊人在战场上的优势渐渐不复存在。于是统帅赫克托耳见好就收，率领士兵们撤回到固若金汤的特洛伊城。

战事暂时停歇。双方都趁此机会将各自士兵的尸体抬回。希腊人将他们的烈士放在高大柴堆上火化，然后将他们的骨灰埋在了特洛伊海湾的一棵榆树下。

可谁料到就在希腊人稍作喘息的时候，特洛伊人再次发动了袭击。准确来说，应该是特洛伊人的盟友。

在特洛伊附近有一个科罗娜王国。科罗娜王国的国王库克诺斯是海神波塞冬的儿子。他也是特洛伊人最忠诚的盟友。

当库克诺斯看到希腊联军成功登陆特洛伊海岸之后，就集结了一支精锐部队，在还没来得及通知自己的好朋友普利阿莫斯的情况下就独自发动了突袭。

夜晚时分，希腊人在火堆旁哀悼近日在特洛伊人突袭中阵亡的希腊英雄们，突然间，附近喊杀声震天。库克诺斯已经带领着自己的精锐大军将希腊人的营地团团围住。此时部分尚在营帐和船上休息的士兵立刻被这动静惊醒，纷纷拿起武器匆忙投入到战斗中。

阿喀琉斯驾驶着战车奋勇杀敌。他注意到库克诺斯的位置后，就立马将手中的标枪朝他扔了过去。

但神奇的一幕发生了，阿喀琉斯的标枪击中库克诺斯的身体之后并没有给他造成什么实质性的伤害，反而从他身上坠落在地上。

库克诺斯注意到了阿喀琉斯，朝他狂妄地大笑道：“我是海神波塞冬之子。我的身体好比铜墙铁壁，谁也奈何不了我。”

说着，库克诺斯也将自己手中的长矛扔向阿喀琉斯。长矛虽然刺穿了阿喀琉斯的盾牌，却也没有伤害到他。

阿喀琉斯被库克诺斯狂妄的挑衅激怒了。他从战车上跳下，直接朝库克诺斯扑了过来。他将深深刺进盾牌里的长矛拔出，又扔向库克诺斯。

由于两个人都拥有强壮的金刚不坏之身，谁也奈何不了谁，寻常武器砍在身上一点效果都没有。

阿喀琉斯见到伤害不了对方，他急中生智，转过宝剑方向，用剑柄砸向库克诺斯的太阳穴。库克诺斯没想到阿喀琉斯会这样对付自己，一下子被这突如其来的一击砸得头晕目眩。出于自我保护，库克诺斯连连后退，不小心被地上的石头绊倒。这对阿喀琉斯来说是一个好机会。他立即扑到库克诺斯身上，用盾牌死死卡住库克诺斯的脖子，无论怎样对方都挣脱不了。阿喀琉斯又用身后的弓弦勒住了库克诺斯的脖子，直接将他勒死了。

国王库克诺斯突然战死沙场，这沉重地打击了科罗娜人的士气。群龙无首的他们开始溃败，疯狂逃窜。希腊联军于是乘胜追击，直至占领了科罗娜王国，并且将该城洗劫一空。

在成功粉碎科罗娜人的威胁后，希腊联军又退回到了驻扎的营地，并且加强了对特洛伊城及其盟友的警戒。

打败科罗娜人让希腊联军欢欣鼓舞。士兵们枕着胜利的喜悦入睡休息了。就当希腊人纷纷进入梦乡时，奥德修斯却独自一个人站在船上，他借着月光翻开了随身携带的莎草纸，上面醒目地记录着一个名字——帕拉墨得斯。

从特洛伊之战伊始，智者帕拉墨得斯就利用自己的智慧和口才全心全意地投入了这场战争中。他为人聪明、正直、善良，但他把不愿意参加战争的奥德修斯强行拉进了希腊联军，这让奥德修斯怀恨在心。

奥德修斯决定找机会报仇雪恨。他发动自己的全部智慧思索着如何能将帕拉墨得斯置于死地。机智的奥德修斯很快就想到了一个复仇的办法。他先是将一箱黄金偷偷放在帕拉墨得斯的私人营帐内，然后又以特洛伊国王普利阿莫斯的名义给帕拉墨得斯写信，在信中，特洛伊国王感谢帕拉墨得斯对于特洛伊城的暗中相助，并且赠送一箱黄金，聊表谢意。

这封信自然不能让奥德修斯自己送给帕拉墨得斯。他将这封信故意塞在了一个特洛伊战俘的身上。然后他装作来到战俘营审问战俘获取特洛伊的情报信息，意外发现了这封信，并且不等审判当即处死了那个俘虏。

奥德修斯对于自己计划的顺利执行乐开了花。但他明面上还是摆出一副不敢相信的模样把发现这封信的消息通知给了希腊联军的众英雄。

密信里的内容让大家都很愤怒。他们没想到自己人中居然出了内奸，而且还是看起来最为可靠的帕拉墨得斯，怪不得特洛伊盟军们接二连三地偷袭希腊军队。他们决定立即审判内奸帕拉墨得斯。

奥德修斯此时以老好人的身份登场。他一边安抚大家的怒火，一边推举统帅阿伽门农担任帕拉墨得斯间谍一案的主审官。

阿伽门农先是派人控制住智者帕拉墨得斯，然后又仔仔细细地研究了信件上的内容。

“上面提到了一箱黄金，如果真如这信上所说，那么这一箱黄金应该是存在的。”

于是奥德修斯带领搜查队奉命寻找这箱黄金的下落，并且在他的引领下，顺利从帕拉墨得斯的营帐内搜到了黄金。

智者帕拉墨得斯知道希腊联军中有人栽赃陷害自己，可是面对确凿的证据他光凭一张利嘴是无法说服所有人相信自己的。

帕拉墨得斯的智慧无力应付这场阴谋。于是在阿伽门农的裁决下，帕拉墨得斯在砸下的乱石中含冤而死。

在奥德修斯报仇雪恨除掉帕拉墨得斯后，特洛伊的战事又将走向何方呢？

战争在继续

希腊联军围攻特洛伊的战事谁能想到一直胶着地延续了好几年。在此期间，阿喀琉斯率领士兵从海路突袭，成功地攻取了特洛伊城附近的十二座城池，此外还从陆地进军攻占了十一座城池。

希腊联军中的一名将领埃阿斯率领希腊联军的舰队一直到达了色雷斯半岛。

这里的国王是波林涅斯托尔。当战争刚刚初露苗头的时候，特洛伊国王普利阿莫斯就将自己最宠爱的小儿子波吕多洛斯送到了这里，以免他受到一触即发的战事波及。不仅如此，为了感谢国王波林涅斯托尔对自己儿子的照顾，他还送给波林涅斯托尔许多黄金珠宝。

但是当埃阿斯率领希腊联军真的兵临城下的时候，对于战事一无所知的国王波林涅斯托尔从美梦中惊醒，一下子慌了神。他为求自保，直接臣服在希腊联军面前，不但犒赏远道而来的希腊联军，还献上了普利阿莫斯的儿子和之前从特洛伊那边收取的宝贝。

在阿喀琉斯和埃阿斯两方势力的双管齐下下，希腊联军虽说没有咬开特洛伊城，却连战连捷，从周围的诸多城邦中满载而归。

在战利品被大家瓜分之后，所有人都把目光放在了特洛伊国王的小儿子波吕多洛斯身上。大家一致决定，拿波吕多洛斯作为人质交换特洛伊城里受困的海伦。

希腊联军前来联络的特使被守军允许进入特洛伊城中。特使之中的斯巴达国王墨涅拉奥斯在特洛伊人的广场上谴责了帕里斯的罪行。而后，奥德修斯为他补充道：“你们国王最疼爱的儿子现在在我们手里。想想看吧，用对你们毫无意义的海伦交换回国王的儿子，是一笔多么划算的协议。想必你们都知道这几年我们希腊人在特洛伊周围的战绩了。这是最后用和平方式解决纠纷的机会。如果你们的国王拒绝我们的提议，那么我们将会用自己的武器踏平特洛伊城。你们没有必要为了一个毫不相识的女人丧命于此。”

特洛伊国王普利阿莫斯很快得知了自己小儿子波吕多洛斯被俘和希腊特使的来意。他立刻召开长老会议，讨论如何应对这紧张的局势。

要知道与会的大多数人都被帕里斯收买过。他们虽然认为帕里斯的行为是极其荒谬的，可是既然拿了别人的好处就要为别人说话，自然还是偏向帕里斯的意愿。而特洛伊大军统帅赫克托耳也站在弟弟帕里斯这边。他对大家说道：“我们都知道，海伦是自愿跟随我的弟弟帕里斯来到特洛伊的。我们对于前来投靠的人没有义务交出去。”

终于，一位年迈的老者潘托俄斯站出来，出于对特洛伊城利益的考虑表示反对：“海伦已为人妻，帕里斯却将她带回到特洛伊城，这不符合道义。更何况希腊大军近在眼前。他们攻陷了我们很多的盟友。现在特洛伊城已经孤立无援，岌岌可危，倘若我们不把海伦交出去，特洛伊城的命运可想而知。”

作为统帅的赫克托耳自然看不惯临阵退缩的做法。他又说道：“战争已经持续多年，海伦也在特洛伊城生活多年。现在把海伦交出去，岂不是宣告了我们的彻底失败？既然当初没有交出海伦，那就是抱着和希腊人决一死战的打算。”

潘托俄斯坚定地反驳道：“我们并没有在希腊人面前示弱。我们只是避免把特洛伊城带入毁灭的深渊。我的父亲曾经预言过海伦会给特洛伊城带来灾难。现在我再次警告大家，再不挽回，厄运即将降临特洛伊城。”说罢，潘托俄斯转身离开会场。他知道自己再多说别的都不会起到任何作用。

但他并不是特洛伊城中实际能够左右国王决定的重要人物。于是在赫克托耳的建议下，国王普利阿莫斯对到来的希腊特使提出了一个折中的方案——特洛伊城仍然不交出海伦，但是愿意偿还所有从斯巴达掳走的财富，同时国王也愿意让斯巴达国王墨涅拉奥斯挑选自己的一个女儿代替海伦成为王后。

希腊特使返回驻军大营。斯巴达国王墨涅拉奥斯立马愤愤不平地驳斥了特洛伊人的提议："这简直是无稽之谈！把别人的王后抢走了，然后让我再另娶一个？天下岂有这样荒谬的事情。我才不要什么特洛伊女人。"

于是阿伽门农派人把希腊这边的坚决态度通报给了特洛伊国王。特洛伊国王也对于希腊人的态度大为火光，自己已经后退一步了，又献上了自己的女儿，这希腊人怎么还不满足？

特洛伊人和希腊人的谈判再次陷入僵局，最后和谈不了了之。

作为对特洛伊人的震慑，希腊联军将特洛伊国王的小儿子波吕多洛斯带到特洛伊城边用乱石处决，并且将小王子的尸体交还给了特洛伊国王。

特洛伊国王普利阿莫斯在听闻噩耗后悲痛不已，亲自主持了小儿子的葬礼。看来特洛伊人和希腊人最后一点和平的希望也破灭了。

战争双方你来我往，谁也无法征服谁，围攻特洛伊城的战事一直持续到了第十年。大家还记得当初预言家卡尔卡斯的预言吗？这场特洛伊之战直到第十年的时候，希腊联军才会攻破特洛伊城。

阿波罗的祭司克律塞斯亲自带着金银财宝来到希腊驻军的大营，请求赎回一个女俘虏。原来祭司的女儿在战争中被阿喀琉斯俘获并且献给了阿伽门农。

在场的士兵们在听完克律塞斯声泪俱下的真挚陈述后，都觉得应该释放祭司的女儿。但是阿伽门农对祭司的女儿有意。他不愿意放这个漂亮的女俘虏走。

于是阿伽门农下令将克律塞斯赶出希腊大营。

被驱逐出来的克律塞斯没有办法，只好向自己供奉的阿波罗祈求，希望他能够惩戒这群希腊人。

在听到克律塞斯的祈求之后，阿波罗立刻动身离开了奥林匹斯山，来到了特洛伊附近希腊营地的上空。他将一支能够带来瘟疫的毒箭射向了希腊人的营地。

突如其来的瘟疫开始在希腊人之间蔓延。阿喀琉斯得到了赫拉的启示，知道这是阿波罗的怒火，于是召集大家商议如何平息阿波罗的怒火。

预言家卡尔卡斯把他所知道的真相告诉给了大家："我们的统帅阿伽门农亵渎了阿波罗的祭司。现在我们只有将祭司的女儿还给他，才能让阿波罗的怒火平息。"

阿伽门农对于卡尔卡斯把所有责任都推到自己头上的做法愤恨不已。但是思虑再三之后，他还是选择妥协。不过阿伽门农是有条件的。他将祭司的女儿还给祭司，而自己将拥有一部分不属于自己的战利品作为补偿。

正直的阿喀琉斯立即义正词言地谴责了阿伽门农的想法："阿伽门农，你还是别太贪心了，之前我们所得到的战利品已经用来犒劳将士，怎么可能再收回送到你手上。天神不可惹怒。我们还是顺从阿波罗的意思将祭司的女儿还给他吧。眼下最重要的还是早一天攻破特洛伊城。到时候战利品特洛伊城里有的是。"

阿伽门农不满地反驳道："想让我无私献出自己的战利品但是没有得到任何补偿是不可能的。就像你们现在不愿意把自己的战利品补偿给我一样。"

阿喀琉斯被阿伽门农的一席话气坏了。

"你这个自私的家伙。希腊士兵们谁还愿意听从你的号令？我来到这里战斗并不是为了自己。我与特洛伊人无怨无仇。而你，阿伽门农，你是来为自己的弟弟报仇的。我所有的战利品都是靠自己的努力打下来的。如果你不愿意为全局考虑，我想我也没有待在这里和特洛伊人耗下去的必要了！"

说罢，感觉受到侮辱的阿喀琉斯决定离开。

阿伽门农也毫不示弱地继续说道："如果你想离开那就走吧。希腊人才济济，也不缺你一个。要知道我本来就不喜欢你。你过于好斗，有时候打起仗来根本不听我这个统帅的指挥。如果你想走就立刻离开！我绝对不会挽留。而且你不是喜欢奉献吗？那好，那我就要你的女俘虏作为偿还。"

《伊利亚特故事中阿伽门农与阿喀琉斯之间的争执》
菲利斯·贾尼 1758—1823年

阿伽门农与阿喀琉斯决裂

怒气冲冲的阿喀琉斯当即想拔出宝剑杀死这个自私刻薄的阿伽门农。但是当他握紧手里的宝剑时，却听见雅典娜传声道：“你要冷静下来，别冲动杀死他，他会得到应有的惩罚的。”

阿喀琉斯独自一个人回到了自己的营帐。而另一边，阿伽门农已经命人将祭司的女儿还给了祭司。而担任此次交还重任的是奥德修斯。另外阿伽门农还派人前来带走阿喀琉斯的女俘虏美女布里塞伊斯。

前来要人的士兵害怕惹怒阿喀琉斯，迟迟不敢行动。在阿喀琉斯将一切责任都推给无耻的国王阿伽门农后，士兵们才敢带着那个女人回去复命。

对于发生的种种事情，阿喀琉斯一肚子委屈，只好向大海倾诉。他的母亲海洋女神忒提斯听到了自己儿子的抱怨，于是答应他会找宙斯帮忙。阿喀琉斯在得到了母亲的承诺后心里才好受些。

忒提斯来到了奥林匹斯山找到了神王宙斯，把阿伽门农如何羞辱他儿子的事一五一十地告诉给了神王宙斯。

神王宙斯也在犹豫，因为他知道赫拉在背后支持希腊人，如果他惩戒阿伽门农就是在和赫拉对立。于是他偷偷暗示忒提斯可以帮助自己的儿子。

但这件事情还是被赫拉知道了。面对赫拉的责问，宙斯坚决地认为别人无权干涉自己的决定。

由于阿伽门农派人将祭司的女儿还给祭司，阿波罗便消除了蔓延在希腊人中的瘟疫。

成功从瘟疫中脱险的希腊联军又将走向何方？

对决

日子一天天过去，从希腊联军离开希腊远征特洛伊算起，已经是第十个年头了。但特洛伊城在大军的围攻下丝毫没有城破的迹象。

作为统帅的阿伽门农为此发愁。他做了一个奇怪的梦，在梦醒之后立刻召集大家前来开会。原来阿伽门农认为他们被天神给欺骗了，神谕曾经预言过希腊联军征战会顺利凯旋。但现在大军却陷入进退两难的持久拉锯战中，白白牺牲了那么多人也进入不了特洛伊城。如此下去，不如登船启航，大家回到阔别已久的家乡吧。

阿伽门农的一番话勾起了将士们的思乡情。大家觉得是时候离开这个地方了。就在众人动身准备收拾东西返航的时候，一直希望希腊人击败特洛伊人的赫拉坐不住了。她立刻派雅典娜离开奥林匹斯山前往特洛伊战场探查情况，劝阻大家不要放弃对特洛伊城的进攻。

雅典娜找到了奥德修斯，并且成功说服他，让他阻止大家就这么无功而返。

于是奥德修斯对大家说道："大家不觉得我们在这里打了十年仗，就这么无功而返很不甘心吗？阿伽门农作为战争的发起人，却在此时此刻劝大家放弃战争，这不是在考验大家吗？大家都还记得吧，预言家卡尔卡斯预言过，今年我们必将攻破特洛伊城。"

于是希腊联军的将士们觉得无论如何也应该让这场旷日持久的战争分出胜

负。他们因此继续对特洛伊城展开猛烈攻击。

特洛伊王子帕里斯在战斗中跳了出来，提出单挑的要求。希腊联军中帕里斯的死敌斯巴达国王墨涅拉奥斯岂会放过这个机会？他立马站出来接受决斗。

看着斗志昂扬的墨涅拉奥斯，帕里斯内心突然涌现出一种莫名的恐惧。他有点想临阵退缩了。但在哥哥赫克托耳的鼓励下帕里斯还是决定和墨涅拉奥斯单挑。

随后赫克托耳宣布道："这场战争持续太久了，是时候画上一个句号了。接下来将由这场决斗来决定海伦的归属以及这场战争的胜负。"

对阵的双方士兵听到这个消息之后都很高兴。毕竟战争持续的实在是太久了，所有人都希望能够尽早结束战争，回归往日平静的生活。

双方在决斗前都对天神进行了祭祀。听闻这场决斗之事的海伦亲自来到墙头与特洛伊国王普利阿莫斯一同观战。

决斗即将开始，所有人都屏住呼吸，因为决斗的结果将决定战争的走向。无论如何，这场持续十年的特洛伊之战即将结束。大家都殷切期盼着和自己的家人们团聚。

只见帕里斯不慌不忙，眼疾手快，将手中的长矛扔了出去。墨涅拉奥斯急忙用盾牌挡住了帕里斯的进攻。很快，墨涅拉奥斯也举起手中的长矛，在盾牌的掩护下朝帕里斯冲去。

墨涅拉奥斯拼尽全身力气扔出的长矛穿透了帕里斯的盾牌，又刺穿了帕里斯的盔甲。但帕里斯反应迅速，躲开了致命伤害。墨涅拉奥斯紧接着拔出宝剑朝帕里斯的脑袋上砍去，可手里的剑却被帕里斯的头盔震成了碎片。

墨涅拉奥斯杀红了眼。他抓起帕里斯的头盔就拖向自己这边的阵地。帕里斯对此毫无反抗之力。要不是阿芙洛狄忒从中割断了头盔的系带，帕里斯早就窒息而亡了。

墨涅拉奥斯见到帕里斯屡屡化险为夷，又捡起掉落在地上的长矛，想刺穿帕里斯的身体。大家都看得出帕里斯根本不是斯巴达国王的对手。站在城墙上观战的普利阿莫斯和赫克托耳更是觉得帕里斯必死无疑。

谁料到，又是阿芙洛狄忒从中救了帕里斯。她直接升起一团烟雾阻挡了墨涅拉奥斯的视线，趁机将帕里斯带回特洛伊城。而后阿芙洛狄忒又通知海伦帕里斯在等着她。

海伦对于帕里斯的差劲表现很失望。但帕里斯对她解释这是因为斯巴达国王墨涅拉奥斯有战神雅典娜的相助，自己根本不差。

《帕里斯和海伦的爱》
雅克-路易·大卫 1748—1825年

阿芙洛狄忒努力让两个人之间的感情重新升温。谁让当初阿芙洛狄忒许诺了帕里斯的美人梦呢。

另一边，墨涅拉奥斯疯狂地寻找着失踪的帕里斯。无论是希腊人还是特洛伊人，都不知道帕里斯究竟去哪里了。最后还是阿伽门农站出来宣布："决斗结果已经很明显了。帕里斯逃跑了，胜利属于墨涅拉奥斯。特洛伊人和你们的盟友们，请遵守你们的承诺，交出海伦，并且补偿我们希腊联军在这场战争中的全部损失。"

听到阿伽门农的话，希腊人为他们的胜利而欢呼起来。与之相对的，特洛伊人已经默默承认了自己的失败。

不仅是特洛伊战场这边关注战争的结局，那边奥林匹斯山的众神也为特洛伊之战如何结束而争论不休。

赫拉和雅典娜都支持希腊人，而阿芙洛狄忒支持帕里斯。

赫拉突然派遣雅典娜下山，怂恿特洛伊人违背他们的承诺。

雅典娜随后混进特洛伊人中，找到了吕卡翁的儿子潘达格斯。她对潘达格斯说："现在是你建功立业的时候了。只要你此刻大胆向斯巴达国王墨涅拉奥斯放箭，你就会成为特洛伊新的英雄。"

立功心切的潘达格斯听从了女神的建议，他急忙拿起弓箭瞄准墨涅拉奥斯射了出去。

雅典娜只希望在双方之间继续制造摩擦，但她并不希望墨涅拉奥斯真的死。

于是箭头射中了墨涅拉奥斯，但并不致命。阿伽门农和其他希腊人见到墨涅拉奥斯伤口血流如注，没想到特洛伊人居然会如此阴险地放冷箭。

阿伽门农愤怒地叫道："特洛伊人背信弃义。我们必须征服他们！"

于是受伤的墨涅拉奥斯被希腊士兵救下。希腊联军与特洛伊人又爆发了新一轮战役。

此时战神阿瑞斯出现了。他站在特洛伊人这边鼓舞着特洛伊大军的士气。而作为雅典保护神的雅典娜自然是站在希腊人这一边。

残酷的战争还在继续。有很多人丧命在战场上。在震耳欲聋的厮杀声中，特洛伊人有些招架不住。他们开始朝特洛伊城内撤退。

阿波罗对于特洛伊人的节节败退感到气愤。他也赶忙出来鼓舞大家："大家不能轻易放弃阵地！对面阿喀琉斯根本就不在，你们还有什么可退缩的呢？"

希腊人这边，提丢斯的儿子狄奥墨得斯得到了雅典娜的祝福，义无反顾地冲进特洛伊人的战地。

特洛伊人中有一个勇猛的人，叫作达瑞斯。他是火与工匠之神赫菲斯托斯的祭司，他的两个儿子菲构斯和伊代奥斯也都在特洛伊战场上作战。他们在看到单枪匹马杀来的狄奥墨得斯之后，驾驶战车前来应战。

先是菲构斯扔出长矛，被狄奥墨得斯一晃而过。然后狄奥墨得斯以矛还矛，一下子就刺中了菲构斯的胸口，吓得一旁的伊代奥斯立即跳下了战车仓皇逃跑，都顾不得奄奄一息的兄弟。

幸好，在千钧一发之际，火神赫菲斯托斯赶到战场，用雾气带走了身负重伤的菲构斯。菲构斯得到了及时的救治，否则他的父亲达瑞斯就要经受丧子之痛了。

在雅典娜的鼓舞下，狄奥墨得斯在特洛伊战场上万夫莫敌，任何人都不是对手。

特洛伊人见到狄奥墨得斯大杀特杀，吓得纷纷逃窜。

特洛伊主将埃涅阿斯看到士兵们被狄奥墨得斯打得七零八落，连忙叫上新一轮冲突的导火索潘达格斯阻止这个希腊英雄。

潘达格斯一跃上了战车，与埃涅阿斯飞快地奔向狄奥墨得斯。狄奥墨得斯的朋友斯特涅格斯看到俩人正朝狄奥墨得斯的方向冲来，连忙大声提醒道："兄弟，有两个厉害的对手朝咱们过来了。一个是百发百中的神射手潘达格斯，另一个是女神阿芙洛狄忒的儿子埃涅阿斯。我看我们还是应该避其锋芒，避免和他们硬碰硬，以免两败俱伤。"

但杀红了眼的狄奥墨得斯哪里顾得上这些。他拿起标枪就朝潘达格斯扔了过去。在雅典娜的引导下，标枪刺中了潘达格斯的鼻子。

《狄奥墨得斯与得到阿芙洛狄忒治愈伤口的埃涅阿斯战斗》
亚瑟·海因里希·威廉·菲特格 1840—1909年

狄奥墨得斯与埃涅阿斯对决

一旁的埃涅阿斯立即跳下了车，举着盾牌准备迎战狄奥墨得斯。

狄奥墨得斯举起一块常人不可能举起来的巨石砸向埃涅阿斯。埃涅阿斯躲避不及，顿时失去了意识瘫倒在地上。爱子心切的阿芙洛狄忒感知到儿子面临的困境后立刻来到战场，为他阻挡一系列进攻后，打算带他离开这里。

狄奥墨得斯认出了阿芙洛狄忒。他清楚阿芙洛狄忒不擅长战斗，而且当下还是雅典娜的死对头。于是狄奥墨得斯拿起武器与阿芙洛狄忒交战，竟然还刺伤了女神，逼得女神不得不抛下自己的儿子。

而阿波罗的及时出现化解了危机，保护住埃涅阿斯。

受伤的阿芙洛狄忒知道是雅典娜在从中作梗。她怒气冲冲地离开战场，乘着战神阿瑞斯的战车回到奥林匹斯山向众神诉苦。

宙斯一面安慰她一面对她说："战争这种事情还是让阿瑞斯和雅典娜关心吧。"

战场上，狄奥墨得斯朝着埃涅阿斯继续扑来。虽然他知道此时埃涅阿斯有阿波罗保护，可他毫不畏惧，依然想杀死这个敌人。

狄奥墨得斯连扑了三次，都被阿波罗抵挡了回去。当他准备第四次进攻的时候，阿波罗可怕的怒吼震醒了他。狄奥墨得斯这才意识到他区区一介凡人是不可能和奥林匹斯山诸神对抗的。

阿波罗抱着昏迷的埃涅阿斯离开了战场，将他交给了自己的母亲勒托和狩猎女神阿尔忒弥斯照料。随后，阿波罗提醒特洛伊战场上的战神阿瑞斯，必须除掉那个狂妄的狄奥墨得斯。

战神阿瑞斯先是来到了特洛伊士兵中间，鼓舞士气。而后阿瑞斯来到了身为将领的特洛伊国王普利阿莫斯的诸多儿子旁，说道："王子们啊！你们身后就是特洛伊城，已经退无可退。你们想让那个狂妄的希腊人杀到什么时候呢？"

阿瑞斯的这一番话让特洛伊王子们又重新恢复了斗志。

这时吕卡亚的国王跑到了赫克托耳的面前，当面斥责特洛伊人的表现："赫克托耳！你的勇气哪里去了？你曾夸下海口说，就算没有盟友，你和你的兄弟们也会死守在特洛伊城前，可现在你和你的兄弟跑哪儿去了呢？整个战场只有我们同盟军在战斗！"

赫克托耳的自尊受到了打击。他急忙从指挥战车上跳了下来，亲自挥舞长矛冲了上去。

当狄奥墨得斯看到赫克托耳和战神阿瑞斯在一起时，出言嘲讽道："什么特洛伊英雄赫克托耳，原来只会躲在战神阿瑞斯的旁边。"但很快他又提醒其他人："我们最好别和阿瑞斯正面交战。"看来原本无所畏惧的他刚才被阿波罗吓出了心理阴影。

另一边，赫拉克勒斯的儿子特勒帕勒摩斯与宙斯的儿子萨尔佩冬交战。他们相互扔出了手中的长矛。最终特勒帕勒摩斯被刺中脖子横尸战场，而萨尔佩冬幸运地只是被刺伤膝盖。

赫克托耳和阿瑞斯并肩作战，勇猛无敌，接二连三地杀死了希腊的六名英雄。他们相辅相成的战斗力使得希腊人无法匹敌，连连向后撤退。赫拉在奥林匹斯山看到希腊人在战场上处于劣势，又立即吩咐雅典娜阻止阿瑞斯。

于是雅典娜身着黄金战衣出现在特洛伊的战场上，她化身希腊士兵，对狄奥墨得斯说："赫克托耳有阿瑞斯助战，现在你有我来助战。别害怕，大胆冲上去。"

说罢，雅典娜亲自为狄奥墨得斯驾驶战车，朝阿瑞斯和赫克托耳冲了过去。

阿瑞斯看到狄奥墨得斯不但没有退缩，反而朝自己杀来。他岂能放过这个结果狄奥墨得斯的机会？于是阿瑞斯从其他敌人中抽身而出，朝狄奥墨得斯全力扔来一支标枪。这标枪划破空气，本来可以立马要了狄奥墨得斯的命，但别忘了驾车的可是雅典娜，她自然会保护狄奥墨得斯周全。

于是这标枪的威力直接被雅典娜化解，落到了狄奥墨得斯的战车上。狄奥墨得斯趁机拾起阿瑞斯的标枪，朝阿瑞斯扔回去。在雅典娜的助力下，标枪刺中了阿瑞斯的腹部。

阿瑞斯当即痛苦地倒在地上，随后消失不见。虽然战神阿瑞斯永远不会死，但是他还是会感觉到疼痛啊。

离开特洛伊战场的阿瑞斯回到奥林匹斯山宙斯身边谴责雅典娜的行为。因为在雅典娜的协助下，先后阿芙洛狄忒和阿瑞斯都受了伤。

但作为神王的宙斯必须做到不偏不倚，他也只是安慰了阿瑞斯，并没有出面干涉。

随着阿瑞斯的离开，其他参与到战场上的诸神也纷纷离开，于是特洛伊战争的主导权又回到了凡人手上。

尽管雅典娜离开了，但战场上的狄奥墨得斯还在继续表现出无人能敌的状态。特洛伊人不是对手，大败之下退守到特洛伊城内。

特洛伊城的预言家赫勒诺斯知道雅典娜的祝福还在狄奥墨得斯身上起作用，这样下去特洛伊大军太吃亏了。于是赫勒诺斯找到了统帅赫克托耳对他建议道："我们必须终结雅典娜对希腊人的帮助。现在还请你找到王后，让她动员特洛伊城内所有尊贵的妇人来到雅典娜的神庙郑重祭祀雅典娜，请求她收回对那个希腊人狄奥墨得斯的祝福。只有这样我们才能在战场上有胜利的希望。”

赫克托耳觉得赫勒诺斯的话很有道理。他赶紧跑到母亲那里告诉她预言家的提议，又急忙去找帕里斯商量对策。

帕里斯正和海伦待在一起，这让焦头烂额的赫克托耳很是恼火。不过帕里斯很快脱离了海伦的怀抱，重新和赫克托耳赶往战况最为激烈的特洛伊城门。

兄弟二人杀出城门，加入到对抗希腊人的战斗中。帕里斯杀死了墨涅斯提奥斯，而赫克托耳也用长矛刺死了埃伊奥纽斯。

就在兄弟俩正杀得起兴的时候，阿波罗对预言家赫勒诺斯降下神谕：如果赫克托耳和希腊人单挑，那么战争的进程就会被阻止。

预言家赫勒诺斯在得到这条神谕后大喜过望，急忙叫回了战场上的统帅赫克托耳，对他说：“听从我的建议吧。现在你去要求和希腊人停战，并且你要选择和希腊人单挑。相信我，你不会身处危险中的，因为这一切都是神的旨意。”

赫克托耳对预言家的话深信不疑。于是他来到两军阵前，命令士气正盛的特洛伊士兵停止继续前进。那一边的阿伽门农觉得奇怪，于是也命令手下的希腊士兵撤出战斗。而阿波罗和雅典娜正化身雄鹰观察着战场上的局势。

赫克托耳开口发言道：“两边的士兵们，请听我说！勇敢者应该用勇敢者的方式进行战斗。所以我选择和希腊人单挑。你们谁有勇气敢与我单独作战，请站出来！”

希腊联军那边都默不作声，因为拒绝单挑是战场上的耻辱，而接受挑战又恐惧赫克托耳的实力。正在大家左右为难之时，斯巴达国王墨涅拉奥斯站了出来。他打算接受特洛伊人的挑战。

但墨涅拉奥斯曾经身负重伤，尚未伤愈，现在上去简直就是送死。于是其他人赶忙拉住了他。不过墨涅拉奥斯的勇气却让更多的希腊人站了出来，主动请缨。于是大家决定通过抓阄的方式选出出战者。最终前去接受单挑的是埃阿斯。

大家还记得埃阿斯的身份吗？他也算是半个特洛伊人。当年帕里斯率领特洛伊大军远征希腊，为的就是国王的姐姐赫西俄涅。而赫西俄涅就是埃阿斯的母亲。

埃阿斯对于参加这一决斗的殊荣兴奋不已。他精神抖擞地站到希腊大军阵前接受赫克托耳的单挑。

《阿喀琉斯击败赫克托耳》
彼得·保罗·鲁本斯（1577—1640年）

战斗中的赫克托耳

决斗开始，赫克托耳迅速扔出手中的长矛，埃阿斯顶起盾牌格档，也扔出了自己手中的长矛，不过被赫克托耳敏捷地躲开了。

双方打得你来我往难分胜负，转眼天色已晚，于是双方都同意暂时休战，各自返回自己的阵营。

夜色下，特洛伊国王普利阿莫斯再次在特洛伊城中召开了紧急会议商讨如何解决和希腊人旷日持久的纠纷。毕竟普利阿莫斯年老力衰，已经没有心思再和别人打来打去了，只希望能够安享晚年。

在会议上，安忒诺耳提议道："其实这件事情很简单，事情的起因就是帕里斯从斯巴达抢走了海伦和希腊人的财富。而后来潘达格斯又破坏双方之间签下的协议，私自偷袭。我们已经失信于人。无论如何再打下去对于特洛伊人来说没有任何好处。我们将海伦和那些财宝还给希腊人吧。这本来就是属于他们的，让这场战争赶紧结束吧。”

安忒诺耳的话戳中了帕里斯的痛处。他立刻跳了出来大声叫道：“安忒诺耳！你不要在这里大放厥词。我现在当着所有人的面留下话来：那些从斯巴达带回来的财宝是去是留我不在乎，但是海伦已经是我的妻子了，她必须留下！”

眼看争论愈演愈烈，一向作为和事佬的国王普利阿莫斯劝大家团结起来，先把将希腊人的财宝送回给希腊人、并且外加一些赔偿的建议通知过去，试探试探希腊人的口风。

第二天特洛伊的使者来到希腊联军大营中，传达了国王帕里斯和普利阿莫斯的建议。希腊英雄们在听到这些话之后都不愿意表达看法。毕竟这场战争本来也与他们无关，大多数人都是为了希腊人的正义和尊严而战的。

最后还是狄奥墨得斯站出来说：“我们不需要特洛伊的任何财宝。大家想一想，特洛伊城破就在眼前，到时候特洛伊城中所有的东西都是我们的。特洛伊人此时前来求和，原因很简单，因为他们怕了！他们知道自己在这场战争中必败无疑。”

大家纷纷赞同狄奥墨得斯的话。于是阿伽门农对前来的特洛伊使者说：“你们应该清楚我们的意思。这场战争的车轮谁也无法阻止了。但是我们同意双方休战一天，好好安葬在战场上牺牲的勇士们。请将我的意思转达给特洛伊国王。”

于是在之后的一天里，双方之间都没有发生任何战斗。到了晚上，许珀茜珀勒的儿子奥宇纳奥斯从利姆诺斯岛为希腊联军运来了美酒。大家开怀畅饮，放松紧张已久的神经。

那么短暂的休整过后，特洛伊战场上的局势又会发生怎样的改变呢？

陷入绝境的希腊联军

奥林匹斯山上，宙斯因为诸神为了特洛伊战场而相互对立的事情感到心烦意乱。于是他史无前例地表明了自己的态度来瓦解所有争论：“诸位，你们中的任何一个人都不要再插手特洛伊战场上的事情了，不要再试图帮助特洛伊人或者希腊人中的一方。如果胆敢有人违抗我的命令，那我只能惩罚他，将他扔进塔尔塔洛斯的地狱中。不要尝试挑战我的权威！”

众神在听到宙斯的命令之后，都不敢再插手特洛伊的事务。因为这天底下没有什么比冒犯宙斯更要命的事情了。

宙斯亲自坐在高处观察特洛伊战场的局势。这样如果谁偷偷帮助战场上的凡人，就能被他看得一清二楚。

在短暂休战后，特洛伊之战的双方又投入到惨烈的厮杀中。从早晨一直杀到了中午，依旧不分胜负。遍地都是受伤者的哀号呻吟与死亡的气息。

宙斯将战场双方的死亡筹码放在一架天平上。他突然压低希腊人这边的托盘，而另一边特洛伊人的命运却高高升起。

宙斯的闪电袭击了希腊人的阵地。这让疲惫的希腊人更加无力支持，连连后退。顶在最前线的是老将涅斯托尔，他正因为自己的坐骑被赫克托耳射死而从马上跌落。

赫克托耳离倒在地上的涅斯托尔越来越近。眼看这位英勇的老人就要命丧黄泉，狄奥墨得斯心急如焚，连忙对着离涅斯托尔最近的奥德修斯大喊道：“奥德修斯，不要撤退！快去救救我们的朋友涅斯托尔！他快要不行了！”

然而奥德修斯却一路撤回到了自家营地。也不知道他是真没有听见狄奥墨得斯的话，还是故意为之。

狄奥墨得斯只得亲自驾车前来救援，将老人拉上了自己的车。他见到与自己面对面的赫克托耳，于是把自己手中的长矛扔向他。失去了雅典娜协助的狄奥墨得斯并没有击中赫克托耳，而是杀死了他身边的车夫。

赫克托耳看到自己的车夫死在眼前，赶忙追赶狄奥墨得斯，但是却被狄奥墨得斯杀了个回马枪。

宙斯看到这一幕，觉得赫克托耳很可能会死在狄奥墨得斯的手上，那样特洛伊人失去了主帅，希腊联军很快就会攻破特洛伊城。虽然宙斯自诩为公平正义的守护者，不让其他神参与到战争中，可他毕竟是特洛伊城的保护神。

于是宙斯赶忙降下一道闪电，劈中了狄奥墨得斯战车上的马匹。车上的涅斯托尔知道这道闪电绝非寻常，可能是天神的意愿，于是连忙阻止身旁的狄奥墨得斯继续追击赫克托耳。

狄奥墨得斯虽然不甘心，但是惧怕违背上天的旨意。赫克托耳见到狄奥墨得斯逃离自己，得意扬扬地出言嘲讽。狄奥墨得斯经不住羞辱又杀了回来。

宙斯再次连续降下了三道闪电，彻底粉碎了狄奥墨得斯打算与赫克托耳决一死战的斗志。赫克托耳见到有上天相助，带着特洛伊人在战场上大杀四方。

赫拉在奥林匹斯山上对着特洛伊战场的局势干着急。她冒险来到希腊统帅阿伽门农身边鼓励他。希腊人在赫拉的鼓舞下稳住了阵脚，但依然抵挡不住特洛伊人的冲击。

看着被打得满地找牙的希腊人，赫拉再也坐不住了。于是她带着雅典娜打算找到宙斯去阻止特洛伊主帅赫克托耳。

宙斯远远地看着赫拉和雅典娜驾驶马车朝自己而来，吩咐伊丽丝女神不要让她们进来打扰自己。随后宙斯就在奥林匹斯山上的会议中谴责了两位女神的行为。

与特洛伊城的欢呼庆祝相比，希腊联军的营地里死气沉沉。大家都还没有从刚才溃败的惊慌中恢复过来，士气陷入谷底。

灰心丧气的统帅阿伽门农告诉大家：“当初是宙斯告诉我们此战出师必胜，然而大家也看到了，现在他倒向了特洛伊人那边。我们作为凡人是无法与神王对抗的。因此特洛伊城不会被攻破。与其在这里耗下去，不如尽早回到希腊吧。”

沮丧的情绪蔓延在希腊人中间。这个时候狄奥墨得斯打破平静说道：“不是所有希腊人都愿意退缩。我相信大家还是愿意和我站在一起，与特洛伊人死磕到底。”

这些话又唤醒了一些人的斗志。

老将涅斯托尔语重心长地劝诫阿伽门农：“眼下我们还有一张牌能够左右战争的胜负。那就是阿喀琉斯。决定权在你的手上。”

阿伽门农明白涅斯托尔的意思。事已至此，他只能为自己的傲慢付出代价，重新请阿喀琉斯出山。

于是希腊联军的代表们来到了阿喀琉斯的驻地。阿喀琉斯早已不再和希腊联军的其他人来往，自动退出了特洛伊战争。

阿喀琉斯热情地欢迎了这些代表，并且拿出美酒佳肴款待了他们。

奥德修斯为阿喀琉斯敬酒，并且请求道：“感谢你不计前嫌地招待了我们。但是我们每一个人都忧心忡忡，已经无心在这美酒佳肴上。阿喀琉斯，希腊联军需要你。我们遭遇了重大挫折，已经处在濒临崩溃的边缘。”随后奥德修斯把这两天的战况以及阿伽门农的忏悔一一告诉给了阿喀琉斯。

阿喀琉斯并没有被奥德修斯的话打动。他无动于衷地回应道：“阿伽门农不可饶恕。哪怕是他亲自来还是你们劝，我都不会回心转意的。请你们回去把我的意思告诉给他吧。”

埃阿斯见状失望地说道：“奥德修斯，我看我们还是走吧。阿喀琉斯的心已经死了。他是不会来帮助我们这群可怜人的。”

说罢，众人起身离开阿喀琉斯的驻地回到希腊联军大营，只有福尼克斯留了下来。

返回的代表们向阿伽门农和其他人传达了阿喀琉斯的意愿。大家都对此感到惋惜。一向鼓吹决一死战的狄奥墨得斯并不在乎阿喀琉斯是否能回到他们身边。他对大家说道："阿喀琉斯本来就是一个高傲的人。我们不要去管他，等到我们在战场上占据优势的时候他会乖乖回来加入我们的。现在大家最需要的就是养精蓄锐，勇敢面对下一次战斗。"

就在大家入睡的时候，阿伽门农偷偷来到老将涅斯托尔的住处，看到涅斯托尔并没有休息，而是全副武装地枕戈待旦。

他叹声说道："涅斯托尔，宙斯使我们遭受如此苦难。想到大家前路迷茫，作为联军统帅的我怎么也睡不着。如果你愿意的话就陪我去走走吧，顺便巡视一下周围的情况。"

涅斯托尔急忙起身，与阿伽门农并肩而行。紧接着他又叫醒了奥德修斯和狄奥墨得斯，四个人一道走走。

很快几乎所有英雄都从睡梦中醒来。大家在见到阿伽门农愁眉苦脸的样子后，便聚在一起开了一个紧急会议。

涅斯托尔把自己的想法告诉给了其他人："不知道是否有人愿意冒险，趁着夜色偷偷潜入特洛伊人的营地探听情报。"

话音刚落，勇敢的狄奥墨得斯就站了出来。他说道："我愿意。不过若是能给我找来一个搭档的话，那就万无一失了。"

最终聪明的奥德修斯成为狄奥墨得斯的搭档。两个人全副武装离开希腊军营，前往特洛伊人的所在地。

就在希腊人夜不能寐的时候，特洛伊人也没闲着。他们想出来的办法和希腊人如出一辙，派出多隆前往希腊人的军营探听军情。

说巧不巧，多隆和奥德修斯一行人撞在了一起。多隆见对面有两个人，于是撒腿就跑。狄奥墨得斯立即扔出了长矛。他故意扔歪，砸中了多隆的肩膀。多隆哀号一声就倒在地上。

多隆面对面前的两个希腊人赶忙求饶。

奥德修斯对他说："别害怕，我不会杀你的。你只要老实回答问题就好了。我问你，你这么晚来这里干什么？"

多隆如实禀告，不仅如此，还把他所知道的特洛伊人的布防情况都告诉给了奥德修斯他们。待到多隆把所有的信息都和盘托出后，急不可耐的狄奥墨得斯抓起多隆将他砍头，还对身边的奥德修斯说："你保证不杀他，我可没保证。我们不能放他活着回去。"

尽管拿到了有用的信息，可是二人还是深入特洛伊人的阵地，偷偷潜入色雷斯国王的营帐大开杀戒，将色雷斯国王在睡梦中送上了天。听见动静的士兵们匆匆赶来，但二人骑上马早就逃之夭夭。不仅如此，他们还赶走了其他马匹。

阿波罗见到特洛伊人被偷袭，急忙唤醒了色雷斯国王的亲戚希波科昂。希波科昂惊醒后，发现他们的马匹都消失不见了，不知道发生了什么。闻讯赶来的特洛伊人看到这样的场面都大惊失色。

得手的奥德修斯和狄奥墨得斯回到了希腊人的营地，把刚刚的经历告诉给了大家。这无疑提升了希腊联军的士气。

第二天，希腊人和特洛伊人之间依旧是一场酣战。宙斯亲自保护赫克托耳免遭希腊人的致命攻击。但宙斯没有保护其他人，于是阿伽门农领着大家伙儿大杀四方，还亲手砍死了众多特洛伊英雄。

安忒诺耳的大儿子科昂给了士气正盛的阿伽门农一击，刺中了他的胳膊。阿伽门农大吼一声，随即也回击科昂，将他刺死在了地上。

受伤的阿伽门农继续顽强作战。直到他感觉疼痛难忍，才在众人的建议下离开战场，回到了营地。

赫克托耳见到阿伽门农受伤离场，更是不可一世，指挥大军道："兄弟们，希腊人的溃败就在眼前！伟大的宙斯将引领我们走向胜利，冲啊！"

赫克托耳一边大喊一边亲自杀到希腊人中间。很快九名希腊王子和数不清的希腊士兵就命丧赫克托耳手下。希腊人已经放弃自己的营地，退守到了停靠在海岸的希腊战船边。

奥德修斯对狄奥墨得斯说：“我们必须奋起反击！如果赫克托耳占领了我们的战船，我们将无路可退。这绝不是希腊人的命运！”

狄奥墨得斯点点头。他奋勇杀敌，刺死了战车上的特洛伊人延布拉奥斯。奥德修斯也在他身边协助他。

在这两个勇将的拼杀下，希腊人逐渐稳住阵脚，抵御住了特洛伊人的攻击。

赫克托耳在混战中发现了狄奥墨得斯，于是命令军队包围住这个劲敌，将他绞杀在其中。狄奥墨得斯和身旁的奥德修斯心领神会地对视了一下，他们知道此时此刻能够救他们的只有他们自己。

因为希腊人已经退无可退。

狄奥墨得斯扔出的标枪砸在了赫克托耳的头盔上，虽然没能伤害他，但也砸得他头晕目眩。缓过神来的赫克托耳在士兵的协助下跌跌撞撞地回到了自己的营地。

正当狄奥墨得斯为自己刚才的攻击而扬扬得意时，躲在暗处的帕里斯对他射出一箭。这支箭正好射中了他的右脚。

狄奥墨得斯发现刚才瞄准自己的居然是帕里斯，于是恼羞成怒地破口大骂这个只会放冷箭的家伙。但不管怎么说，受伤的狄奥墨得斯还是退出了战场。如今只有一人还在浴血奋战，那就是当初反对这场战争的奥德修斯。

奥德修斯清楚地认识到了自己身处困境。但他别无选择，更何况临阵脱逃对于他来讲是奇耻大辱。

特洛伊士兵们先是猎人围捕猎物一般将奥德修斯团团围住。奥德修斯奋力反抗，一连杀死了挡在身前的五个特洛伊人。

接下来与他作战的特洛伊人名叫索克斯。索克斯见到同伴们纷纷倒下，愤怒地叫道：“奥德修斯，明年的今天就是你的祭日。”

索克斯刺穿了奥德修斯的盾牌，戳中了他的肋骨。而奥德修斯用尽最后的力气从索克斯的锋芒中躲开，同时还以一击，刺中了索克斯的腹部。

特洛伊人见到倒在地上受伤的奥德修斯，纷纷都从别处赶来。奥德修斯吃力地从地上爬起来，赶忙大声呼救。

斯巴达国王墨涅拉奥斯在听到奥德修斯的呼救后，带上身边的埃阿斯冲到奥德修斯的身边搭救他。

另一边，彻底清醒过来的赫克托耳又加入到战斗中，杀得希腊人丢盔弃甲，狼狈逃窜。

阿喀琉斯此时此刻正在一旁的高山上观战。他虽然没有答应援助希腊联军，却时时刻刻关注着战场上的最新动向。当他看到希腊人陷入苦战后，立马叫来了身旁的帕特洛克罗斯，让他前去探查涅斯托尔的情况。

涅斯托尔在见到帕特洛克罗斯之后，对他说："阿喀琉斯既然不愿帮助我们，就别再假惺惺地过来问候，就让希腊人在特洛伊的土地上流干最后一滴血吧！"

帕特洛克罗斯对于希腊联军的遭遇深表同情，又看到受伤归来的欧律皮罗斯。就在这时候，特洛伊人冲破了希腊人的防线。很多希腊士兵都吓得逃到了战船里躲藏。赫克托耳一路所向披靡，根本没有受到什么有效的阻碍。

特洛伊大军已经赶到了海岸线上，开始与希腊人抢夺战船。眼看希腊人崩溃在即，波塞冬也坐不住了。他化身一名预言家来到了希腊人身边鼓舞溃败的希腊战士们，并且赐给他们焕发精神的力量。

得到了海神波塞冬祝福的希腊人扭转了战局。他们像是拥有了无穷无尽的精力，不仅将特洛伊人赶下了船，还将他们的进攻全部击退。

但是特洛伊人的退败只是一时的，很快特洛伊大军又像潮水般向战船这边涌来。

作为联军统帅的阿伽门农和狄奥墨得斯找到了涅斯托尔和医生马卡昂，对他们说道："宙斯在帮助特洛伊人。我们现在处于劣势。与其玉石俱焚，不如暂且偃旗息鼓，退回到希腊吧。"

没想到曾经最反对特洛伊战争的奥德修斯站了出来，驳斥了阿伽门农的丧气话。波塞冬也在一旁鼓励他们。可是现在希腊士兵光靠士气已经无法阻止战争的失败了。

奥林匹斯山那边有一个神和这些作困兽斗的希腊士兵们一样焦急万分，那就是赫拉。她很高兴在战场上看到了海神波塞冬站在希腊人这边，可是如果这样下去，波塞冬肯定会被宙斯发现。

赫拉必须得想办法分散宙斯的注意力，而分散宙斯注意力最好的办法就是自己。

于是赫拉穿上了雅典娜为她缝制的衣服，又从对头阿芙洛狄忒那里哄骗着借来了腰带。这个神奇的腰带可以吸引所有腰带主人想吸引的人。

但得到腰带后的赫拉并没有直接去找宙斯，而是来到了遥远的利姆诺斯岛，睡神就居住在那里。

赫拉请求睡神让宙斯进入梦乡。睡神被赫拉的想法吓住了，因为他曾经也帮助过赫拉让宙斯昏睡过去，可醒来之后的宙斯大发雷霆，要不是看在奥林匹斯山诸神的分上，他早就被宙斯狠狠地惩罚了。

所以害怕的睡神拒绝了赫拉的请求。毕竟他只是一介小神，怎么可能打神王的主意。

赫拉似乎早就料到睡神会害怕。她搬出了美惠三女神中最漂亮和最年轻的帕西特娅来诱惑他。只要他答应帮助赫拉，那么赫拉就做主将帕西特娅许配给他。

睡神禁不住疑惑，只好答应了赫拉的请求。

睡神跟着赫拉来到了宙斯所居住的地方。为了躲避宙斯的视线，睡神小心翼翼地把自己变成了一只小鸟躲在树枝间。

于是赫拉使出浑身解数来吸引宙斯的注意力，并示意睡神让宙斯入睡，派他把这一消息告诉给了战场上的波塞冬。

波塞冬在得知这一消息后，也就没有什么顾忌了。他率领处在危难时刻的希腊人冲杀过去，和特洛伊人激战在一起。

陷入苦战的赫克托耳毫无畏惧，并且与埃阿斯打斗在一起。但他却不小心掉落了武器，见势不妙，于是急忙撤出战场。

打了鸡血一般的希腊人看到赫克托耳逃离了战场，更加斗志昂扬了。他们斩杀了很多特洛伊人，又重新夺回了战场上的主导权。

可是天有不测风云。奥林匹斯山上的宙斯突然醒了过来。清醒后的宙斯观察着特洛伊战场，发现在他睡觉期间，局势已经发生了惊天大逆转。特洛伊人被希腊人绝地反击。而化身凡人的波塞冬居然不遵守自己的命令，混在乘胜追击的希腊军队中。

宙斯明白这都是赫拉的谋划。他狠狠斥责了赫拉，又急忙派伊丽丝女神给波塞冬传达了自己的旨意。

得到宙斯旨意的波塞冬很不高兴。但他只得让步，退出特洛伊战场，回到了大海中，谁让宙斯是堂堂神王呢。

另一边，有失公允的宙斯又派阿波罗前去给赫克托耳提供帮助。有了阿波罗的祝福后，赫克托耳所到之处无人能挡。在他的带领下，似乎战场局势再次向特洛伊人这边倾斜。

希腊联军还能绝处逢生吗？

阿喀琉斯

正在为欧律皮洛斯治疗的帕特洛克罗斯嗅到了危机的味道。他决定孤注一掷，去找阿喀琉斯，希望阿喀琉斯回心转意。

赫克托耳已经带着特洛伊人杀到了希腊战船旁，埃阿斯还在苦苦支撑。

战况非常惨烈，双方的英雄们正在以一种难以想象的速度纷纷阵亡。在战船的抢夺战中，标枪和弓箭等远程武器已经派不上用场。双方都拔出宝剑展开白刃战。

“伟大的宙斯，请赐予我力量吧！”

赫克托耳还在源源不断地得到天神的援助。伴随着特洛伊人的猛烈进攻，埃阿斯快要抵挡不住了。

满脸热泪的帕特洛克罗斯跑到了阿喀琉斯的营地对他说：“阿喀琉斯，现在正如你所料，希腊人遭受了巨大的灾难。我们许多熟悉的朋友已经永远离开了人世，剩下的也都是命不久矣。阿喀琉斯，我恳求你收回你的执着，过来救救希腊联军吧。”

说话间，希腊战船那边燃起火光。原来赫克托耳为了防止希腊人逃走，下令将所有战船点燃。这件事情刺激到了阿喀琉斯。毕竟如果所有战船都烧毁后，他自己也无法回到希腊去了。于是阿喀琉斯命令自己的手下帕特洛克罗斯带领军队前去救援希腊战船。但是他自己依然坚持不出战。

帕特洛克罗斯带领了五个希腊英雄和阿喀琉斯的军队前去援助希腊联军。帕

特洛克罗斯还穿上了阿喀琉斯的战甲。

帕特洛克罗斯率领的阿喀琉斯军队就这样与特洛伊勇士萨尔佩冬的军队狭路相逢了。

这一幕让远在天上的宙斯感到不安。他担心萨尔佩冬会死在帕特洛克罗斯手上，因为萨尔佩冬是他的儿子。

帕特洛克罗斯与萨尔佩冬正面战斗。先是帕特洛克罗斯扔出长矛杀死了萨尔佩冬的侍从。然后萨尔佩冬也杀死了帕特洛克罗斯身旁的希腊英雄。

就在萨尔佩冬准备再次扔出长矛的时候，帕特洛克罗斯先发制人，用标枪刺穿了萨尔佩冬的心脏，结果了他。

杀死了宙斯之子萨尔佩冬的帕特洛克罗斯士气大振，又连续斩杀了九名特洛伊英雄。赫克托耳无法忍受这边的溃败，于是亲自前来救援。

帕特洛克罗斯在见到赫克托耳靠近后，急忙跳下自己的战车，抱起石头就朝赫克托耳砸去。石头没能命中赫克托耳，却砸死了赫克托耳的车夫。

赫克托耳立马也跳下战车，与帕特洛克罗斯打得难解难分。

但杀了宙斯之子的帕特洛克罗斯注定也无法躲过死神的眷顾。躲在暗处的欧福尔波斯从帕特洛克罗斯背后杀出，与正面的赫克托耳两路夹击，合力杀死了帕特洛克罗斯。

帕特洛克罗斯倒在地上，弥留之际用最后的力气诅咒赫克托耳：“卑鄙的特洛伊人，你们完全是依靠诸神的力量。赫克托耳，你注定要死在阿喀琉斯的手上。”说完，帕特洛克罗斯就永远闭上了眼睛。

为了宣扬自己的胜利，狂妄自大的赫克托耳居然从帕特洛克罗斯的尸体上扒下阿喀琉斯的战甲，穿在了自己的身上。

宙斯看到他这样的举动后备感失望。他摇着脑袋说道：“可怜的人啊，如此惹恼了阿喀琉斯，恐怕你的死期不远了。那就让我再助你最后一臂之力吧。”

一时间，帕特洛克罗斯的遗体成为战场双方争夺的焦点。就在双方你争我夺之时，雅典娜来到战场鼓舞希腊人。而宙斯似乎是默许了这种行为。毕竟他给予特洛伊那边的赫克托耳太多恩惠了。

阿喀琉斯不知道为何感到心烦意乱。就在这个时候，手下安提洛科斯来报：“阿喀琉斯，坏消息！帕特洛克罗斯已经战死了。赫克托耳还剥下了他的铠甲穿在自己身上耀武扬威。现在双方都在争夺他的遗体呢。”

这则可怕的消息深深刺激到了阿喀琉斯。阿喀琉斯感觉眼前一黑，而后撕心裂肺地捶打着自己呐喊起来：“复仇！复仇！让赫克托耳付出代价！”

阿喀琉斯终于决定亲自参战，因为对于赫克托耳的仇恨已经远胜于对阿伽门农。

他的母亲海洋女神忒提斯见到儿子已经陷入疯狂之中，连忙出面阻止道：“不要冲动，赫克托耳一死，恐怕你也会难逃厄运！”

阿喀琉斯愤怒地对母亲说：“那就让我去死吧。我受够了可恶的特洛伊人。我要让他们明白招惹我的代价！妈妈，您不要再阻止我了。”

争夺帕特洛克罗斯的遗体

《希腊人和特洛伊人为帕特洛克罗斯遗体而战》
安东尼·维尔茨 1806—1865年

忒提斯见到阿喀琉斯去意已决，于是说道："我理解你的心情。可是你的战甲还在赫克托耳手上。这样吧，我会去找赫菲斯托斯再为你打造一副战甲。在我回来之前，你千万不要贸然出战。"

忒提斯前往奥林匹斯山请求工匠之神赫菲斯托斯为儿子重新制作一副战甲。

虽然阿喀琉斯遵照母亲的吩咐，没有亲自作战，但他还是来到了战场上。

一个许久不见的老面孔出现在战场上，引发了特洛伊人的恐慌。他们没想到阿喀琉斯这个厉害的家伙会王者归来。

于是赫克托耳立马召集将领们开了一个紧急会议。他对其他人说道："想必大家都看到阿喀琉斯了。是的，他又回到战场上了。但是阿喀琉斯没有什么可怕的。"

有一个人认为此时特洛伊军队远离特洛伊城，为了防止阿喀琉斯的偷袭，保险起见应该退回到特洛伊城中。但自信满满的其他特洛伊英雄对于他的话不屑一顾，根本没有放在眼里。

《阿喀琉斯哀悼帕特洛克罗斯》

加文·汉密尔顿 1723—1798年

阿喀琉斯为帕特洛克罗斯而哀悼

就在特洛伊士兵们大快朵颐地享受晚餐时，希腊人在为他们死去的帕特洛克罗斯哀悼。虽然阿喀琉斯亲自来到了战场上，可是他并没有投入到战斗中，究竟他是什么态度尚未可知。

阿喀琉斯趁着其他人不注意悄悄来到帕特洛克罗斯的尸体旁失声痛哭。周围的士兵见到这一场景，都自觉地离开，没有一个人敢来打扰他。

忒提斯终于带着赫菲斯托斯新做的战甲回到了阿喀琉斯身边。得到了新战甲的阿喀琉斯满身杀气。他亲自来找希腊统帅阿伽门农，对他说："我想我们应该摒弃之前的矛盾，共同投入到对特洛伊人的战斗中。"

希腊人都为阿喀琉斯的归来感到欢欣鼓舞。似乎阿喀琉斯就是他们的救世主。

阿喀琉斯油米未进，什么也吃不下去。他一心只想复仇，就连阿伽门农亲自前来劝食也无法让他吃上一口。

大家决定让阿喀琉斯独自一个人静静，毕竟现在这种状态也不好打扰他。

雅典娜看到这一幕后，用法术填饱了阿喀琉斯的肚子。

就在阿喀琉斯准备重回战场的同时，奥林匹斯山那边也传来一则令人震惊的消息。宙斯收回了所有限制的命令，允许诸神参加特洛伊之战。

奥林匹斯山的诸神都加入到战斗中，特洛伊战场上的对决比以往更加激烈。

于是神后赫拉、智慧女神和战神雅典娜、海神波塞冬、信使赫尔墨斯和火与工匠之神赫菲斯托斯决定加入到希腊人的阵营中。

而战神阿瑞斯、光明与文艺之神阿波罗、月神兼狩猎女神阿尔忒弥斯及他们的母亲勒托、河神克珊托斯和爱神阿芙洛狄忒则支持特洛伊人。

这场人与神全都参与的大战一触即发。

《赫拉克勒斯和雅典追逐阿瑞斯》
维克多·沃尔夫沃特二世 1612—1652年

众神参与特洛伊之战

战场上，希腊联军在阿喀琉斯的领导下战斗勇猛。随着众神投入战斗，就连大地也震动起来。因此这场战争甚至引起了远在冥界的哈迪斯的注意。

奥林匹斯山的诸神因为自己的不同阵营而相互攻击。

阿波罗对波塞冬，阿瑞斯对雅典娜，阿尔忒弥斯对赫拉，勒托对赫尔墨斯，赫菲斯托斯对河神克珊托斯，恐怕就是宙斯亲自前来也无法终止双方的战斗了。

在人类那边，阿喀琉斯眼里只有自己的死敌赫克托耳。挡在阿喀琉斯面前的特洛伊士兵见到他之后疯狂逃跑，若是跑得慢了便会成为他的刀下鬼。因此特洛伊人兵败如山倒。

因为阿喀琉斯的存在，赫克托耳已经失去了对自己士兵的控制，也无法鼓舞其他人的斗志。眼见阿喀琉斯离赫克托耳越来越近，赫克托耳的一个弟弟上前阻挡，却被阿喀琉斯干净利落地一矛刺死。

赫克托耳看到自己弟弟战死在自己面前。他知道阿喀琉斯的实力，但是还是义无反顾地投身上去与阿喀琉斯进行战斗。

两人展开架势，决斗一触即发。

突然，赫克托耳用手中的长矛刺向阿喀琉斯，但是被阿喀琉斯躲开。随后阿喀琉斯用长矛反击，刺中了赫克托耳的盾牌。

就在阿喀琉斯拔出佩剑往前冲的时候，阿波罗用一团浓雾保护住了赫克托耳，将他带走了。

阿喀琉斯发现自己的死敌在眼前一下子消失，不由得破口大骂。他只好朝其他特洛伊士兵发泄着自己的怒火，一口气杀死了十几名特洛伊英雄。

在阿喀琉斯的攻击下，特洛伊人再也撑不住了，全线溃败。一部分士兵逃回特洛伊城，但是却被赫拉的法术拦了下来。而另一部分士兵被希腊人赶入了河水中。

十二名特洛伊士兵被阿喀琉斯生擒，打算将他们祭祀给死去的兄弟帕特洛克罗斯。随后，阿喀琉斯跳入河水中展开了屠杀，将那些落入水中的特洛伊士兵逐个消灭。

一时间，清澈的河水被染成了可怕的红色，到处漂浮着特洛伊人的尸体。

河神克珊托斯对于阿喀琉斯的残暴看不下去了。他思索着如何阻止阿喀琉斯的杀戮，以免失去斗志的特洛伊人大难临头。可是，时间不等人，因为河中已经成了阿喀琉斯一个人的修罗场。

克珊托斯化身成了一个凡人，上前对着阿喀琉斯阻止道："阿喀琉斯，住手吧！河道已经因为血腥快要被堵死了。"

阿喀琉斯冷静地说道："我知道你是河神。我尊敬你。但是，只要我还没有杀死赫克托耳，我就绝对不会停止自己的报复！"

说着，阿喀琉斯继续朝旁边的特洛伊士兵杀去。

克珊托斯被阿喀琉斯的冷血彻底激怒了。他卷起了汹涌的河水朝着阿喀琉斯砸去。阿喀琉斯被急流冲击得失去了重心，摔倒在河中。

重新站起来的阿喀琉斯急忙跳回到岸上。他对河神大声怒吼。而河神也不善罢甘休，卷起巨浪再次朝他砸来。

就在阿喀琉斯即将被河水冲击之际，雅典娜女神及时出现在了他的身边，帮他抵挡住这一阵突如其来的巨浪。河神克珊托斯仍不罢休，继续翻腾巨浪，似乎誓死也要将阿喀琉斯给卷走。

赫拉注意到阿喀琉斯即将被河神蹂躏，急忙找来了儿子赫菲斯托斯让他对付难缠的克珊托斯。

赫菲斯托斯接到命令后，挥手点燃一股业火将整个战场都燃烧起来。火焰吞噬了那些特洛伊人的尸体，就连河水也在迅速蒸发。

河神克珊托斯知道自己不是赫菲斯托斯的对手，连忙求饶。就在他哀求的时候，河水已经沸腾，像是在热锅中烧开了一样。

赫菲斯托斯听从的是赫拉的命令，因此他没有罢手。于是河神转而向赫拉求饶。他发誓再也不帮助特洛伊人了。

赫拉在得到这样的承诺后，自己的目的也达成了，便让赫菲斯托斯收手。河神也随之退出了战场。

年老的国王普利阿莫斯在特洛伊城墙的塔楼里目睹了战场上发生的一切。他从未料想到仅仅是因为一个女人就造成如此严重的后果。在可怕的阿喀琉斯面前，特洛伊人任其宰割，如草芥一般倒下。

不能再让自己的士兵如此惨重地伤亡下去了。国王普利阿莫斯当即下令，命令打开城门，收拢所有溃败的特洛伊士兵，但要尤其注意阿喀琉斯的动向。

惊慌失措的士兵们见到特洛伊城门打开，都欣喜若狂地向城内跑去。这是他们唯一的救命稻草。而阿喀琉斯自然是紧追不放。毕竟他还没有杀死赫克托耳。

阿波罗来到特洛伊城门前营救那些逃亡的士兵，当他看到疯狂的阿喀琉斯也向城门这边冲来，必须得找个办法阻止他。

《阿喀琉斯拖着赫克托耳的尸体》
弗朗西斯科·蒙蒂 1685—1768年

复仇心切的阿喀琉斯

心急如焚的阿波罗注意到了正在往城里撤退的特洛伊英雄阿格诺尔。于是他用自己的力量鼓励阿格诺尔，鼓励他来对抗强大的阿喀琉斯。

阿格诺尔停下了脚步，镇静地来到特洛伊城门前，等待着阿喀琉斯的到来。

阿格诺尔一手握着长矛，一手拿着盾牌，冲向面前的阿喀琉斯。他抛掷出手里的长矛，眼见就要击中阿喀琉斯的小腿，但是却被赫菲斯托斯锻造的铠甲抵挡住。阿喀琉斯见到还有个不怕死的家伙，便想要杀死他。阿波罗及时用雾气将阿格诺尔救下，而自己化身成阿格诺尔的模样把阿喀琉斯引向城门相反的方向。

这为特洛伊人的撤退赢得了时间。

当阿波罗伪装成的阿格诺尔带着阿喀琉斯远离特洛伊城门后，阿波罗现出原形，对阿喀琉斯嘲讽道："阿喀琉斯，你杀得了特洛伊人，但是对付不了我。因为我是神。”

阿喀琉斯这才明白自己中了调虎离山之计。眼下他确实杀不死阿波罗，而且和阿波罗对抗也没有任何意义。于是阿喀琉斯掉转矛头，朝特洛伊城门处赶去。

当他再次来到特洛伊城门的时候，大部分特洛伊士兵已经退回到城内。但有一个人例外，他自愿待在这里等候着阿喀琉斯的到来，那就是阿喀琉斯一直想复仇的赫克托耳。

城墙上的国王普利阿莫斯知道赫克托耳此战必将凶多吉少。他大声哀求希望自己的儿子能够和其他人一样退回到城内。但这并没有动摇赫克托耳的决心。就连他的母亲赫卡柏的劝说也没有用。

看着痛哭流涕的父母，赫克托耳心若磐石。他对城里其他人喊道：“当阿喀琉斯再次返回战场的时候，曾经有人劝我把部队撤回到特洛伊城中。但我并没有采纳他明智的建议，导致现在无数特洛伊男人惨死在战场上。我愧对特洛伊人的信任。现在我不能再逃避下去，我要亲手弥补自己犯下的过错。我要与阿喀琉斯决战！”

威武雄壮的阿喀琉斯已经来到了赫克托耳的眼前。他那一身耀眼的盔甲让赫克托耳不由得颤抖起来。

此时此刻，所有人都停止了战斗，把目光放在了阿喀琉斯与赫克托耳的身上。

天空中，一只老鹰抓住了一只逃跑的黄雀，但它很快也撞在特洛伊城墙上摔死了。

阿喀琉斯和赫克托耳手持各自的宝剑处在对峙状态，谁也不敢贸然冲上去。整个特洛伊似乎凝固住，只剩下阿喀琉斯和赫克托耳的脚步声。

赫克托耳对阿喀琉斯说：“阿喀琉斯，我并不怕你。如果我杀了你，我会剥下你的盔甲作为战利品，然后将你的尸体还给希腊人。我希望你也能像我一样这么做。”

“可恶的赫克托耳，我不会和魔鬼定下任何条约。我们之间没有任何怜悯可言。你要为你的罪恶付出血的代价。”

说完，阿喀琉斯就冲了上去。他的攻击被赫克托耳用盾牌挡住。赫克托耳吃不住阿喀琉斯的冲击，只得向后连退几步。他举起宝剑，劈向阿喀琉斯的腰间，也被阿喀琉斯用盾牌挡住。

赫克托耳始终保持谨慎，用盾牌死死护住自己。他清楚只要一点小小的疏漏就会让自己丧命。而阿喀琉斯一直在寻找着对手的破绽。

阿喀琉斯渐渐发现，赫克托耳全身都有从帕特罗克洛斯那里抢来的盔甲保护着，但是他并非是毫无弱点，比如他的头盔与胸甲的连接处就暴露了他的咽喉。阿喀琉斯在清楚这一点后，不动声色地捡起了地上的长矛。

赫克托耳看见阿喀琉斯捡起长矛，以为他要朝自己扔过来。紧接着阿喀琉斯做出了一个抛掷状的动作。赫克托耳来不及多想，急忙躲避。谁料到这只是阿喀琉斯的虚晃一枪。等到他反应过来的时候，阿喀琉斯的长矛已经刺穿了自己的喉咙。

阿喀琉斯赢得了决斗的胜利。

阿喀琉斯拖着留有最后一口气的赫克托耳，扬言要把他拉去喂狗，以告慰死去的兄弟帕特罗克洛斯。

赫克托耳用尽最后的力气留下一个预言：“铁石心肠的阿喀琉斯，阿波罗和帕里斯会将你杀死在特洛伊城门前。”

希腊人纷纷涌到阿喀琉斯周围，用自己的武器继续残害着这个已经断气的对手。他们对于赫克托耳的愤怒永远也无法平息。

阿喀琉斯在剥下赫克托耳的铠甲之后，将尸体绑在战车上，驾驶着战车将尸体带向希腊战船那边。

赫克托耳的死仿佛为特洛伊人的命运判下了死刑。一种悲痛的情绪蔓延在特洛伊城中。

得胜归来的阿喀琉斯为自己的兄弟帕特罗克洛斯举行了隆重的葬礼，还把赫克托耳的尸体丢去喂狗。幸好有阿芙洛狄忒和阿波罗的暗中保护，赫克托耳的尸体才得以保全下来。

阿喀琉斯见到这群狗都不碰赫克托耳的尸体，于是他又重新把赫克托耳的尸体绑在战车上，绕着帕特罗克洛斯的坟墓拖行三圈，随后将尸体随意丢弃在荒野中。

阿波罗在目睹赫克托耳曝尸荒野后，赶忙用金色的羊皮将他的尸体包裹起来。

阿喀琉斯的报复行为引发了奥林匹斯山的众怒，除了一直支持希腊人的赫拉。宙斯也对阿喀琉斯非常愤怒。他认为阿喀琉斯应该尊重对手，而不是肆意侮辱赫克托耳的尸体。宙斯派使者通知阿喀琉斯的母亲海洋女神忒提斯，让她赶到希腊人的营地里面，向阿喀琉斯表达宙斯的谴责，以及要求他妥善处置赫克托耳的尸体。

阿喀琉斯不敢违抗宙斯的旨意。于是他答应道：“我会听从诸神的吩咐。谁给我赎金，我就会把尸体交给谁。”

宙斯便派使者来到特洛伊城中通知特洛伊国王。

阿喀琉斯战胜赫克托耳

《阿喀琉斯拖着赫克托耳的尸体》
加文·汉密尔顿 1723—1798年

使者刚一进城就看到特洛伊举国一片哀号。他来到特洛伊国王面前告诉他："特洛伊国王，我为你带来了一个好消息。只要你把丰厚的赎金送到阿喀琉斯那里，就能赎回你儿子的尸体。不过你得亲自前去，而且只能带一个年迈的传令官。别害怕，神王宙斯会派赫尔墨斯为你引路。他会保护好你的。"

特洛伊国王普利阿莫斯吩咐手下准备好马车和赎金，不顾他人劝阻，坚定地和一个年迈的传令官一道前往阿喀琉斯的营地。

在赫尔墨斯的引领下，老国王普利阿莫斯来到了阿喀琉斯面前，做出一副虔诚的悔过姿态。

阿喀琉斯在见到特洛伊国王之后非常吃惊。他不明白这位特洛伊国王是怎么穿过戒备森严的营地来到自己帐中的。当他看到了营帐外赫尔墨斯的身影，明白了这是怎么一回事儿。

特洛伊国王开口恳求道："阿喀琉斯，请你看在一个丧子的老父亲的面上，宽恕赫克托耳吧。我已经死了太多孩子了，再也经受不住打击了。现在我带着数不清的金银财宝来到这里想将赫克托耳的尸体赎回去。请你可怜可怜我吧。"

《普利阿莫斯向阿喀琉斯祈求儿子赫克托耳的尸体》
亚历山大 · 安德烈耶维奇 · 伊万诺夫 1806—1858年

普利阿莫斯向阿喀琉斯乞求儿子的尸体

老国王的话勾起了阿喀琉斯曾经的回忆。他语气缓和地答道："你孤身前来，想必抱着一颗坚定的心。我决定了，我会将你的儿子还给你。"

特洛伊国王又请求道："我尚且需要时间为儿子举办葬礼。所以我希望特洛伊与希腊之间的战争能停战12天。希望能够得到你的同意。"

阿喀琉斯同意了可怜的普利阿莫斯的提议。

于是在赫尔墨斯的引领下，特洛伊国王载着自己儿子的尸体回到了特洛伊城。普利阿莫斯为赫克托耳举办了隆重的国葬。所有人都在哀悼这个战死的特洛伊英雄。

与此同时，阿喀琉斯遵守了与特洛伊人的约定。他并没有在葬礼期间发动任何进攻。

他独自漫步在海岸边，想起了赫克托耳临死前的话，也许这就是他的命运吧。

那么特洛伊战争和阿喀琉斯的命运又将如何呢？

久攻不破

赫克托耳的国葬结束了，紧闭城门的特洛伊又重新陷入焦虑之中。他们的统帅走了，如今又有谁能挺身而出帮助特洛伊人振作起来，保卫他们的家园呢？

就在特洛伊即将城破的时候，一支谁也没有想到的援军姗姗来迟，终于赶到了特洛伊。那就是亚马逊女王彭忒西勒亚率领的亚马逊女军。而彭忒西勒亚则是战神阿瑞斯的女儿。

特洛伊人站在城墙上望到这支英姿飒爽的援军，感到战争又有了转机，急忙开城将这支援军迎入城内。

在见到亚马逊女王之后，特洛伊国王普利阿莫斯的脸上露出了久违的笑容。

亚马逊女王彭忒西勒亚自信地拍着胸脯向国王保证："我一定会亲手杀死阿喀琉斯，消灭所有希腊人和他们的战船。"

仅仅在城内休整一天后，亚马逊女王便带领着特洛伊盟军出城杀敌。在亚马逊女王的鼓舞下，特洛伊人的军队爆发出前所未有的战斗力。似乎战场的局势又发生了扭转。

站在城墙上的特洛伊国王普利阿莫斯看着这些斗志高昂的士兵，他张开双手祈祷道："宙斯啊，请聆听我的请求吧。希望阿瑞斯的女儿能够撕碎希腊人，平安凯旋。"

但在他祈祷结束的时候，天空中飞来一只苍鹰，爪子中抓着一只被撕碎的鸽子。这明显是一个凶兆。特洛伊国王心中原本复燃的希望之火也就此熄灭。

希腊人没想到他们会再次陷入死战中。他们原本以为赫克托耳死去之后，特洛伊人会彻底失去战斗力，成为任人宰割的鱼肉。而且特洛伊人一向龟缩在城内，现在居然如此勇敢地迎击，打的希腊人措手不及。

就在希腊人节节败退的时候，阿喀琉斯和埃阿斯出现了。他们刚刚哀悼完朋友帕罗特克洛斯。

亚马逊女王虽然被阿喀琉斯的气势震撼到，但她还是保持镇定，前去与他交战。

阿喀琉斯根本没有把这样一个不自量力的女子放在眼里。

只见亚马逊女王朝阿喀琉斯扔出一支长矛，被阿喀琉斯的盾牌挡住。阿喀琉斯也朝她扔出长矛，一下子刺中了亚马逊女王的右胸，鲜血顿时喷涌而出。

亚马逊女王彭忒西勒亚顿时感觉四肢无法动了，手里的战斧也滑落到地上，眼前陷入一片漆黑。她眼看着阿喀琉斯朝自己冲来，却无能为力。

阿喀琉斯的标枪划过天空。亚马逊女王应声倒地，再也没有起来。

原本气势正盛的特洛伊人在见到亚马逊女王惨死在阿喀琉斯手中之后，又陷入惶恐之中，纷纷逃回特洛伊城内。

当阿喀琉斯平静地拔出刺穿女王的标枪后，摘下了她的头盔。亚马逊女王高贵而美丽的遗容出现在阿喀琉斯眼前。也许阿喀琉斯会后悔杀死了亚马逊女王。

亚马逊女王的尸体被送还给了特洛伊人。特洛伊人为其举行了隆重的葬礼。

亚马逊女王死了，特洛伊人唯一的希望也破灭了。特洛伊城究竟走向何方，就连特洛伊人自己也不知道。

特洛伊国王召开大会寻找应对之法。有人说道：“国王啊，就连赫克托耳和彭忒西勒亚女王都死在了阿喀琉斯之手。要知道，我们之中哪一个都比不上他们。我看我们不如放弃特洛伊城，逃到一个安全的地方再做打算把。”

国王普利阿莫斯驳斥道：“逃亡异乡远远比死亡更加屈辱。”

《阿喀琉斯与彭忒西勒亚》
约翰·海因里希·威廉·蒂施拜因 1751—1829年

阿喀琉斯与彭忒西勒亚

这时候一名匆匆赶来的士兵带来了一个好消息。原来埃塞俄比亚的国王门农带领援军也来到了特洛伊。这位埃塞俄比亚国王门农是普利阿莫斯的侄子。他的父亲提托诺斯是当年特洛伊国王拉俄墨冬的儿子，母亲是黎明女神厄俄斯。

门农带领埃塞俄比亚的军队开进特洛伊城。特洛伊国王热情地迎接了他和他的军队，并且设宴款待。

远道而来的门农在宴会上把一路上的见闻都告诉了国王，惹得这位年迈的国王开怀大笑。似乎在这一刻，城外希腊人的威胁已经不再是问题了。

第二天天刚亮，门农就迫不及待地带领军队出城作战，奔赴战场。

门农和阿喀琉斯都表现出了优异的战斗能力。希腊人和特洛伊人纷纷在他们面前倒下。当门农见到阿喀琉斯后，从地上捡起了一块巨石朝他砸去。巨石被阿喀琉斯用盾牌挡了下来。阿喀琉斯趁势跳下战车，用长矛冲向门农，并且刺伤了他的肩膀。

受伤的门农并不在意自己流血的伤口，而是用自己的长矛也刺中了阿喀琉斯的手臂。

负伤的两个人继续厮杀在一起。他们没有一个人因为对方的勇猛而感到害怕。双方的士兵也受到鼓舞，战况愈加激烈。

但命运之神站在了阿喀琉斯这边。门农被阿喀琉斯从正面刺穿了胸口，倒在地上一命呜呼。

门农的死让特洛伊人再次军心动摇，逃回到特洛伊城。失去了儿子的黎明女神厄俄斯在天上叹气。她将门农的尸体卷到天空中。门农的鲜血一滴一滴地从天上落到了地上。西风神从悲痛的埃塞俄比亚人头上带走了门农的尸体，将他带到了埃塞波斯河岸旁。河神的美丽女儿为其在森林中造了一座坟墓。

退回城内的特洛伊人并不知道门农的尸体究竟去哪里了。但他们还是沉痛缅怀这个无私的援助英雄。

之后的日子里，特洛伊人似乎明白了即将国破人亡的现实。他们接二连三地遭受到阿喀琉斯和希腊士兵们的打击，如果特洛伊城破，所有人都会死。豁出去的特洛伊人与希腊人顽强作战。但威风凛凛的阿喀琉斯还是将阵线推进到了特洛伊城门前。

特洛伊城已近在眼前。自信的阿喀琉斯相信凭借着自己的实力，很快就会一鼓作气地攻破城门。

与此同时，奥林匹斯山上的阿波罗也受够了阿喀琉斯对于特洛伊以及盟友的屠戮。他在特洛伊战场上找到了阿喀琉斯，并且郑重警告他："如果你再如此疯狂下去，神就会杀了你。"

阿喀琉斯根本没有把阿波罗的警告放在眼里。他现在已经是无人能敌，就算是神也不例外。他带领着希腊士兵继续冲击特洛伊城。

被阿喀琉斯轻视的阿波罗怒火中烧。他在天空中张弓搭箭瞄准阿喀琉斯。阿喀琉斯唯一的弱点，就是他的脚踝。阿波罗的一支箭射中了阿喀琉斯之踵。剧痛的阿喀琉斯轰然倒地。呻吟不止的他不住咒骂着阿波罗的偷袭。

很快受伤的阿喀琉斯艰难地从地上爬了起来，依然作战英勇。虽然他现在跌跌撞撞，连站都站不稳，但是没有一个特洛伊人敢前来攻击他。

阿喀琉斯用长矛支撑着身体，随着一声痛苦的吼叫，他终于再次倒在地上，发出沉闷的响声，躺在地上一动不动了。

帕里斯仔细察看，却发现可怕的阿喀琉斯居然死了。他喜出望外地将这个惊人的好消息告诉给了其他特洛伊人，还立马命人上去剥下阿喀琉斯的战甲，并且将他的尸体带回到特洛伊城中。

但埃阿斯牢牢地守护在朋友阿喀琉斯的尸体旁，他用长矛击退前来的士兵。年迈的福尼克斯抱住阿喀琉斯失声痛哭。似乎希腊军队一下子失去了他们的主心骨。

大家把阿喀琉斯的尸体带回到了营地。所有人都一言不发。阿喀琉斯的母亲海洋女神忒提斯从大海中出现，拥抱着儿子的尸体，发出动人的悲鸣。

阿喀琉斯就这样带着众人的怀念与祝福离开了这个世界。他生命的最终时刻停留在了特洛伊的战场上。

《阿喀琉斯之死》
彼得·保罗·鲁本斯 1577—1640年

阿喀琉斯死了，希腊人失去了最强大的武器。阿伽门农主持会议，商讨之后特洛伊战场上的决策。

狄奥墨得斯在会议上提出：“如今阿喀琉斯死了，我们不能再耽搁下去。我建议立即出兵，赶在特洛伊人恢复元气之前一鼓作气拿下特洛伊城。”

埃阿斯却反对。他心里依然记挂着死去的阿喀琉斯。他说道：“阿喀琉斯尸骨未寒。此时不宜起兵。我们应该为阿喀琉斯举办一场隆重的纪念赛会，以缅怀这位战死的英雄。至于特洛伊人，他们根本不是我们的对手。”

埃阿斯的提议得到了大家的一致赞同，就连狄奥墨得斯也不例外。

于是，希腊人举行了隆重的纪念赛会。

在赛会结束后，海洋女神忒提斯拿出了阿喀琉斯生前所穿的战甲，对希腊人说：“我现在把这副战甲送给那个救出我儿子尸体的英雄。”

埃阿斯和奥德修斯都认为他们才应该得到这副战甲。因为在保护阿喀琉斯尸体的战斗中，他们二人作战最为英勇。但战甲只有一副，也就是说他们当中只有一个人能够得到它。

阿伽门农见到两个人为了战甲而争夺起来，于是提出了一个公平的方案：“我看就让营地里的特洛伊俘虏做评判。他们是相对公正的。”

埃阿斯和奥德修斯都同意这一方案。在特洛伊俘虏面前，企图说服这些俘虏的埃阿斯和奥德修斯针锋相对，谁都不愿意退让。最后还是奥德修斯的表现得到了特洛伊俘虏的认可。阿伽门农决定将阿喀琉斯的战甲送给奥德修斯。

这个结果让埃阿斯感到不可理喻。他愤怒地离开会场，独自一个人躲在营帐里不吃不喝也不睡觉。越想越气的埃阿斯拿起宝剑，决定要么杀死奥德修斯，要么烧毁希腊人的战船以解心头之恨。他早就看奥德修斯不顺眼了。

走火入魔的埃阿斯离开营帐，冲入羊群中一顿砍杀。他把这些羊都看成了自己厌恶的人。

清醒过来的埃阿斯看见满地血腥后羞愧不已。于是他拔剑自杀了。

当希腊人听到埃阿斯自杀的消息后，都感到震惊和难过，尤其是他的兄弟克瑞透斯。他还记得父亲忒拉蒙的嘱咐，他们两个兄弟要么一起回来，要么一个也别回来。

悲痛万分的克瑞透斯也准备自杀，幸好被其他人拉住。低落的克瑞透斯不打算再回到故乡了，因为他没有勇气面对自己的父亲。

就当克瑞透斯准备安葬他的兄长时，斯巴达国王墨涅拉奥斯却出来制止了他："你的兄长并不是面对特洛伊人而死的，而是自杀。一个自杀的人不值得兴师动众的葬礼。"

就连统帅阿伽门农也赞同自己弟弟墨涅拉奥斯的想法。他也认为一个自杀的人配不上荣誉。

克瑞透斯更加难过。他发现这群希腊人根本没有把埃阿斯生前的功绩放在心上。要不是埃阿斯苦苦支撑，希腊人的战船早就被赫克托耳全都摧毁了。

这个时候奥德修斯站了出来。他对大家说道："看在众神的分上，我们不应该怠慢自己的英雄。我们应该厚葬埃阿斯。这也是众神的意思。"

原本厌恶奥德修斯的克瑞透斯在听到他的话之后，化解了和他之间的矛盾。希腊人也为埃阿斯举行了隆重的葬礼。

埃阿斯的死讯唤醒了特洛伊人的斗志。不仅如此，另一个好消息传来。密西埃国王忒勒福斯的儿子欧律皮洛斯带着援军也赶了过来，加入了特洛伊人的大军中。

重振旗鼓的特洛伊人打得希腊联军连连后退。战争天平朝特洛伊人倾斜。不得已，希腊人又退回到了营地。

阿伽门农对大家说道："特洛伊城近在眼前，但是我们无法攻破。如今又失去了一些英雄，再这样下去恐怕战场的局势会发生逆转。"

预言家卡尔卡斯说道："事到如今，我们也只有去请阿喀琉斯的小儿子了。"

大家对于卡尔卡斯的建议都表示赞同。虎父无犬子，若是阿喀琉斯的小儿子能够出现在战场上，凭借着阿喀琉斯的名声，希腊联军一定能够攻破特洛伊城。

于是，奥德修斯和狄奥墨得斯作为代表坐船前往了斯库罗斯岛。这个岛上住着阿喀琉斯的小儿子皮尔赫斯。

当两个人见到这位年轻的小伙子时，皮尔赫斯正在练习弓箭和标枪。奥德修斯和狄奥墨得斯都惊讶地发现皮尔赫斯竟然与他的父亲阿喀琉斯十分相似，无论是气质还是容貌，简直就是一个模子里刻出来的。

皮尔赫斯看见两个陌生人，便礼貌地问道：“欢迎你们外乡人，不知道有什么事情？”

奥德修斯开口说道：“我们是你父亲阿喀琉斯的老朋友。我是奥德修斯，这位是狄奥墨得斯。我们到这里来，是因为预言家卡尔卡斯预言，如果你能参战的话，我们就能攻陷特洛伊城。”

皮尔赫斯一听到两个人的来意，高兴地带着他们来到了外祖父的王宫，又见了母亲伊达弥亚。当伊达弥亚听到自己的儿子要上战场的时候，惊慌地哀求道：“我的孩子啊，当年他们就是这样把你的父亲阿喀琉斯带上战场的。你这么年轻，又没有任何作战的经验，简直就是去送死。听我的话，千万不能去。我失去了你的父亲，我不能再失去你了啊！”

皮尔赫斯却回答：“母亲，没有人能够预知生死。也没有什么比战死更光荣的了。”

就这样，皮尔赫斯随着两位英雄来到了特洛伊战场。奥德修斯把之前得到的阿喀琉斯的战甲拿来让皮尔赫斯穿上。这副战甲就好像是为他量身打造的一样。

当皮尔赫斯出现在战场上的时候，无论是希腊人还是特洛伊人都震惊了。他们以为是阿喀琉斯死而复生了呢！

皮尔赫斯虽然没有任何作战经验，但他似乎就是一名天生的战士，而且箭无虚发。许多特洛伊人都死在了他的箭上。

压抑了许久的希腊人在阿喀琉斯小儿子的领导下，勇敢冲向他们的敌人。

特洛伊英雄欧律皮洛斯的朋友被希腊人杀死了。愤怒的他亲临前线，当看到皮尔赫斯时也非常吃惊。

皮尔赫斯与他战斗在一起，武器横飞，场面一度十分混乱。最终皮尔赫斯找到了欧律皮洛斯的破绽，用长矛刺中了他的咽喉。欧律皮洛斯立即倒地身亡。

希腊人和特洛伊人你来我往，都付出了惨烈的代价。在这场战争中没有胜者。尽管有皮尔赫斯助战，但特洛伊城依然没有被攻破。

预言家卡尔卡斯又站出来了。他说道："如今我们得到了阿喀琉斯儿子的帮助是不够的，我们还需要将曾经抛弃的神射手菲罗克忒忒斯找回来。如果有他在，胜利也就不远了。"

当初希腊人远征特洛伊的时候，菲罗克忒忒斯在岛上被毒蛇咬伤，最后被奥德修斯抛弃在岛上自生自灭。

解铃还须系铃人。于是奥德修斯带着皮尔赫斯一同前往利姆诺斯岛，打算说服尚且不知死活的菲罗克忒忒斯。

当他们二人登陆利姆诺斯岛的时候，奥德修斯告诉皮尔赫斯自己的计划："菲罗克忒忒斯肯定非常恨我。所以一开始我并不能与他正面接触。你先去和他单独见面。如果他询问你的来历，你就如实相告，并且说你参加特洛伊战争，就会得到父亲的武器。但是希腊人食言了，他们把武器给了我奥德修斯。你就愤怒地离开希腊联军准备回到家乡。你一定要口无遮拦地痛骂我。"

刚正不阿的皮尔赫斯对于奥德修斯的谎言表示反感："你的计划让我听着觉得讨厌。我并不想玩这种阴谋诡计。菲罗克忒忒斯已经够可怜了。我们为什么还要去欺骗他？"

"这并不是欺骗，而是说话的艺术。有的时候耿直会给事情带来灾难。我们要想战胜特洛伊人，就必须得到菲罗克忒忒斯的帮助。"

经奥德修斯的解释，虽然皮尔赫斯的内心并不赞同，但他还是决定采用奥德修斯的办法。

不久之后，皮尔赫斯见到了菲罗克忒忒斯。他立马上前打招呼："朋友，你是希腊人吧？我正巧经过这座岛。"

《利姆诺斯岛的菲罗克忒忒斯》
纪尧姆·纪隆-勒希尔 1760—1832年

菲罗克忒忒斯

许久见不到人的菲罗克忒忒斯高兴地叫了起来。他对皮尔赫斯大倒苦水："你敢相信吗，朋友！看看我都遭受了什么！我当初帮助希腊联军远征特洛伊，却被他们当作牲畜一样抛弃在孤岛上自生自灭。你知道这是怎样的一种恐惧吗？我过着野人般的生活，想来已经是第十个年头了。这一切都是奥德修斯和阿伽门农的错！我的朋友，你又是因何来到这里？"

皮尔赫斯按照奥德修斯之前告诉他的话把自己和这十年来希腊人与特洛伊人之间的战争情况都告诉给了菲罗克忒忒斯。他对于奥德修斯的痛骂引发了菲罗克忒忒斯的共鸣。

菲罗克忒忒斯请求皮尔赫斯带他离开这里返回希腊。皮尔赫斯假意答应了他的请求。就在快要接近船的时候，皮尔赫斯忍不住和他道出了真相。

得知真相的菲罗克忒忒斯十分愤怒，咒骂着跛着脚跑开了。

奥德修斯从路边跳了出来，命令手下将菲罗克忒忒斯抓了起来。看在眼里的皮尔赫斯连忙上去阻止，还拔出宝剑对准奥德修斯。

奥德修斯没想到皮尔赫斯的反应如此过激，超出了他的预料，只好先放走菲罗克忒忒斯。

皮尔赫斯扶起了跛脚的菲罗克忒忒斯，打算带他回到希腊。就在这个时候，天空中忽然乌云密布，已经成为奥林匹斯山众神一员的赫拉克勒斯降临。

他对菲罗克忒忒斯说："亲爱的朋友，请不要离开。你遭受的磨难会赢得无上的荣光。跟着这位年轻的英雄前往特洛伊吧。那样你的陈年旧伤就会自动愈合。攻破特洛伊城，你会成为所有希腊人眼中的英雄。这是宙斯的旨意。"

无论如何，菲罗克忒忒斯不能违背神的旨意。而到达特洛伊后，阿伽门农和奥德修斯都纷纷请求他的宽恕。

原谅所有人的菲罗克忒忒斯被热情款待。大家都期待着接下来和特洛伊人之间的决战。

第二天，当看到气势汹汹的希腊人后，特洛伊人中就有人建议撤回到特洛伊城。可是在埃涅阿斯的激励下，没有人愿意从希腊人眼前离开。

一场激战又再度上演，勇敢的特洛伊勇士埃涅阿斯冲进希腊人中，一口气杀了十二个希腊人，就连一向花拳绣腿的帕里斯也积极在战场上战斗。

菲罗克忒忒斯注意到了帕里斯。他瞄准帕里斯张弓搭箭。那支箭呼啸而过，直朝帕里斯而来。帕里斯急忙闪躲，只是擦伤了皮肤。于是帕里斯准备用弓箭还以颜色，但第二支箭已经拍马赶到。

帕里斯这下没有躲开神箭手的攻击。他腰部中箭，被士兵抢回了特洛伊城。

这可是一支毒箭。尽管医生全力治疗，帕里斯的伤情依旧没有任何好转。他的伤口溃烂发黑，痛得他彻夜难眠。

受伤的帕里斯想起了一则很久以前的神谕，只有那被他遗弃的妻子俄诺涅才有办法挽救他的性命。在帕里斯遇见海伦以前，他早就有了结发妻子，只不过帕里斯在见到海伦之后，就立马和妻子划清界限。

于是第二天，帕里斯被仆人抬往前妻的住处。一路上尽是不祥的鸟鸣声。

到了俄诺涅的住处后，帕里斯匍匐在地上请求前妻的原谅："我以前实在是太蠢了，因为冲动做了许多错事。我知道我内心还是有你的。我希望你能原谅我。看在我如此可怜的分上救救我吧。"

纵使帕里斯说得再天花乱坠，俄诺涅也不为所动。她看透了眼前这个让她失望的男人。

"你不是喜欢那个年轻貌美的海伦吗？你不如去求求她吧。也许她会大发慈悲救救你。"

《俄诺涅拒绝拯救帕里斯》
安东尼·让·巴蒂斯特·托马斯 1791—1833年

俄诺涅拒绝搭救帕里斯

绝望的帕里斯只得离开，在路上就毒发身亡了。

希腊人这边就算有了皮尔赫斯和菲罗克忒忒斯的助阵，但他们依然无法攻破特洛伊城。希腊联军还能有什么其他办法呢？

特洛伊木马

面对沉闷的局势，预言家卡尔卡斯坐不住了。于是他急忙把大家召集起来集思广益。

“特洛伊城不能强攻，只能智取。各位想想有什么办法？”

各位英雄打仗可以，但是动脑子的事情总是欠缺火候。又是聪明的奥德修斯想出了办法。

他大笑着对大家说道：“我们建造一个巨大的木马留在这里。在马腹中藏有我们希腊精锐士兵。其他人毁掉营地做出撤退的样子给那些特洛伊人看。等到我们离开后，他们一定会派人来到营地打探情况。这个时候，我们需要一个勇敢的希腊勇士作为计划的关键棋子出现在他们面前。这个人要扮作从希腊联军中逃跑的样子，告诉那群特洛伊人：希腊联军想把他杀了献祭给诸神，还要建造一个巨大的木马献祭给特洛伊人的死敌雅典娜。总之，这个人一定要设法取得特洛伊人的同情和信赖，还要说服特洛伊人将木马带回到特洛伊城中。当夜晚降临时，我们相互发出信号。到时候木马里的希腊士兵杀出并打开城门。大家里应外合，就能摧毁特洛伊城。”

奥德修斯一口气说完了这个听起来颇为复杂的计划。大家都纷纷夸赞奥德修斯的智慧。就连预言家卡尔卡斯也自愧不如。就在大家为这条计划而满怀憧憬的时候，阿喀琉斯的儿子皮尔赫斯却站出来斥责道：“勇敢的战士应该在正面战场

上战胜敌人，赢得光明磊落，堂堂正正，而不是用这种偷鸡摸狗的方法。”

奥德修斯肯定了皮尔赫斯的气魄，同时说道：“你不愧是阿喀琉斯的儿子。但是你应该记得你的父亲是如何英勇地战死在沙场上的。在战场上光靠勇气和武力是远远不行的。兵不厌诈。我们依靠的并不是阴谋诡计，而是智慧。”

除了正义感强的菲罗克忒忒斯外，其他人都赞同奥德修斯的想法。说干就干，所有希腊士兵都被动员起来，采伐树木，加工木头，为他们的木马做准备。而与此同时，特洛伊人那边对希腊人这边的动作毫不知情，并且为一连几天没有人攻城而松了一口气。

《建造特洛伊木马》
朱里诺·罗马诺 1499—1546年

希腊联军建造木马

木马很快就在大家的齐心协力下制作完成。阿喀琉斯的儿子皮尔赫斯率先进入到暗无天日的马腹中，而后又有一些希腊英雄尾随在他后面进到其中。

一切准备完毕后，希腊联军遵照统帅阿伽门农的指挥，将自家营地烧个一干二净，然后全体上船，离开了特洛伊海岸，只留下了一个叫西农的士兵作为推动计划执行的关键人物。

特洛伊人很快就注意到希腊营地那边火光冲天，烟雾缭绕。他们派出探子来到希腊人营地附近，发现所有的希腊士兵都已经逃走，只剩下一地狼藉。

于是特洛伊军队开始扫荡希腊人的营地。他们没有找到一个人，但发现了那个巨大的木马。

士兵们将木马团团围住。大家都不知道这是什么东西，也不知道如何处理。有人主张一把火把希腊人的木马烧掉，有人主张把它推进海里，有人主张把它搬到城里作为战利品，听得木马中屏住呼吸的希腊人心惊胆战。

阿波罗的另一个祭司拉奥孔走了上来，语重心长地对大家说道："难道你们认为希腊人真的撤退了吗？你们还不明白吗？这个巨大的木马就是希腊人的阴谋。总而言之，现在还不到掉以轻心的时候。"

这个时候，几名特洛伊士兵将躲藏在巨大木马下面瑟瑟发抖的希腊士兵西农拖了出来。

特洛伊人审问道："你是干什么的？"

西农摆出一副可怜兮兮的模样，连话都说不清楚。在特洛伊人的恐吓下，他才带着哭腔说："天啊，我已经无处可去。希腊人抛弃了我，而特洛伊人也会杀死我。"

特洛伊人对于西农的说辞顿时来了兴趣，询问他究竟是怎么回事。而西农把奥德修斯事先吩咐给他的台词一句一句都说给了特洛伊人听："我是一名希腊人。不知道你们听说过帕拉墨得斯吗？他因为反对与你们开战，结果被奥德修斯杀死了。而我正是他的一个亲戚。那个可恶的奥德修斯千方百计地想谋害我。大家都知道，特洛伊城久攻不破，而希腊人败局已定。当希腊统帅决定从特洛伊战场撤退回到希腊后，他们就不辞辛苦地建造了这个木马，打算把它献给雅典娜。可是这个奥德修斯居然宣传需要一个活人才能完成献祭仪式。他联合预言家卡尔卡斯告诉大家只有我才适合成为那个祭品。他们是希腊联军里的权威，没有人会反对。可是我怎么能坐以待毙呢。于是我趁着他们不注意偷偷溜走，等到再回来的时候已经成了这副模样了。"

西农看着周围的特洛伊人继续说道：“我已经落到你们的手里，估计只有死路一条，要杀要剐随你们便吧。”

西农就这样被带到了特洛伊国王普利阿莫斯的面前。普利阿莫斯问：“你们的木马究竟有什么用？为什么要献给雅典娜？”

西农支支吾吾不肯讲。最后他才不得已地说：“事已至此，再保守秘密对于我来说也没有什么好处。只希望众神能够原谅我的背叛。毕竟是那群希腊人先背叛我的。”

“战争期间希腊联军一直得到雅典娜的保护。但后来你们也知道，希腊人在战场上并没有之前那么勇猛了。这都是因为我们的统帅阿伽门农过于狂妄得罪了女神雅典娜。为了平息雅典娜的怒火，重新挽回雅典娜的芳心，希腊人能够顺利地回到故土，希腊联军建造了一个巨大的木马献祭给她。预言家卡尔卡斯故意让木马建得高大，这样特洛伊人就不会把木马带进城里。因为如果特洛伊人得到木马就会得到雅典娜的保护。而高大的木马在搬运途中免不了磕碰，一定会适得其反，冒犯雅典娜女神的。这正是阿伽门农他们所希望的。”

西农的一番话毫无破绽，特洛伊国王普利阿莫斯深信不疑。眼下战事胜负已定，希腊联军都逃跑了，也没有什么可顾忌的了。特洛伊国王普利阿莫斯便想将木马带回城中，一方面得到雅典娜的眷顾，毕竟特洛伊城不能总是站在雅典娜的对立面，另一方面作为从希腊人那里得到的战利品来庆祝战争的胜利。

于是浩浩荡荡的木马迁徙工程开始了。为了不让木马在途中受到损坏，特洛伊人甚至不惜在特洛伊坚固的城墙上打开一个大洞，作为木马顺利进入城内的通道。众人齐心协力，在特洛伊木马下装上轮子，这才将这个笨重的家伙拉到特洛伊城中。

希腊人被赶跑了，特洛伊人取得了战争的胜利。

几乎所有的特洛伊人都兴高采烈地围着木马又跳又唱，庆祝他们的成就，似乎一切都已经尘埃落定了。

唯有国王普利阿莫斯的女儿卡珊德拉依然保持着警惕。她觉得事出反常必有妖，这个木马非同寻常，很可能就是希腊人的阴谋。

她紧张兮兮地来到广场上朝众人呼喊，但没有一个人把她的话当回事儿。现在已经没有什么事情比庆祝更重要的了。

当天夜里，热闹了一天的特洛伊人喝得烂醉如泥，根本没有人意识到危险即将降临。

就在这个时候，在一旁假装喝醉的西农偷偷爬了起来，来到木马边打开了马腹的暗门，将里面早已准备好的希腊士兵放了出来。

《特洛伊木马》
亨利·保罗·莫特 1846—1922年

特洛伊木马

没有任何警惕的特洛伊人成为待宰的羔羊。这些士兵到处放火攻击，而特洛伊人根本无法抵抗。与此同时，接到西农信号的希腊大军也朝特洛伊城杀来。

特洛伊之战的最后一役拉开序幕。这场战争的结局注定是一边倒的屠杀。

没过多久，整个特洛伊城都陷入一片火海。特洛伊国王普利阿莫斯、赫克托耳的妻子相继被杀。

前几天在战场上威风凛凛的特洛伊英雄埃涅阿斯原本还想浴血奋战，挽救整个国家于危难之中，但眼前的大火让他明白，自己的力量根本无济于事。于是他背起年迈的父亲、带着儿子在他母亲阿芙洛狄忒的保护下逃离了毁灭的特洛伊城。埃涅阿斯也成为为数不多的从特洛伊城中逃出来的幸存者。

埃涅阿斯的故事在希腊神话中到此为止，可是他在罗马人心中却拥有着神圣的地位。因为在罗马神话里，埃涅阿斯来到了亚平宁半岛。而埃涅阿斯的后人罗慕路斯建立了罗马城，成为伟大罗马文明的开创者。

斯巴达国王墨涅拉奥斯急匆匆地赶到王宫。因为他知道自己的妻子海伦就在这里。他杀死了很多阻挡他的王宫卫士。

提着满是鲜血的宝剑的墨涅拉奥斯见到了海伦。他明白海伦虽然是被特洛伊人掳去的，但是她后来心甘情愿地和帕里斯待在一起。

就在墨涅拉奥斯听见外面的动静声、想要一剑处死这个不忠的美丽女人时，他的兄弟阿伽门农及时出现，劝阻他道："住手吧，墨涅拉奥斯。海伦遭受了太多苦难。比起始作俑者帕里斯，海伦的罪过已经算不得什么了。帕里斯和他的家族与人民都为此付出了代价。你应该出了这口恶气了。"

墨涅拉奥斯听从了阿伽门农的劝告。后来，他带着海伦一起回到了斯巴达。在他死后，海伦被驱逐到了罗德岛。

特洛伊国王的女儿预言家卡珊德拉躲到了雅典娜神庙，可还是被四处搜寻幸存者的士兵发现了。她被押送到了阿伽门农面前。

卡珊德拉见到了阿伽门农，虽然阿伽门农没有杀死她反而收留了她，但她还是预见到了自己悲惨的结局。

在西方文学中，卡珊德拉被用来称呼和她一样的那一类人：一个人预见到了灾难的发生，但自己束手无策，也无法通过劝诫旁人而采取有效的预防措施。

希腊士兵们足足在特洛伊城屠杀了一个晚上。第二天所有幸存的特洛伊女人、财宝都被聚集在一起被希腊战士们瓜分。国王普利阿莫斯的王后赫卡柏也在其中，成了奥德修斯的俘虏。

《特洛伊的沦陷》
丹尼尔·凡·海尔 1604—1662年

特洛伊城的沦陷

因为一个女人，这场战争害得大家苦熬了十年之久。原本大家都对于海伦充满怨气，但当所有人见到海伦美若天仙的容貌后，这样的怒火也就荡然无存了。

希腊联军满载着战利品和俘虏准备回到家乡。他们都对此非常兴奋，毕竟希腊一别已是十年之久。但预言家卡尔卡斯却不愿意随大家一起上船回去。因为他预感到希腊人在途经卡法尔山时会遭遇严重的灾难。而著名预言家安菲阿拉俄斯的儿子安菲洛克斯也有着同样的预感。安菲阿拉俄斯就是当初七英雄远征底比斯中那个预感自己会战死沙场的预言家。但归心似箭的其他人根本不听从他们的劝告。于是两个预言家便留下了，后来他们去了小亚细亚。

特洛伊城彻底被摧毁。哪怕城中还有一些幸存者，也只是无家可归的流浪者。

奥林匹斯山上，赫拉为希腊人的胜利感到高兴。但除她以外，所有人都谴责希腊人在特洛伊城中的不人道行为。就连一向站在希腊人这边的雅典娜也同情起女预言家卡珊德拉。

果不其然，返航途中的希腊人遭到了海神波塞冬的惩罚。大部分士兵葬身鱼腹，还有一部分幸存者漂到了攸俾阿岛。岛上的国王正是帕拉墨得斯的父亲，也就是当初那个被奥德修斯陷害处死的预言家的父亲。这位父亲想起了曾经被希腊人乱石砸死的儿子，决定报复这些可恨的希腊人。于是，这部分幸存的希腊人也没能逃脱死神的追击。

不过还有一小部分希腊人是幸运的。他们在赫拉的保护下最终回到了希腊。

希腊联军中，斯巴达国王墨涅拉奥斯与海伦回到了斯巴达；狄奥墨得斯回到了亚格斯；涅斯托尔回到了皮洛斯；菲罗克忒忒斯回到了墨里波阿；克瑞透斯因为没有带回埃阿斯，无颜面对父亲，于是他跑到了塞浦路斯岛上安家。

至于那个得胜归来的联军统帅阿伽门农，其实之前已经得到过神的警告，让他不要回到迈锡尼王宫。但阿伽门农似乎并不相信神谕。

阿伽门农注定是一个悲剧人物。关于他家族世袭的诅咒，还要追溯到他的曾祖父坦塔罗斯。这又是怎么回事呢？特洛伊之战的故事已经结束，让我们一起来看关于阿伽门农的故事吧。

ΣΥΡΑΚΟΣΙΩΝ

第十一章

阿伽门农

家族的诅咒

阿伽门农的家族注定是不幸的，这还要追溯到他的曾祖父坦塔罗斯。

坦塔罗斯是一个残暴又爱炫耀的人。有一次，他为了测试神是不是全知全能，就邀请奥林匹斯山上的众神来到自己的王国赴宴。宴席中，坦塔罗斯命人端上来一盆看起来美味的炖肉。众神立马知道这盆炖肉有问题。

原来，仆人端上来的炖肉竟然就是坦塔罗斯自己的儿子珀罗普斯。这个丧心病狂的国王为了一己之念，居然将自己的儿子杀了煮给众神吃。

众神自然对此一清二楚，于是都不打算吃。只有刚刚失去女儿的谷物女神德墨忒尔神情恍惚，不小心吃了一口。她也立刻反应过来这炖肉背后的含义。便也不吃了。

烹调自己的儿子来愚弄众神，这可把奥林匹斯山的大伙儿都气得够呛。他们狠狠地惩罚了坦塔罗斯，然后让赫尔墨斯复活了可怜的珀罗普斯。

赫尔墨斯将珀罗普斯残破且已经煮熟的尸体收集起来，放进一口装满草药的大锅里煮。珀罗普斯一下子复活了。但是他被女神德墨忒尔吃掉的那块肩膀上的肉却再也回不来了。无奈之下，赫尔墨斯只好用象牙来填补他肩膀上缺失的那一部分。从此以后珀罗普斯家族后人的肩膀上都有一块白斑。

然而，珀罗普斯长大之后，却得罪了当初救他的赫尔墨斯。

比萨国王俄诺玛俄斯曾经接到了一条神谕，说如果他的女儿希波达米亚出嫁他就会丧命。国王为此担惊受怕，于是就一直将女儿藏匿起来，不让她出门也不让她恋爱。但希波达米亚逐渐长大。她的美貌也传播开来，因此前来提亲的人非常多。

在舆论的指责下，就连俄诺玛俄斯也招架不住。毕竟女儿出嫁结婚是一件天经地义的事情。

国王迫于压力只好答应嫁出自己的女儿。但是他提出了一个条件：前来提亲的人必须要和他比赛马车，战胜他的人才能够迎娶他的女儿；但倘若输掉比赛，就要被他处死。俄诺玛俄斯的力气远近闻名，和他比赛自然是凶多吉少。尽管如此，很多仰慕公主的求婚者还是壮着胆子前来和国王比赛。结果无一例外，全都惨死在了国王手上。

珀罗普斯也前来求婚，但他也明白自己不是国王的对手，于是想了一个歪心思，买通了国王的车夫密尔提罗斯。密尔提罗斯不仅仅是国王的车夫，他还有一个身份就是赫尔墨斯的私生子。珀罗普斯提议，如果能让他赢得比赛，并且让国王死于意外，待到自己继承王位后就把一半的土地送给密尔提罗斯。

密尔提罗斯听了之后喜出望外，马上与他一拍即合。于是他在国王的马车上动了手脚。就在比赛的时候，狂奔当中的马车突然四分五裂，国王也摔死了。

如此，珀罗普斯成功迎娶了希波达米亚，并且成为新国王。在成为国王之后，珀罗普斯却不愿意兑现当初的诺言，便将密尔提罗斯骗到了悬崖上，把他推入大海。知道自己死到临头的密尔提罗斯留下了一个邪恶的诅咒——珀罗普斯的家族都不得好死。

多年以后，珀罗普斯也去世了，他的儿子阿特柔斯继任王位。

有一回阿特柔斯发誓要把羊群中最好的羊献给狩猎女神阿尔忒弥斯。这个时候，失去孩子的赫尔墨斯觉得自己复仇的机会来了，便向牧神潘请教。牧神潘决定亲自来帮他。

只见牧神潘施展法术，一只拥有一撮金羊毛的羊出现在了阿特柔斯的羊群中。当阿特柔斯发现自己的羊群中出现了一只长有金羊毛的羊后，很想把它据为己有而不是献给女神。但他之前已经许下诺言了，那可怎么办呢？于是阿特柔斯想了一个办法。他将这只特殊的羊宰了，把羊肉献给女神，而把金羊毛藏了起来。

有了金羊毛的阿特柔斯根本无法保守秘密。他经常到处吹嘘自己拥有金羊毛，却不愿意将这件宝贝拿出来给别人看。

阿特柔斯的弟弟提厄斯忒斯一直觊觎哥哥的王位，如今看到哥哥又得一宝，自然更加眼红。

在一次宴席上，阿特柔斯的妻子不停地向提厄斯忒斯暗送秋波。看到这一幕，提厄斯忒斯有了主意。他在宴席过后偷偷与自己的嫂子会面。面对嫂子的示爱，提厄斯忒斯一本正经地说道："如果你将你丈夫的金羊毛偷给我，才能证明你对我的爱。我自然会做你的情人。"

在情感冲动下，嫂子将金羊毛从阿特柔斯的箱子里偷偷拿了出来送给了弟弟。提厄斯忒斯在得到金羊毛后，到处宣扬自己才拥有金羊毛，而阿特柔斯不过是在吹牛，根本没有什么宝贝。他甚至邀请大家来自己的家里一睹金羊毛的真容。

阿特柔斯得知此事后非常生气，便直接下令将弟弟驱逐出境。失去弟弟这个威胁之后，阿特柔斯感到如释重负。但他奇怪的是自己的王后却变得郁郁寡欢，整日闷闷不乐，像是有什么心事。

直到有一天，阿特柔斯从自己妻子偷偷的哭诉中得知了事情的真相。恼羞成怒的阿特柔斯一剑就把自己的妻子给杀了。光是杀了自己的妻子阿特柔斯还不解气，因为他的弟弟还逍遥法外。于是他派人给流浪在外的提厄斯忒斯送了一封信，在信中表明自己的悔过和对弟弟的原谅，甚至许诺要把一半王国送给弟弟。

弟弟提厄斯忒斯在看到信的内容后万分激动，毕竟在外流浪的日子不好过啊。

阿特柔斯亲自迎接了归来的弟弟，并且设宴为自己的弟弟接风洗尘。在宴会上，吃得正香的提厄斯忒斯抬起头，突然看见有三颗血淋淋的人头摆在他面前。

他认出那就是他当年留在城里的三个儿子。提厄斯忒斯看了看自己盘子中的肉，他已经明白了一切真相——阿特柔斯把弟弟的孩子杀了煮给他自己吃。

翻江倒海的胃让提厄斯忒斯呕吐不止。他诅咒那个在旁边开怀大笑的哥哥，然后带着自己的女儿逃走了。

愤怒的提厄斯忒斯一心想要复仇，他来到了德尔菲神庙请求阿波罗的神谕。但阿波罗却给了他一个令他错愕的答案："如果你想要复仇，那就必须要跟自己的亲生女儿生下儿子。"

提厄斯忒斯觉得神谕有些荒唐。但是很快，他就被复仇的心所左右，只要能报复阿特柔斯，他什么事情都能做出来。

之后的几天里，提厄斯忒斯一直跟踪自己的女儿寻找机会。有一天晚上，他的女儿珀洛庇亚刚刚从雅典娜神庙中祈祷出来，戴着面具的提厄斯忒斯便找准机会执行他的计划。

月黑风高，珀洛庇亚并不知道推倒她的人究竟是谁。不过她偷偷将提厄斯忒斯的宝剑拔了出来藏在了草丛里。事后，提厄斯忒斯发现自己留下了把柄，也不好意思再见女儿，便将女儿留在了西锡安，托付给了当地的国王，自己则一溜烟儿地跑回了老家吕卡亚。

另一边，丧心病狂的阿特柔斯也开始反思自己曾经犯下的罪恶。于是他也来到德尔菲神庙请求神谕。神谕让他把自己的弟弟从西锡安接回来。

于是，阿特柔斯来到了西锡安，但他并没有找到自己的弟弟，却看到了一个貌美如花的女人。那个被他盯上的女人就是珀洛庇亚。阿特柔斯并没有认出珀洛庇亚的真实身份，还以为是当地国王的女儿，甚至向当地国王提亲。为了与强大的迈锡尼结盟，国王隐瞒了珀洛庇亚的真实身份，将她许配给了阿特柔斯。而新婚的喜悦已经让阿特柔斯将自己的弟弟抛之脑后。

珀洛庇亚为阿特柔斯生下了一个儿子，名叫埃奎斯托斯。这其实并不是阿特柔斯的亲生儿子，而是提厄斯忒斯的儿子。

几年之后，迈锡尼遭遇天灾。阿特柔斯便又想起了自己的弟弟，于是让自己的儿子阿伽门农和墨涅拉奥斯前去德尔菲神庙询问提厄斯忒斯的位置。

但是没等兄弟俩到达神庙，他们在途中便遇见了提厄斯忒斯，兄弟俩把提厄斯忒斯带了回来。

见到弟弟的阿特柔斯突然又想起了当年的一些恩恩怨怨，本来打算和弟弟言归于好的他决定将弟弟立刻打入大牢，并且安排自己年仅七岁的儿子埃奎斯托斯趁弟弟熟睡的时候将他杀死，体验一下杀人的感觉。

当埃奎斯托斯悄悄来到提厄斯忒斯身边的时候，提厄斯忒斯从梦中惊醒。他看见眼前有一个拿着宝剑的少年，情急之下将他的宝剑抢走，并且用这宝剑威胁他。

“你是谁？谁派你来的？”

埃奎斯托斯哭哭啼啼不敢答话。

提厄斯忒斯觉得自己手里的宝剑眼熟，就是当年丢失的那一把。于是他又问道：“告诉我，这把宝剑是怎么来的？你只要说出来，我保证不难为你。”

少年哽咽地回道：“这把宝剑是我母亲的。”

“那请你把你的母亲请过来。”

埃奎斯托斯吓怕了，他听话地带着珀洛庇亚回到了监狱里。

珀洛庇亚一眼就认出自己的父亲。父女重逢相拥而泣。

提厄斯忒斯看着手上的宝剑，内心的折磨逼迫自己向自己的女儿说出了当年的真相。

又羞又恼的珀洛庇亚瞪大眼睛，根本无法接受这一难以置信的现实。于是她夺来宝剑刺向了自己的胸膛。

看着倒在地上的女儿，提厄斯忒斯竟然一点都不伤心。他捡起沾着血液的宝剑交给了埃奎斯托斯说道：“拿着他，去找阿特柔斯复仇。是他毁了我们所有人！”

埃奎斯托斯虽然不完全明白这是怎么一回事儿，但他知道眼前的这个男人是自己的亲生父亲，自己的母亲已经死去，而自己的敌人就是阿特柔斯。

怀着仇恨的埃奎斯托斯带着宝剑来到了阿特柔斯的宫里。阿特柔斯看到宝剑上的血迹，以为他的儿子已经杀死了提厄斯忒斯。就在他忘乎所以的时候，埃奎斯托斯将宝剑插进了他的胸膛。

提厄斯忒斯成为迈锡尼新的国王。他下令将阿特柔斯的两个儿子阿伽门农和墨涅拉奥斯驱逐出境。

阿伽门农兄弟俩被赶出来后，便去往父亲生前的朋友斯巴达国王达瑞尔斯那里，借着斯巴达的军队杀回迈锡尼，重新夺回了王位。

成为迈锡尼新国王的阿伽门农不愿意因为杀死亲人而背负诅咒，于是让提厄斯忒斯发下永不回来的誓言后，把他赶出了王国。

不幸

新国王阿伽门农一心一意开疆拓土。他在击败了比萨国王后，与比萨国王达成和解并且抢占了他的妻子吕泰涅斯特拉。因为这个女人身份不简单，是斯巴达国王达瑞尔斯的女儿。

夫妻二人的日子风平浪静。吕泰涅斯特拉为阿伽门农生下了一个儿子俄瑞斯忒斯以及三个女儿，分别是厄勒克特拉、伊菲革涅亚和克律索忒勒斯。

后来特洛伊王子帕里斯抢走了海伦，引发了著名的特洛伊之战。阿伽门农作为希腊联军的统帅出征。这一走便是十年。

趁着王宫空虚，他的死敌叔叔提厄斯忒斯又趁机出来活动。他早就密谋要夺回王位。

提厄斯忒斯计划引诱吕泰涅斯特拉上钩，但没想到她对年老力衰的自己不感兴趣，反而对年轻的小伙子埃奎斯托斯很感兴趣。老奸巨猾的提厄斯忒斯于是退到幕后让自己的儿子顶了上去。

埃奎斯托斯成为吕泰涅斯特拉的情人后，就整天在她耳边煽风点火，希望能取代阿伽门农。一开始王后并没有反叛的念头，但是一件事情让她彻底改变了自己的态度。

特洛伊之战中，希腊联军在还没抵达特洛伊的时候，就遭到了狩猎女神对阿伽门农的报复。由于海面上一点风也没有，希腊的战船只能原地待命。这个时候军中的预言家卡尔卡斯提议，让统帅阿伽门农将自己的女儿伊菲革涅亚献祭给女神请求宽恕。

阿伽门农并不忍心牺牲自己的女儿。但是为了全局，他不得不这样做。于是阿伽门农写信到迈锡尼王宫，欺骗吕泰涅斯特拉将女儿送来，谎称他在军中已经为她挑选了一名优秀的女婿阿喀琉斯。

虽然最后伊菲革涅亚平安归来，但得知事情真相的吕泰涅斯特拉无法原谅自己的丈夫，再加上埃奎斯托斯一再相劝，她决定除掉阿伽门农。

在阿伽门农从特洛伊之战归来后，吕泰涅斯特拉热情地出城迎接。当她看到自己的丈夫又带回来一个女人卡珊德拉时，不仅没有表现出生气，反而还替自己的丈夫高兴。

这样的反常举动让不做他想的阿伽门农感到春风得意，同时让卡珊德拉产生了警惕心。

卡珊德拉是一个预言家，她能够通过自己的能力看到未来所发生的事情，但是她不打算帮助阿伽门农。原因很简单，阿伽门农是她的灭族仇敌。卡珊德拉十分期待阿伽门农的下场，尽管她最后也会陪葬。

早已看穿吕泰涅斯特拉阴谋的卡珊德拉装作一副什么也不知道的样子，眼睁睁看着阿伽门农走进那个带给他死亡的浴室。

阿伽门农在浴室中被埃奎斯托斯一剑杀死。事后，吕泰涅斯特拉将卡珊德拉也一并处死。

埃奎斯托斯当上了新的迈锡尼国王。他并没有像其他人那样斩草除根，而是将阿伽门农的子女留在了城中。毕竟阿伽门农唯一的儿子仅仅12岁，根本构不成威胁。

但是有一天埃奎斯托斯还是觉得，留下阿伽门农的儿子会是一个祸患。正当国王准备下手的时候，阿伽门农的女儿厄勒克特拉将自己的弟弟交到一个仆人手里，让他把弟弟俄瑞斯忒斯带到阿伽门农的妹夫法诺特国王那里抚养。法诺特国王也有一个和俄瑞斯忒斯差不多大的儿子皮拉德斯，两个人一起长大，情同手足。

多年以后，埃奎斯托斯想到那个当初从自己眼皮底下逃走的阿伽门农的儿子，感到寝食难安。于是他发布命令重金通缉俄瑞斯忒斯。

这样的命令并没有掀起波澜，因为谁也不知道俄瑞斯忒斯的下落。

突然有一天，有两个小伙子揭下了国王的榜文。他们声称自己是斯特洛菲俄斯的使者，还带来了一个消息，说俄瑞斯忒斯已经病死了。与这个消息一同被带来的还有俄瑞斯忒斯的尸体。

埃奎斯托斯高兴地召见了他们，当看到他们抬来的担架时，便认为上面蒙盖着的就是俄瑞斯忒斯的尸体。

“来人，打开裹尸布，让我好好看看他的样子。”埃奎斯托斯假装自己有些难过，“怎么说他也是我的亲戚。这么多年我一直在找他。”

“国王陛下，这件事情还是您亲自动手吧。毕竟我们的身份不合适。”

埃奎斯托斯心想有道理。他掀开裹尸布，吃惊地大叫起来。原来躺在里面的不是俄瑞斯忒斯，而是吕泰涅斯特拉。

原来那两名使者就是俄瑞斯忒斯和皮拉德斯。他们在姐姐的怂恿下前来复仇。在路上正巧碰见了出城的吕泰涅斯特拉，便将她杀死，呈献给国王。

俄瑞斯忒斯跳出来表明自己的身份：“睁开你的眼睛好好看看，我就是你一直苦苦寻找的俄瑞斯忒斯。今天我要替我的父亲报仇雪恨！”

埃奎斯托斯急忙求饶。但俄瑞斯忒斯不听解释，抽出藏在担架里的宝剑杀死了他。

俄瑞斯忒斯完成了自己的复仇心愿。但他弑亲的行为也招致了复仇女神的惩罚。

烈日炎炎，尘土飞扬，俄瑞斯忒斯和皮拉德斯被糟糕的天气逼迫得一刻也不能停歇。原来是复仇女神一手拿着火把，一手拿着鞭子在不停地追赶他们。

陷入痛苦的二人没有办法，只能躲进德尔菲神庙中，因为只有这里复仇女神不敢冒犯，他们二人才能稍作喘息。

兄弟二人美美地睡上了一觉。他们已经很久没有这么舒服地休息过了。在梦里，阿波罗告诉俄瑞斯忒斯，让他前往雅典接受公正的审判。

醒来之后的俄瑞斯忒斯认为这是他们唯一的希望。两个人趁着夜色离开了德尔菲神庙，匆匆忙忙地踏上了前往雅典的大道。

在信使赫尔墨斯的保护下，兄弟俩一路顺利地来到了雅典。

他们两个一踏上雅典的土地，便来到了雅典娜女神的神庙苦苦哀求女神为他们指点方向。

复仇女神也赶到神庙前，举着鞭子扬言要继续惩罚二人。

雅典娜现身了。在听了二人的倾诉后，雅典娜觉得事情复杂，自己一个人无法定夺，于是让他们各自收集证据，她会召集一些德高望重的法官来审理这个案件。

兄弟二人如释重负地走出神庙。这个时候复仇女神迫于雅典娜的权威，也不敢拿他们兄弟二人怎样。

开庭的日子到了，就连阿波罗也来到了现场。雅典娜主持了审判。

她在看过复仇女神的讼文后问道："俄瑞斯忒斯，请诚实地回答我，你是否杀死了自己的母亲？"

"我不否认。"

"那你为什么要这样做？"

"诸位，我之所以杀死吕泰涅斯特拉，因为她不仅是我的母亲，还是我的杀父仇人。惨死的父亲让我不得不这样做。"

在场的法官都认为这件事情合情合理。然而复仇女神却认为无论如何杀死母亲都是一件罪大恶极的事情。

雅典娜见双方争论不休，于是决定让全体雅典人民公投来决定这场案件的结果。而且她还认为这种法庭形式应该在雅典得到永久保留。

投票的结果出来了，争论双方还是平手，但决定性的一票在雅典娜手中。雅典娜沉思片刻。她认为俄瑞斯忒斯无罪，因为他想要杀死的不是自己的母亲，而是残杀父亲的凶手。

俄瑞斯忒斯对于雅典娜的裁定松了一口气。但复仇女神却不服气，甚至诅咒雅典这座城市。阿波罗为了平息复仇女神的怒火，向雅典娜提议让雅典人建立神庙供奉复仇女神。因为复仇女神代表着铁面无私的监督。

雅典娜同意了这一提议，这让复仇女神终于不再执着于这件事情。

后来，俄瑞斯忒斯从远方将姐姐伊菲革涅亚救了出来，和她一起回到了迈锡尼，继承了父亲的王位。他娶了墨涅拉奥斯和海伦唯一的女儿赫尔弥俄涅为妻。这个姑娘原本已经和阿喀琉斯的儿子订婚了，但俄瑞斯忒斯杀死了他。

俄瑞斯忒斯通过不断努力，将领土扩张到了斯巴达和亚格斯。他现在的王国面积要比父亲阿伽门农统治时期大得多。

俄瑞斯忒斯一直幸福地活到了九十多岁，但坦塔罗斯家族的诅咒是命中注定的。于是灾难在人们都以为一切安好的时候降临。俄瑞斯忒斯被一条毒蛇咬伤了脚趾，中毒身亡。

俄瑞斯忒斯死后，他的儿子统治了伯罗奔尼撒，但后来伯罗奔尼撒半岛又被赫拉克勒斯的子孙夺去。这也是故事的终点。

图书在版编目（CIP）数据

希腊那些神 / 余襄子著 . -- 北京 : 北京联合出版公司 , 2022.5

ISBN 978-7-5596-6068-8

Ⅰ . ①希… Ⅱ . ①余… Ⅲ . ①神话—作品集—古希腊 Ⅳ . ① I545.73

中国版本图书馆 CIP 数据核字（2022）第 046713 号

希腊那些神

作　　者：余襄子　　　　产品经理：曹　震
出 品 人：赵红仕　　　　责任编辑：管　文

北京联合出版公司出版
（北京市西城区德外大街83号楼9层　100088）
北京联合天畅文化传播公司发行
天津光之彩印刷有限公司印刷　新华书店经销
字数 364 千字　710 mm × 1000mm　1/16　印张 25
2022 年 5 月第 1 版　2022 年 5 月第 1 次印刷
ISBN 978-7-5596-6068-8
定价：88.00 元

版权所有，侵权必究
未经许可，不得以任何方式复制或抄袭本书部分或全部内容
如发现图书质量问题，可联系调换。
质量投诉电话：010-88843286/64258472-800